Die Signe Berglund Krimis schließen die Lücke zwischen Astrid Lindgrens Bullerbü und den Krimis von Erik Axl Sund. Kriminalromane also, die zwar keine heile Schwedenwelt erdichten, aber eher mit einem Augenzwinkern, denn mit blutiger Feder geschrieben sind. Sie lassen immer wieder teilhaben am Alltag ihrer Hauptpersonen und erzählen den Leser*innen so nebenbei immer wieder etwas über (das heutige) Schweden.

Ulf Spiecker, Jahrgang 61, ist gelernter Landschaftsgärtner und studierter Stadtplaner. Er hat aber auch unter anderem in den Schulferien als Maurer gejobbt, Zivildienst im Altenheim geleistet, während der Lehre an Autos geschraubt, im Urlaub Ziegen gemolken, zwischen Uni-Vorlesungen in der Verkehrsplanung gearbeitet, Kindererziehung und die Herstellung von Graved Lachs verbunden und ehrenamtlich viel Zeit in Schulbibliotheken verbracht.

Ulf Spiecker lebt und schreibt in Hamburg – und seit 1994 immer wieder gern auch in Schweden.

Ulf Spiecker

Eau de Voiture

– Signe Berglund nimmt's persönlich –

Roman

www.tredition.de

Von Ulf Spiecker sind in dieser Reihe bisher erschienen:

Tanz der Frösche
– Signe Berglund beginnt mit Ermittlungen

Leichenwechsel
– Signe Berglund sucht ein Motiv

Eau de Voiture
– Signe Berglund nimmt's persönlich

Signe Berglund Krimis
sind auch unabhängig voneinander lesbar

© Ulf Spiecker
Dezember 2019
Umschlag, Fotos, Illustration: Ulf Spiecker
Verlag und Druck: tredition GmbH, Halenreie 42
22359 Hamburg
Druck in Deutschland und weiteren Ländern

Paperback ISBN 978-3-7482-9456-6
Hardcover ISBN 978-3-7482-9457-3
e-Book   ISBN 978-3-7482-9458-0

Die Deutsche Nationalbibliothek verzeichnet diese Publikation
in der Deutschen Nationalbibliografie; detaillierte bibliografische
Daten sind im Internet über http://dnb.d-nb.de abrufbar.

Mein besonderer Dank gilt,

- **Maraike Gutenmorgen,** meiner Telefonjokerin für die Widrigkeiten des Autorenalltags!

- **Nicole Hagemann,** einer geschätzte Kollegin und Freundin, mit der ich mich immer wieder gerne fachlich wie auch (welt)politisch austausche und mit der das liederliche Lästern einen erfrischend-kreativen Level erreicht hat. Und die es geschafft hat, dass ich das erste mal in meinem Leben einem Fantasy-Roman entgegenfiebere!

- **Michael Rädler,** ohne dessen mir fast schon zur zweiten Heimat gewordenen Ferienhaus, mein Eintauchen in den schwedischen Alltag unmöglich gewesen wäre! Mal abgesehen von wunderbaren Momenten der absoluten Ruhe, Beschaulichkeit oder der kreativen Schübe, denen ich mich dort ungestört hingeben konnte …

- **meiner Familie,** die geduldig und liebevoll meine Launen und Marotten beim Entstehen dieses Buches ertragen hat.

I

Erschüttert stand Signe Berglund, erste und einzige schwarze Hauptkommissarin der Reichspolizei in Kalmar, vor dem Haus. »Wer macht so was?«, stammelte sie ungläubig, rieb sich die Augen und hoffte, dass sie gleich aus diesem Albtraum erwachen würde. Sie sah sich um. Nichts. Sie hatte einen dicken Kloß im Hals und merkte, wie ihre Augen langsam feucht wurden. Aber das war ihr heute egal. Sie konnte und wollte es noch immer nicht fassen und sah sich wieder um. Aber das Resultat war genauso niederschmetternd wie eben: Ihr Parkplatz war und blieb leer.

Langsam ging Signe Berglund in die Knie, strich mit der Hand fast zärtlich über einen eingezogenen Ölfleck im Pflaster. Ja, das war vor ungefähr einem Jahr gewesen, als das Differenzial plötzlich geleckt hatte und sie aus Sorge vor den möglichen Folgen und dem Wissen um die nicht ganz unkomplizierte Ersatzteillage, unter der Androhung einer Betriebsprüfung für die letzten drei Jahre, einen sofortigen Werkstatttermin erpresst hatte. Zu dem Ölfleck gesellte sich jetzt eine Träne aber Signe machte keinerlei Anstalten ihre Augen zu trocknen. Er war weg, ihr geliebter alter Ford Granada war einfach weg! Geklaut von *ihrem* Parkplatz vor *ihrem* Haus! Sie stand auf. »Das bedeutet Krieg!«, sagte sie laut und entschlossen, was den Nachbarn, der gerade freundlich grüßend in seinen Volvo einsteigen wollte, verunsichert verstummen ließ.

*

»Du spinnst!« Viggo Henriksson tippte sich mit dem Finger an die Stirn. Er sah dabei zu, wie Signe Berglund ihren alten Ford Granada im ganzen Land zur vorrangigen Fahndung ausschrieb.

»Meinst du?«, fragte Signe und sah ihren großgewachsenen rothaarigen Kollegen an.

»Ja«, kam es zurück. Viggo kratzte sich den Bart. »Das kannst du nicht machen!«

»Vielleicht hast du recht!«, antwortete Signe nachdenklich und ersetzte *optisch annähernd fabrikneu* durch *mit marginalen Gebrauchsspuren*.

»Das meinte ich nicht!«, brummte Viggo und verdrehte die Augen. »Ich glaube, das mit der Fahndung ist … ach, auch egal!«, brach er dann abwinkend ab. Er kannte seine Chefin. Als er aber vor seinem geistigen Auge den verbeulten und kratzerübersäten alten Ford sah, grinste er. »Bei der Beschreibung kann er den Leuten direkt über die Füße fahren – sie würden ihn nicht erkennen!«

»Wieso nicht?«, begehrte Signe auf. »Steht doch alles da, was wichtig ist: Ford Granada Coupé, blaumetallic mit schwarzem Vinyldach und Alufelgen – und dann habe ich doch auch geschrieben, dass er leichte Gebrauchsspuren hat…«

»Eben!«, unterbrach Viggo. »Schreib besser: Sieht verheerend aus, fährt trotzdem!« Signe sah ihren auch als Freund sehr geschätzten Kollegen entgeistert an.

»Ach, Herr Henriksson«, wurde sie jetzt sehr förmlich und ignorierte das sonst im Land übliche Duzen, »by the way, ihrem Urlaubsantrag – leider – den kann ich natürlich nicht genehmigen!«

»Ich weiß!«, kam es sofort zurück. »Aber das war es mir wert!«

*

Den ganzen Tag hatte Signe Berglund entweder das Festnetztelefon angestarrt, den Hörer abgenommen und kontrolliert, ob es überhaupt funktioniert oder nachgesehen, ob ihr Smartphone nicht auf lautlos gestellt war. Natürlich war alles in Ordnung gewesen, es rief einfach nur keiner an. Und das hieß, dass niemand im ganzen Land ihren Ford gesichtet hatte. »Der steht jetzt wahrscheinlich in irgendeiner Scheune und wartet darauf, umgespritzt zu werden«, dachte sie bitter. In dem Moment klopfte es fast zaghaft an ihrer Bürotür. Sie fuhr herum, hatte sie doch die Ansage gemacht, nicht gestört werden zu wollen – es sei denn, es gäbe Nachricht von ihrem Wagen. Ihr Herz klopfte bis zum Hals. »Stig på!«, rief sie »Herein!« Es war Oscar Lind, ein junger Kollege, der vor zwei Jahren für den in Elternzeit gegangenen Göran Ivarsson gekommen war und den Signe trotz seiner Mitgliedschaft bei den rechtspopulistischen SD, den Schwedendemokraten und seinem anfänglich unterirdischen Benehmen ihr gegenüber inzwischen wirklich schätzen gelernt hatte. Auch weil er begonnen hatte, sich – sogar politisch – sehr zu seinem Vorteil zu verändern.

Nun stand Oscar vor seiner Chefin und Signe sah ihm deutlich an, dass er unsicher war. »Du hast nichts für mich, stimmt's?«, fragte sie resigniert und vergaß ganz, ihn dann wegen der ungerechtfertigten Störung anzublubbern.

»Leider nicht – ich wollte dir nur anbieten, dich nach Hause zu fahren. Du kannst ja nicht die ganze Nacht hier sitzen. Und du hast ja ein Handy dabei und wenn hier was für dich aufläuft, sind die Kollegen von der Nachtschicht gebrieft und melden sich!«

Als Oscar Signe auf Varvsholmen vor dem Lipstick, wie der Volksmund das kleine Hochhaus aufgrund seiner charakteristischen Form nannte, abgesetzt hatte, huschte sie schnell am Parkplatz vorbei ins Haus. Ihren verwaisten Stellplatz wollte sie auf keinen Fall sehen. Sie fuhr in den 7. Stock und schloss die Haustür auf. Die Stille, die sie empfing, war niederdrückend. Signe schleuderte die Ballerinas von den Füßen, ließ ihre Tasche irgendwo von der Schulter rutschen, stürmte in die Küche und schmiss die Kaffeemaschine an. Zehn Minuten später ließ sie sich im Wohnzimmer vor den riesigen Panoramafenstern in ihren Lieblingssessel fallen. Natürlich nicht, ohne sie vorher weit geöffnet zu haben, denn sie mochte es, wenn Wohnzimmer, Balkon und der freie Blick auf den Kalmarsund zu ihrer persönlichen Wohlfühllandschaft verschmolzen. Sie holte tief Luft und trank einen Schluck Kaffee. Ihr Blick verlor sich irgendwo in der Weite des Horizonts. »So, und nun?«, dachte sie, »Was ist, wenn wir ihn nicht wiederfinden?« In diesen trübseligen Gedanken versunken hörte Signe nicht, dass die Haustür aufgeschlossen wurde.

»Käresta«, »Liebste, du bist da?« Signe schreckte hoch und sah Ella an. »Ach du bist es!«, seufzte sie und erhob sich. »Klar bin ich da, wieso?« »Ich dachte, weil dein Auto nicht auf dem Parkplatz ...«, Ella sah Signe neugierig an. Die seufzte erneut. Dann nahm Signe Ella in den Arm und gab ihr einen Begrüßungskuss. »Doch, ich bin da ...«

Nachdem Signe ihren ganzen Frust über den geklauten Wagen bei Ella abgelassen hatte, sah Ella sie lange an. »Vielleicht ist das ja ein Zeichen.«

»Wofür?«, fragte Signe ahnungsvoll.

»Na ja, dein Ford ist ja nun nicht mehr so ganz neu« fing Ella vorsichtig an. »Und der Motor geht ja seit geraumer Zeit nicht nur akustisch mit großem Selbstbewusstsein zu Werke, sondern auch mit Benzin und Öl eher verschwenderisch um ...« Signe jaulte auf:

»Verschwendung ist bei dem Wagen kein Mangel, sondern Haltung!«

Ella lachte. »Sagt die, die es sich leisten kann! Und der die Umwelt völlig egal ist!«

»Nein, meine Liebe, aber ich bin Realistin! Oder soll ich mir etwa ein Elektroauto kaufen? Alleine bei der Herstellung fallen sechzig Prozent mehr CO_2 an, als bei Autos mit Verbrennungsmotoren! Und für den unabdingbaren Leichtbau werden zur Aluminiumherstellung großflächig Regenwälder abgeholzt, weil das notwendige Bauxit über Tage abgebaut wird! Ganz zu schweigen von den Batterien: Da werden unzählige seltene Erden benötigt, deren Abbau und Aufbereitung extrem umweltschädlich sind – und das in Ländern, deren Umweltbewusstsein schwer zu wünschen übrig lässt! Darüber hinaus wird das für die Batterien notwendige Kobalt überwiegend im Kongo gewonnen und abgesehen von Bürgerkrieg und systematischen Menschenrechtsverletzungen ist das direkt mit Kinderarbeit verbunden! Die sind teilweise erst sieben! – Und nun komm' mir nicht damit, dass die Kinder dann wenigstens von der Straße sind! Und der Strom für den Betrieb dieser e-Karren kommt dann noch aus unserem Super-AKW in Oskarshamn! Na, da freut sich die Umwelt aber, ganz herzlichen Glückwunsch!«, höhnte Signe. »Und stell dir mal vor, wir wollen zu deinen Eltern: Dann müssen wir, wenn du keine Musik hören willst, die Klimaanlage aus bleibt, die Scheibenwischer nicht benötigt werden, du dich gewichtstechnisch zurückhältst, das heißt deine Garderobe auf das Wesentliche beschränkst, dem Reiseproviant entsagst, die Mitbringsel vor Ort kaufst und wir zudem gemächlich fahren, trotzdem zwischendurch an die Steckdose! Und im Winter müssen wir entweder im Skianzug und mit Handschuhen fahren oder die Heizung braucht soviel Batterie, dass es gar nicht erst lohnt loszufahren. – Bei den Postkutschen konnte man ja wenigstens noch die Gäule wechseln, wenn es eilig war …«

»Immerhin hast du dich ja schon mal mit dem Thema auseinandergesetzt!«, stellte Ella anerkennend fest.

»Klar!«, knurrte Signe, »Man muss den Feind kennen, wenn man nicht mit ihm fahren will!«

II

Mit eingeschaltetem Tempomat rollte Robert Ekkheim die Autobahn entlang. Vor eineinhalb Stunden hatte er auf der knapp acht Kilometer langen Brücke und fast sechzig Meter über dem Öresund die Grenze von Dänemark nach Schweden überquert. Nun passierte er die Ausfahrt nach Mörrum und dachte wie jedes Mal daran, wie häufig er mit seinem Sohn Markus früher hier abgefahren war, um den königlichen Lachsfluss samt Museum zu besuchen. Und natürlich hatten sie auch immer nach den Anglern geschaut, die, nachdem sie ein kleines Vermögen auf den Tisch gelegt und sich den gestrengen Regeln der Fischereiaufsicht unterworfen hatten, an der wilden Mörrum ihr Glück versuchten.

Er schwelgte in Erinnerungen, hatte Mörrum lange hinter sich gelassen und sah erst spät den alten blauen Ford Granada, der ihm auf der anderen Fahrbahn entgegen kam. »Signe?!«, durchzuckte es Robert, aber da hatte der Wagen auch schon die Abfahrt nach Norden genommen und fuhr Richtung Göteborg davon. »Na, hoffentlich hat sie nicht vergessen, dass ich komme!«, dachte er und war diesbezüglich eigentlich ganz zuversichtlich – schließlich hatten sie erst vorgestern miteinander telefoniert. »Vielleicht gibt es ja auch noch mehr davon«, grinste er und war überzeugt, dass keiner sich in *so* einer optischen Schieflage befinden würde, wie der von Signe.

*

»Du hast was?« Signes Stimme überschlug sich fast,

als Robert ihr am Telefon erzählte, dass er vorhin bei Ronneby ein blaues Ford Granada Coupé gesehen hatte. Fünfzehn Minuten später stürmte sie aus dem Taxi in ihr Büro. »Noch 'n paar Fahrten und ich kann mir auch gleich so einen Luxusschlitten wie Melker kaufen«, dachte sie. Melker Berg, ihr Kollege von der Forensik, hatte sich letztes Jahr einen vollausgestatteten Volvo V90 gegönnt und Signe war immer aufs Neue über den High-End-Luxus erstaunt, der in modernen Autos, erst recht jenseits der gediegenen Mittelklasse, zum Standard gehörte. Doch ein Auto für sie war das trotzdem nicht – schon weil man den laufenden Motor nur erahnen konnte, wenn es sonst absolut still um einen herum war und man bei geöffneten Fenstern auch noch zu atmen aufhörte.

»Wie viele Leute haben wir?«, fragte Signe, als sie Oscar Lind traf. Der sah sie irritiert an.

»Wie meinst du das? Insgesamt oder im Dienst?«

»Ach, egal! Alle raus! Wir müssen nach Ronneby! Robert hat wahrscheinlich meinen Wagen da gesehen!« Oscar grinste. »Wer auch sonst als dieser Robert!«, dachte er. Dabei hatte er sich inzwischen fast daran gewöhnt, dass dieser Robert verlässlich immer dort auftauchte, wo, um es vorsichtig auszudrücken, nicht ganz Alltägliches passierte. »Meinst du nicht, dass wir das getrost den Kolleginnen und Kollegen in Karlskrona überlassen können? Die sind wesentlich eher vor Ort«, warf er noch ein und erntete einen verständnislosen Blick seiner Chefin. Dennoch griff Signe zum Telefon und informierte Karlskrona. Als sie danach fragte, ob dort zufälligerweise Helikopter zur Verkehrsüberwachung in der Luft seien und ob das nicht überhaupt mal eine gute Idee wäre, schüttelte Oscar nur den Kopf.

»So«, sagte sie dann, »ich brauche erst einmal einen Wagen!« Damit setzte sie sich vor den Computer und rief eine der größten Gebrauchtwagenbörsen Europas auf. »Laufleistung? Egal. Baujahr? Hm – ach egal. Ort? Kalmar. Umkreis 100 Kilometer.« Signe tippte konzentriert die Auswahlkriterien ein. Während das Programm die Ergebnisse zusammenstellte, sah sie Oscar an. »Fährst du mich, wenn ich etwas finden sollte?« Oscar grinste und nickte. Dann erschienen auf dem Bildschirm aufeinander folgend diverse Gebrauchtwagenangebote. Gleich das erste Foto zeigte einen alten grünen Militärjeep und ließ Oscar Lind zusammenzucken. Unauffällig schielte er zu Signe, erwartete von ihr eine ihrer üblichen bissigen Bemerkungen, dass das ja für ihn, als Mitglied der SD, das ideale Fortbewegungsmittel sei. Wider Erwarten blieb sie aus.

Signe scrollte die Seite hinunter und Oscar atmete erleichtert auf. Seit er sich seiner Sache mit den SD immer unsicherer wurde, hasste er Signes Anspielungen noch mehr als früher. Zum Glück hatten diese nach einem ernsten Gespräch im letzten Jahr, das der Kollege Viggo Henriksson moderiert hatte, nachgelassen. Zumindest die besonders fiesen. Dann sah Oscar eine Anzeige und konnte sich seinerseits eine spöttische Bemerkung Signe gegenüber nicht verkneifen: »Na, das wäre doch was für dich!«, grinste er und zeigte auf einen roten Smart fortwo, Baujahr 1999. »Satter 600-Kubikzentimeter-Motor, satte 45 PS!« Oscar pfiff spöttisch. Signe sah ihren Mitarbeiter und Kollegen konsterniert an.

»Das meinst du nicht im Ernst!«, sagte sie mit belegter Stimme. »Ich brauche ein Auto! Das ist kein Auto! Das ist ein Elefantenrollschuh!«

»Und wie wäre es damit?« Oscar zeigte auf das Bild eines kantigen und schnörkellos gezeichneten alten VW Scirocco. »Sieht doch ziemlich gut aus, ist wenig gelaufen und hat 110 PS!« Signe betrachtete etwas unentschlossen die Anzeige.

»Ist der nicht ein bisschen zu klein?«

»Na ja, ist halt eher ein Sportwagen als ein fahrbares Wohnzimmer, wie dein Ford selig …«

»Noch ist er nicht endgültig weg!«, begehrte Signe auf.

»Schau, der ist ähnlich alt. Und in der GLI-Ausstattung ist er doch bestimmt auch ganz kommod!«, fuhr Oscar ungerührt fort. Signe klickte sich skeptisch durch die Fotoserie, die einen wirklich beeindruckend gut erhaltenen Oldtimer zeigte.

»Aber die Farbe?«, zweifelte Signe, als sie ein Bild aufrief, auf dem die Sonne sich in dem giftgrünen Metalliclack der Motorhaube widerspiegelte.

»Ach das, das ist ein bisschen so wie bei den Pfeilgiftfröschen. Die haben extrem grelle Farben, um ihre Fressfeinde zu warnen. Und du warnst eben mit diesem grellen Grün deine Feinde im Verkehr – also alle, die dich an einem dir angemessenen Fortkommen hindern«, feixte Oscar.

»Meinst du?«, fragte Signe nachdenklich, ohne die nur gespielte Ernsthaftigkeit zu registrieren. Unter diesem Aspekt fand sie das Grün auf einmal eigentlich ganz hübsch. Oscar nickte bestärkend. Signe scrollte die Anzeigenseite hinunter. »Ein Vorbesitzer«, las sie laut, »Garagenwagen, Originalzustand. Mit TT?« Fragend sah sie ihren Kollegen an. »TT?«

»Tittentacho!«, kam die Antwort lapidar von der Tür und Signe fuhr angriffslustig herum, bereit, dieser verbalen Geschmacklosigkeit sofort etwas entgegenzusetzen. »Tittentacho«, wiederholte Viggo Henriksson. »Wegen der konisch nach vorn gewölbten Scheiben von Tacho und Drehzahlmesser. Golf 1. Das war mein erstes Auto – von meinem ersten Gehalt.« Signe nickte besänftigt und achtete nicht weiter auf die Aktenmappe, die ihr Viggo Henriksson noch auf den Schreibtisch legte, bevor er wieder verschwand.

»Okay, also von mir aus, Tittentacho.« Dann las sie den Anzeigentext zu Ende: »Also: Lückenloser Servicenachweis, Zahnriemen und Wasserpumpe neu, Grizzly-Lock-Diebstahlsicherung, Verkauf nur aus Altersgründen, Festpreis.« Sie sah Oscar zweifelnd an. »Und das mit der Farbe – meinst du das ernst?« Oscar sah Signe jetzt nachdenklich an. Er wunderte sich. Erst ließ seine Chefin eine gute Gelegenheit aus, ihn anzufrotzeln und dann fragte sie fast kindlich -naive Dinge und merkte noch nicht einmal, wenn er sie ein bisschen auf den Arm nahm. Er nickte vorsichtig. »Echt?« Er nickte etwas nachdrücklicher. »Dann lass uns fahren, ich brauche ja ein Auto. Angucken kann ich mir den ja mal. Und bevor den dann noch jemand anderes kauft ...«

*

Zwei Stunden später saß Signe in dem beigefarbenen Sportsitz und gab vorsichtig Gas. Willig drehte der Motor hoch. Entgegen ihrer Erfahrung mit ihrem alten Ford, ließ sich der erste Gang erstaunlich leicht einlegen, langsam ließ sie die Kupplung kommen und der Wagen setzte sich ruckfrei in Bewegung. Sie kurbelte das Fenster herunter, winkte, und langsam wurde der alte Herr, der ein wenig wehmütig seinem langjährigen Gefährt hinterher blickte, immer kleiner. Auf der Autobahn fuhr Signe vorsichtshalber – sie wollte den Wagen schonend an ihre Fahrweise gewöhnen – nur im mittleren Drehzahlbereich und blieb knapp unter der zulässigen Höchstgeschwindigkeit. Trotzdem gab es plötzlich einen Knall und daraufhin röhrte und dröhnte es ohrenbetäubend im Wagen. Erschrocken ging Signe vom Gas und hatte nach wenigen hundert Metern Glück, einen Rastplatz anfahren zu können. Langsam fuhr sie zu einer Parklücke, zog mit ihrem lärmenden Auto alle Blicke auf sich und erntete allseits Kopfschütteln. Als sie ausstieg, stand neben ihr ein Mann, der seine höchstens zweijährige Tochter, die von Signes röhrendem Auftritt unsanft aus dem Schlaf gerissen worden war, tröstend auf dem Arm hielt. »Hör mal«, giftete er Signe an, »ein lauter Auspuff macht aus deiner Scheißkarre noch lange keinen Sportwagen, sondern nur eine laute Scheißkarre!« Damit fuhr er seiner Tochter tröstend über den Kopf, gab ihr einen Kuss auf die Stirn und ließ Signe stehen. In dem Moment kam Oscar auf den Rastplatz gefahren.

*

Als die Tür geräuschvoll aufgerissen wurde, hob die hübsche blonde junge Frau am Annahmetresen der Autowerkstatt die linke, akkurat bogenförmig gezupfte schwarze Augenbraue. Nur einen kurzen Augenblick später verstellte sie Signe, die mit einem knappen »Hej« an ihr vorbeistürmen wollte, verbindlich lächelnd aber energisch den Weg in die Werkstatt.

»Hejhej! Kann ich dir helfen?«, fragte sie und zeigte ihre schneeweißen, ebenmäßigen Zähne. Signe sah sie kurz an und ihr Blick blieb an den wohlmanikürten Fingernägeln hängen.

»Das glaube ich nicht! Ich brauche einen Mechaniker. Und einen neuen Auspuff. Und das schnell!« Die adrett gekleidete junge Frau schüttelte ihren ebenso adrett frisierten Kopf. Nur allzu gut konnte sie sich an diese Kundin erinnern, die vor ungefähr einem Jahr, wüste fiskalische Drohungen ausstoßend, einen sofortigen Werkstatttermin erpresst hatte. »Nicht nochmal!«, hatte sie sich daraufhin geschworen und verbesserte nach dieser persönlich genommenen Niederlage ihr Standing gegenüber einer gewissen Art von Mitmenschen, indem sie sich seitdem vierteljährlich von der Buchhaltung bestätigen ließ, dass alles auf dem Laufenden sei. Also öffnete sie jetzt ihre

Arme und bewegte sie, als wenn sie eine Hühner-
schar scheuchen wollte, und drängte, noch immer
verbindlich lächelnd, die völlig verdatterte und über-
rumpelte Signe hinter den Tresen zurück.

*

»Lieferzeit mindestens vier Werktage! VW Classic
Parts … Kommen direkt aus Deutschland … Sie rufen an, wenn der Auspuff da ist!« Signe saß bei Oscar
Lind im Auto und berichtete stockend. Sie war genervt. Als Oscar anfuhr drehte sie sich nochmal zu
ihrem viperngrünen Scirocco um, der zwischen dem
Einheitssilber all der anderen Wagen geradewegs zu
leuchten schien.

»Und sonst? Wie fährt der sich nun?« Oscar sah
Signe neugierig an.

»Na ja – eigentlich gar nicht so schlecht. Aber er ist
so klein. Und hart. Irgendwie war mein Ford schon
bequemer!« Oscar lachte.

»Okay, die Zeiten, in denen du als Couch-Comander
durch die Gegend geschaukelt bist, sind natürlich erst
einmal vorbei …«

»Hoffentlich nur erst einmal!«, murmelte Signe düster
und verschränkte die Arme.

III

Signe Berglund sah die Aktenmappe auf ihrem Schreibtisch, fragte sich, wo die wohl herkäme, öffnete sie und begann zu lesen. Dann schlug sie krachend ihre Hand auf den Tisch. »Ha!«, stieß sie wild aus, »Hab' ich's mir doch gedacht!« Dann rief sie Viggo Henriksson und Oscar Lind zusammen.

»Hier, mit meinem vier ganz besonders schwere Autodiebstähle in Südschweden! Drei in Kalmar Län und einer in Kronobergs Län!«

»Weiß ich, hatte ich dir doch hingelegt. Und, na ja«, zweifelte Viggo. »Das hält sich ja nun von der Anzahl her wirklich in engen Grenzen! Wenn ich mich recht erinnere, waren es landesweit im ersten Halbjahr gut viertausend Fälle – das hier«, er zeigte auf die Mappe, »sind gerade mal ein Promille!« Er sah Signe verständnislos an. »Und Autodiebstahl gilt immer als besonders schwerer Diebstahl – wenn nicht gerade die Tür auf ist und der Zündschlüssel steckt ...«

»Ich sagte *ganz* besonders schwere Autodiebstähle!«

»Was heißt das? Haben die Lkw gestohlen?«, fragte Oscar und sah ebenfalls etwas ratlos aus. Signe verdrehte die Augen.

»Die haben nicht beliebige Autos geklaut, sondern Oldtimer! Neben meinem schönen Ford Granada einen alten Saab 99 von 1972, einen Volvo P1800 ES Schneewittchensarg von '73 und einen 70er Volvo -Amazon! Da kann man dann nicht einfach in einen Laden gehen, sich mal eben einen Neuen kaufen und dann zur Tagesordnung übergehen!«

»Ich will dir und deinem Ford ja nicht zu nahe treten, aber der war ja eher ein reiner Gebrauchsgegenstand, ich meine auch optisch und so!«

»*War*? *Und so*? Was willst du damit sagen?« Signe funkelte Oscar Lind an.

»Na ja, also, mit echten Oldtimern kann er das ja nun wirklich nicht aufnehmen! Ich meine optisch und so.« Auf das *war* wollte Oscar lieber nicht eingehen. »Und die anderen Wagen …«

»… waren geradeso geschätzte Alltagsbegleiter von ganz normalen Menschen, so wie ich es bin!« Als Viggo abwiegelnd seine Hände bewegte, zischte Signe »Rassist!« Und während Viggo dröhnend lachte, war Oscar froh, dass es dieses Mal nicht ihn erwischt hatte.

*

Robert Ekkheim legte den Telefonhörer auf die Gabel und rieb sich sein Ohr. Dann sah er auf seine Uhr. »Fast zwei Stunden!«, dachte er beeindruckt. »Die Zeit ging ja fix um!« Zufrieden lehnte er sich zurück. Er war immer wieder fasziniert, dass ihnen der Gesprächsstoff nicht ausging. Aber er verspürte jetzt auch eine riesengroße Sehnsucht nach Renate und haderte wieder ein bisschen mit ihrer Situation. »Da lerne ich ausgerechnet auf Gotland endlich mal wieder eine Frau kennen bei der alles passt und dann wohnt die in Bayern!«, dachte er etwas bitter und überlegte, ob er nicht einfach in Kalmar ins Flugzeug steigen sollte, um sie zu besuchen. Schon bei dem bloßen Gedanken wurde er ganz kribbelig. Er müsste nur das Glück haben, einen der wenigen Flüge zu bekommen, bei denen die Reisedauer nach Nürnberg keine zwölf bis vierzehn Stunden dauert! Die Fahrt nach Berching nicht mitgerechnet, aber da wären sie – sofern sie ihn abholte – ja auch schon zusammen. Er könnte dann ein paar unbeschwerte Tage mit Renate verbringen und wer weiß, vielleicht könnte er sie sogar überreden, ihn für ein paar weitere gemeinsame Tage hier nach Schweden zu begleiten?

Robert Ekkheim war voller Ideen, was er mit Renate alles unternehmen würde, alleine, mit seinen Freunden oder auch mit Katja, seiner Tochter … Bei Katjas Namen fiel ihm siedend heiß ein, dass sie nächste Woche aus Stockholm kommen und ihn besuchen wollte. Robert war hin- und hergerissen. Einerseits freute er sich, dass Katja ihn sehen wollte, was er nach ihrer beider Vorgeschichte[*], noch vor einem Jahr nie zu hoffen gewagt hätte, andererseits zog ihn seine Sehnsucht auch zu Renate. Rat- und bewegungslos stand er in seinem Wohnzimmer und wartete auf eine Eingebung.

*

Einbrüche gehörten nun wirklich zum Polizeialltag – wenn auch nicht unbedingt in das Ressort der Reichspolizei. Trotzdem hätte Signe nicht sagen können, an wie vielen Tatorten mit Einbruchsspuren sie schon gewesen war, aber so etwas hatte sie noch nie gesehen. Und das war auch der Grund, warum man

---

* Siehe: Tanz der Frösche – Signe Berglund beginnt mit Ermittlungen

die Reichspolizei hinzugezogen hatte. Nun stand Signe im Obergeschoss des schmucken zweigeschossigen Einfamilienhauses und staunte. Das Zimmer war absolut leer. Selbst die Tapeten waren säuberlich von den Wänden genommen. Nicht abgekratzt. Mit einem professionellen Spezialablöser, wie ihr Kollege Melker Berg bei seinen kriminaltechnischen Untersuchungen feststellen würde. Das Zimmer sah fast aus, wie es Zimmermann und Maurer seinerzeit geschaffen hatten. Signe strich sich durch die Haare und betrachtete das Foto. Es war kaum zu glauben, dass es sich bei dem Zimmer auf dem Bild tatsächlich um dasselbe Zimmer handelte, in dem sie sich gerade befand: An den Wänden waren grellbunte Tapeten mit großen symmetrischen Mustern und Poster von Musikgruppen oder Motorrädern, die Möbel waren bunt, verziert mit diversen Aufklebern, mal mit, mal ohne politischer Botschaft, immer aber in kräftigen Farben, und auf dem Fußboden fusselte ein weißer Flokati. Auf einem Tischchen stand eine Tropfkerze in einer bauchigen, fast komplett mit Wachs bedeckten Weinflasche. Auf dem Bettsofa lag eine Gitarre und davor stand ein vielleicht sechzehn oder siebzehn Jahre alter Junge mit langen blonden Haaren, einem bunt gebatikten T-Shirt, weit ausgestellten Jeans und den typisch schwedischen Holzbotten an den Füßen. Signe wandte sich um.

»Das ist euer Sohn?«, fragte sie das ältere Ehepaar, das in der Tür stand und sich gegenseitig zu stützen schien. Beide nickten schwach und Signe hatte den Eindruck, dass beide mit den Tränen rangen.

Der alte Mann seufzte tief. »Pelle ist tot. Drei Tage, nachdem dieses Foto entstanden ist«, die Stimme des alten Mannes wurde brüchig, »ist er versehentlich von einem Elchjäger im Wald erschossen worden. Ich weiß nicht, was unser Pelle da wollte, aber er trug an dem Tag keine gelbe Regenjacke wie sonst, wenn er während der Jagdsaison in den Wald ging – und dann kam es zu der schrecklichen Verwechslung …« Die letzten Worte hatte Signe mehr erraten denn gehört – die Stimme des Mannes war zu leise geworden. Seine Frau schluchzte auf. »Es kommt gerade alles wieder hoch!«, entschuldigte sie sich unter Tränen und Signe legte ihr etwas hilflos die Hand auf den Arm.

»Danke!«, sagte sie dann. »Ich habe nun genug gesehen. Lasst uns runtergehen, ich würde euch gerne noch ein paar Fragen stellen!«

*

Zwei Stunden später saß Signe mit Oscar und Viggo wieder in ihrem Büro. »Also, ich verstehe das einfach nicht!«, sagte sie und schüttelte wie zum Unterstreichen ihrer Aussage den Kopf. »Die Ohlssons waren eine ganze Woche bei der Schwester der Frau in Råneå und …«

»Wo ist das denn?«, wurde sie von Oscar unterbrochen. Sie sah ihn an und verzog ihr Gesicht zu einem breiten Grinsen. Oscar kannte dieses Grinsen. Danach folgten oft Sticheleien bezüglich seiner Zugehörigkeit zu den Rechtspopulisten. »Nee, heute nicht!«, dachte er und bevor Signe loslegen konnte, fuhr er schon fort: »Ich habe trotz Territorialkundeschulung durch die Partei keine Ahnung! Aber bitte verrate mich bloß nicht!« Dabei sah er sie aus seinen blauen Augen treuherzig an. Signes Grinsen wurde noch ein ganzes Stück breiter. »Råneå ist ein kleinerer Ort an der Ostküste, liegt weit nördlich des Gebietes der Svear[*] und einen Dagsmarsch nördlich von Luleå!« Signe zischte die S, rollte genüsslich jedes R und sprach zackig mit recht gut getroffenem deutschen Akzent. Oscar nickte dankend, während Viggo kopfschüttelnd zwischen den beiden hin und her guckte.

»Ihr beide habt gehörig einen an der Murmel!«, stellte er fest und sah dann Signe auffordernd an. »Und weiter mit den Ohlssons?«

»Na ja, die waren halt eine ganze Woche nicht da, die Einbrecher hätten mehr als genug Zeit gehabt, das ganze Haus auf den Kopf zu stellen und haben doch nur das Zimmer des Sohnes ausgeräumt – das allerdings ganz besonders gründlich.«

»Wieso sah das denn eigentlich noch immer so aus? Ich meine das Zimmer? Der Sohn ist doch schon ewig tot! Also ich hätte da ja längst ein Gästezimmer draus gemacht! Oder, wie meine Mutter aus meinem, ein Bügel- und Wäschezimmer. Ist doch schade um den verschenkten Platz!«

---

[*] Die Svear waren ein nordgermanischer Stamm, die in Schweden in der Region des Mälartales siedelten (Mittelschweden, umfasst etwa die heutigen Provinzen Darlana Län, Värmlands Län, Västmanlands Län, Uppsala Län, Stockholms Län, Örebro Län und Södermanlands Län). Ihre Geschichte reicht von der späten Eisenzeit bis in die Wikingerzeit. Im Mittelalter wurden sie für das Königreich Schweden namengebend: Sverige - Reich der Svea

Signe sah ihren jungen Kollegen nachsichtig an und lächelte. »Deine Mutter wollte sicherheitshalber das Zimmer blockieren, damit du nicht einfach wieder einziehst! Aber du lebst. Und wenn sie aus unbegreiflich Gründen Lust hat, dich in natura zu sehen, kann sie das problemlos machen! – Aber der Tod eines Kindes ist das Allerschlimmste für Eltern. Und wie damit umgegangen wird ist sehr individuell und ich hatte das Gefühl, das Zimmer ihres Sohnes war für die Ohlssons ein Ort der Erinnerung und des Trostes.«

Viggo nickte ernst zu Signes Ausführungen. Er dachte dabei an seine eigenen, fast erwachsenen Kinder. Oscar wünschte, lieber nichts gesagt zu haben. »Hätte ich mir auch denken können!«, schalt er sich und haderte mit seiner Gedankenlosigkeit. Er griff nach der Mappe auf dem Tisch und betrachtete das Foto von dem Zimmer. Auch wenn das alte Foto inzwischen einen leichten Blaustich hatte, der zumindest einigen Farben ihre Intensität nahm, schüttelte er sich vor diesem Farbpotpourri.

»Was macht man mit dem Kram? Wieso riskiert man für diese geschmacklichen Entgleisungen einen Gefängnisaufenthalt?« Signe und Viggo sahen sich an und nickten feixend. Dann sagte Viggo düster:

»Ganz, ganz dünnes Eis! In und mit genau solchen geschmacklichen Entgleisungen sind wir beide aufgewachsen!« Er deutete dabei auf Signe und sich. »Und Obacht, damit können wir uns jederzeit auf einen schweren emotionalen Ausnahmezustand berufen!«

»Oh, das konnte ich ja nun wirklich nicht befürchten!«
Jetzt war es Oscar, der grinste. »Aber das erklärt natürlich das eine oder andere – nur nicht, warum die lieben Nachbarn der Ohlssons nichts bemerkt haben! So was macht man ja nicht in zwei Stunden.«

Signe griff nach der Mappe auf dem Tisch. »Doch, die haben was gemerkt! Nur dachten sie, dass die Ohlssons umfassend renovieren lassen und deshalb auch zur Schwester gefahren sind. Die einen Nachbarn haben sogar ein Foto, auf dem der Kleinlaster zu sehen ist, der immer vor dem Haus stand.« Sie zeigte ein Foto, auf dem hinter einer fröhlich winkenden Kleinfamilie kurz vor dem Einsteigen in den Familienkombi ein weißer Kleinlaster mit dem Firmenlogo und der Beschriftung einer Baufirma zu sehen war.

»Und?«, fragten Viggo und Oscar nun wie aus einem Mund.

»Nichts. Der Wagen war geklaut. Das war clever gemacht, denn die Firma aus der Gegend von Oskarshamn hatte aufgrund der Schulferien zwei Wochen Betriebsferien, sodass der Autodiebstahl auch erst aufgefallen ist, nachdem unsere Einbrecher ihre Aktion längst abgeschlossen hatten. Gefunden hat man den Wagen übrigens auf einem Parkplatz in Östersund, und«, Signe sah jetzt zu Oscar, »bevor du fragst, wo das ist, knapp 150 Kilometer von der norwegischen Grenze entfernt, Höhe Trondheim.«

»Aber warum da? Das liegt ziemlich ab vom Schuss, würde ich sagen. Zumindest von hier aus.«

»Na ja, das ist immerhin eine Stadt mit 50.000 Einwohnern. Das ist mehr, als wir haben! Angeschlossen ans Schnellbahnnetz, an Autobahnen und sie haben auch einen eigenen Flughafen: Also groß und anonym genug, dass man da einen Kleinlaster abstellen kann, ohne dass das sofort auffällt. Und was wissen wir, welche Verbindungen der oder die Täter noch zu Östersund haben?« Signe grübelte.

»Keine Ahnung!« Oscar zuckte die Schultern.

»Aber genau das müssen wir herausfinden!«

IV

Signe nahm die enge Kurve sehr sportlich, erwartete das gewohnte Ausbrechen ihres geliebten Ford Granadas und stellte überrascht fest, dass ihr viperngrünes Surrogat geradezu auf dem Asphalt zu kleben schien. Als der Kurvenradius enger wurde, wollte sie zurückschalten und griff – noch immer die opulenten Platzverhältnisse ihres Fords gewöhnt – statt dessen Oscar ans Knie. Erschrocken zog sie die Hand zurück und sah Oscar an. »Äh – förlåt!«, beeilte sie sich zu sagen »Entschuldigung!« und lächelte ein wenig schief. »Das passiert mir öfter!«, grinste Oscar. »Ich habe gelernt, mich damit abzufinden. Als kleiner Untergebener kann ich eh nicht viel mehr machen, als gute Miene zum bösen Spiel ...«, schob er noch gespielt resigniert nach. »Doch! Du kannst dich nächstes Mal nach hinten setzen!«, schlug Signe, die sich inzwischen wieder gefangen hatte, vor und musste aufgrund dieser kurzen Unachtsamkeit heftig am Lenkrad kurbeln, um in der Kurve zu bleiben. Dann trat sie, als sie aus der Kurve kam, energisch das Gaspedal durch und freute sich, dass der Wagen deutlich spürbar Fahrt aufnahm.

»Du wolltest mir noch sagen, wohin wir fahren!«

»Stimmt!« Signe setzte den Blinker und zog mit einem zufriedenen Gesichtsausdruck knapp an einem Volvo vorbei. »In Nybro ist in den Loppis der Caritas eingebrochen worden.«

»In den Secondhandshop? Das ist ja kaum ein Fall für

die Reichspolizei … Oder machen wir jetzt auch Einbruch? Ist ja schon der zweite in kurzer Zeit.« Oscar, der dabei an das komplett leergeräumte Zimmer bei den Ohlssons dachte, sah seine Chefin fragend an.

»Der Einbruch alleine sicher nicht, aber dabei ist jemand schwer verletzt worden. Einer der Mitarbeiter war wohl noch im Lager, hörte dann ein verdächtiges Geräusch und ist daraufhin in den Laden. Da hat ihn dann jemand mit einem Schlag gegen den Kopf niedergestreckt. Er hat schwerste Verletzungen an der Schläfe. Sie hoffen, dass er durchkommt. Aber wann er dann vernehmungsfähig ist, steht in den Sternen.«

»Weiß man schon, was geklaut worden ist?«

»Hmm. Ein altes Jugendklappbett. Sieht aus wie ein normaler Schrank und wurde bei Bedarf einfach nach vorne ausgeklappt«, erklärte Signe, als sie das irritierte Gesicht ihres jungen Kollegen sah. »Die Frontseite war häufig, zumindest bei den sogenannten Jugendzimmern, knallrot, sehr, sehr grün oder ziemlich orange. Gehört in die Zeit der geschmacklichen Entgleisungen.« Oscar sagte dazu lieber nichts und sah, sich ein Lachen verkneifend, aus dem Fenster in den hellblauen Himmel, an dem sich, noch weit entfernt, eine dunkelgraue Regenwand abzeichnete.

Als sie vom Kalmarväg in den großen Verkehrskreisel einbogen und kurz darauf den Loppis erreichten, war der mit einem blau-weißen Flatterband der Polizei abgesperrt. Neben den beiden Streifenwagen standen auch einige andere Autos auf dem Parkplatz und eine Menschenmenge bedrängte die vier unifor-

mierten Polizisten, die beschwichtigend auf diese ein-
redeten und aus dem Eingangsbereich abzudrängen
versuchten. Ihr Erfolg war mäßig. Aber immerhin
kam niemand rein. Als Signe ihren Dienstausweis
zeigte, gaben sich die Kollegen redlich Mühe, ihnen
einen Korridor zu bahnen. Auch hier bleib der Erfolg
hinter den Erwartungen zurück. Immerhin konnten
Signe und Oscar sich durchdrängeln. Dann hörte Signe plötzlich eine energische Stimme. Sie verstand
nicht was sie sagte, aber das lag nicht an dem aufge-
regten Lärm, der sie umgab, sondern daran, dass die
Stimme deutsch sprach. Signe kannte die Stimme.

Als sie Robert Ekkheim in der Menge sah, musste
sie unwillkürlich lachen. Wie ein Fels in der Brandung
stand er in einer merkwürdigen blauen Jacke da, hatte
beide Arme erhoben und übersetzte lautstark, was
die Polizisten erst auf schwedisch, dann auf englisch
gesagt hatten und was von seinen Landsleuten, denn
ein Teil der Drängler waren eben dies, entweder nicht
verstanden oder schlichtweg ignoriert wurde.

»Ich werde ja wohl in meinem Urlaub ungehindert
in einen Loppis gehen dürfen!«, echauffierte sich ein
dynamischer Mitdreißiger mit Designerbrille, Dreita-
gebart und einer Kleidung, die eine Mischung aus
Eleganz und Gleichgültigkeit darstellte. An seiner Seite das weibliche Pendant dazu. Sie trug zur sonnen-
bankgebräunten Haut ein sehr enges cremefarbenes
Sommerkleid und Haare auf den Zähnen: »Das ist typisch! Erst werben sie damit, dass das einer der beste
Loppis in ganz Südschweden ist und man da gaaanz

tolle Schnäppchen machen kann, und dann kommen irgendwelche uniformierten Kasperle und lassen einen nicht rein! Obwohl doch im Internet steht, dass jetzt geöffnet ist!« Triumphierend hielt sie mit ihrer auffällig beringten Hand ihr Smartphone in die Luft.

Robert versuchte sich erneut als Vermittler. »Das interessiert hier keinen«, blaffte ihn die Designerbrille an. »Ich sag immer: Wish it, want it, do it! Wir gehen da jetzt rein! Meinst du, wir sind über hundert Kilometer for nothing gefahren?« Robert erklärte, dass dies ein Tatort und er deshalb abgesperrt sei. Die Designerbrille wurde aggressiver: »Wer oder was bist du denn überhaupt? Der Hausmeister, was?« Er guckte abfällig auf Roberts blaue Kitteljacke und lachte hämisch. Dann stieß er Robert unvermittelt so kräftig vor die Brust, dass Robert, Gleichgewicht suchend, rückwärts ins Strauchen geriet. Aber der Mann war noch immer nicht am Ende seiner persönlichen Eskalationstreppe angekommen. Durch die eigene Aggressivität aufgepeitscht, setzte er nach und verpasste Robert einen Aufwärtshaken. Der stolperte und ging zu Boden. Aber da hatte sich Oscar bereits in Bewegung gesetzt, hatte den Mann erreicht und drehte ihm geschmeidig die Hand, mit der er gerade noch einmal ausholen wollte, auf den Rücken, zog sie an, sodass der Mann aufjaulte. Seine weibliche Begleitung hatte jetzt ihre französische Designerhandtasche kurz gefasst und drosch auf Oscar ein. »Lass ihn los du – du Wikinger, du! Loslassen, oder ich schlage dir den Schädel ein!« Obgleich sich nun die uniformierten Polizisten in Bewegung setzten und versuchten, sich einen Weg durch die lüstern gaffende Menge zu bahnen, war Signe schneller bei der inzwischen immer wilder um sich schlagenden und laut keifenden Frau. Robert, der sich gerade hochrappelte, konnte zu seinem Bedauern nicht sehen, was Signe genau anstellte. Er sah nur den prügelnden Arm erschlaffen und die Handtasche im hohen Bogen auf den Boden fallen, wo sie, bei dem Versuch der Menge einen guten Sehplatz zu ergattern, umgehend von unzähligen Füßen zertrampelt wurde. Dann kamen auch die uniformierten Kollegen und scheuchten die noch immer neugierige, aber jetzt auch etwas eingeschüchterte Menge auseinander.

Signe und Oscar standen mit Robert und dem Pärchen, dessen Hände mit Kabelbindern auf dem Rücken fixiert waren, abseits der Menge. Und während Signe und Oscar die beiden zu befragen versuchten, dolmetschte Robert. »Ich habe exzellente Verbindungen! Auch hier in Schweden! Bis ganz nach oben! Ich bin bei einem global agierenden Finanzinvestor Head of Controlling!«, blaffte gerade die Designerbrille.

Als Robert übersetzte, schüttelten Signe und Oscar den Kopf. Niemandem in Schweden würde es in den Sinn kommen, mit seinem Beruf oder seiner beruflichen Position anzugeben oder Eindruck damit schinden zu wollen. Dementsprechend reserviert war dann auch Signes Reaktion. »Was ist der?«, fragte sie, »Controller? Hieß das nicht früher einfach Türsteher?« Als Robert auch das genüsslich übersetzte überschlug sich fast die Stimme des Mannes. »Ich werde mich beschweren! So geht niemand ungestraft mit mir um! Schon gar nicht ein kleiner schwarzer Hilfssheriff! Das wird dir noch leidtun, einen unbescholtenen Bürger der EU, einen Leistungsträger der Gesellschaft …« Weiter kam er nicht, den Signe hatte zwei der uniformierten Kollegen herbeigewunken: »Seid doch so nett und macht die hier mal weg!« Dabei machte sie Handbewegungen, die keinerlei Zweifel daran ließen, was sie von den beiden Querulanten hielt. Dann sah sie sich um und deutete auf einen feuerroten Chevrolet Camaro, der mit offenem Verdeck diagonal auf gleich zwei Parkplätzen stand. »Und kümmert euch bitte auch um den Wagen …« »Aber da der hier weder den Verkehr behindert, noch eine Gefahr darstellt, eilt das nicht so!«, sagte Oscar nun zu den Kollegen und sah demonstrativ in den Himmel, wo sich die graue Regenwand immer näher geschoben und sie fast erreicht hatte. Die Kollegen sahen hoch, nickten grinsend, und führten das Pärchen ab. Robert hatte längst aufgehört zu übersetzen.

»So, und wieso bist du jetzt hier?«, wandte sich Signe an Robert und gab ihm einen Begrüßungskuss. An Roberts Statt antwortete Oscar: »Also mich wundert's nicht!«, sagte er lächelnd und gab Robert die Hand. »Hier ist eben wieder was los, was nicht ganz alltäglich ist.« »Danke für eben!«, sagte Robert, aber Oscar winkte ab. Dann wandte Robert sich an Signe: »Ich wollte eigentlich nach einer neuen Flurlampe gucken …« Signe schmunzelte. »Und ich dachte schon, du suchst eine neue Jacke …« Robert strich betont langsam und sorgfältig seine blaue Kitteljacke glatt. »Geschmack ist nun mal nicht jedem gegeben! Wo war ich unterbrochen worden? Ach ja, als ich hier ankam, fand ich das absolute Chaos vor. Und dann habe ich halt versucht zu vermitteln – schließlich waren viele ja Deutsche und wir haben es ja meist nicht so mit schwedisch. Na ja, bis auf die zwei oder drei, die dann ja auch friedlich abgezogen sind ...«

*

Nachdem Signe Berglund und Oscar Lind eine gute Stunde im Loppis verbracht hatten, waren sie auch nicht viel schlauer als vorher. Fest stand nur, dass der oder die Täter die Eingangstür aufgehebelt und dann das Schrankbett mit der, wie sie hörten, seltenen kornblumenblauen Frontpartie, vorher fein säuberlich zerlegt, durch diese Tür auch wieder abtransportiert hatten. Verwertbare Spuren waren kaum vorhanden, sah man mal von dem Blutfleck des verletzten Mitarbeiters auf dem dicken Wollteppich und den unzähligen Fingerabdrücken ab, die die Forensiker schier zur Verzweiflung trieben. »Wie soll man da was Vernünftiges extrahieren, wenn hier alle alles angegrabbelt haben?«, fluchte Melker Berg und machte Signe keine großen Hoffnungen, dass seine Arbeit hier irgendetwas zur Aufklärung des Falles beitragen könnte. Als Signe und Oscar gerade wieder in dem viperngrünen Scirocco saßen, klatschten die ersten dicken Regentropfen auf die Frontscheibe. »Wohl dem, der jetzt ein Dach über dem Kopf hat«, sagte Signe versonnen und fuhr an dem feuerroten Chevrolet Camaro vorbei auf die Straße.

V

»Weiß deine Mutter, dass wir Kontakt haben?« Robert Ekkheim saß mit Katja Abrahamsson am Frühstückstisch. Er hatte beide Ellenbogen auf den Tisch gestützt, hielt mit beiden Händen einen Becher Kaffee und sah sie über dessen Rand hinweg erwartungsvoll an. Katja schüttelte ihren Kopf, sodass ihre rote Haarmähne durcheinander stob und im Sonnenlicht zu glühen schien. Robert schmunzelte. »Markus hat recht«, dachte er amüsiert, »seine Schwester *ist* eine Feuerfrau!«

»Vielleicht ahnt sie es, aber wir reden nicht darüber. Will ich auch nicht – nachdem, was passiert ist!«

»Und dein … äh …« »Papa?«, half sie ihm aus und Robert verspürte einen kleinen Stich. »Klar, weiß der das! Der hatte mich doch selbst ermutigt, mich mit dir zu treffen, als ich ihn und meine Mutter letztes Jahr in Kanada besucht habe!«

»Und?«, fragte Robert unsicher.

»Er sagt, er freut sich für uns. Und dass er dich irgendwann kennenlernen möchte.«

»Und es stört ihn kein bisschen?«

»Nö. Wieso? Er wusste ja immer, dass er nicht mein leiblicher Vater ist. Und mein Papa bleibt er ja. Ich bin bei ihm aufgewachsen und das kann uns niemand nehmen!« Sie sah Robert an und lachte. »Nun guck doch nicht so, freue dich lieber, dass ich eine tolle Kindheit hatte! Und nun habe ich sogar noch einen

Bonus-Vater dazu!« Robert lächelte, wenn auch etwas schief. »Sie hat natürlich recht«, dachte er und versuchte dabei Kopf und Bauch in Einklang zu bringen. Es gelang ihm nur unvollständig.

*

Der Weg von Hultebräanby nach Växjö betrug keine 100 Kilometer – für schwedische Verhältnisse eher ein Katzensprung – und führte über gut ausgebaute Straßen in einer Stunde zum Ziel. Trotzdem war der gefühlte Weg um ein Vielfaches länger. Das lag einerseits an der schnurgeraden Straße, die, dem Landschaftsraum folgend, auf jeder Hügelkuppe kilometerweite Ausblicke auf das kommende, immer gleiche Asphaltband eröffnete, andererseits an den Wäldern, die die Straße säumten und dem Auge wenig Abwechslung boten. Aber heute war alles anders. Robert und Katja erzählten sich, womit ihr Leben in den vergangenen Monaten ausgefüllt gewesen war, sie lachten und freuten sich, teilzuhaben. So kurzweilig verging die Zeit, dass Robert erstaunt war ein Hinweisschild zu passieren, das ihnen den Weg zum Zentrum Växjös wies.

Kurz darauf bog Robert in die Linnégata ein, fuhr am Dom vorbei und lenkte seinen Wagen am Kreisel Richtung Växjösjön, dem großen See inmitten der Stadt. Sein Ziel war wie immer die Straße zwischen dem Krankenhaus und *Smålands Museum*. Hier war das Parken vergleichsweise günstig und die Innenstadt nur wenige Gehminuten entfernt. Aber heute wollten sie sich ja *Smålands Museum* ansehen und ob sie dann noch Lust hätten, auf einen Kaffee in die Stadt zu gehen, wussten sie noch nicht. Vorsichtshalber zog er sich seine blaue Jacke aus Baumwolldrillich an und verstaute seine Habseligkeiten in den großen tiefen Taschen. Katja grinste. »Du hast jetzt wirklich was von einem Hausmeister – oder Tankwart!« »Egal, ich mag die!«, entgegnete Robert inhaltlich etwas unbestimmt und steckte den Autoschlüssel ein.

Nun schlenderten Robert und Katja durch die Museumsräume und die umfangreiche Glasausstellung – fasziniert, was man mit und aus Glas so alles machen kann. »Nicht nur Papier ist geduldig!«, grinste Katja und dann lachten sie gemeinsam über einen originalgroßen feuerroten Highheel, staunten zusammen, wie dekorativ einfache Glasscherben an dünnen Drähten von der Decke baumeln können und zogen beeindruckt an langen Vitrinen mit Vasen und Kelchen aus den unterschiedlichsten Epochen vorbei.

Als Robert sich gerade von einem Glasrevolver aus den 1930er Jahren abwandte und sich fragte, wie man nur auf so eine Idee kommen kann, sah er einen jüngeren Mann in einem blaugrauen Arbeitskittel, der sich mühte, einen mit einer riesigen Holzkiste beladenen Rollwagen um die Ecke zu bugsieren. Offensichtlich war der Wagen schwer, denn trotz erkennbar großer Anstrengung blieb der Erfolg aus. Robert überlegte nicht lange: »Kann ich dir helfen?« Dankbar nickte der Mann und bat Robert nun am Bügelgriff zu schieben, während er selbst in die Hocke ging und vorne am Wagenboden zog. Gemeinsam wuchteten sie das Gefährt um die Ecke, zogen es auf diese Weise vorsichtig den engen Gang zwischen den Vitrinen entlang, bis sie zu einem kleinen Flur kamen, der vor einer Seitentür endete.

Robert sah dem Mann mit dem Rollwagen noch kurz nach, wie der durch die Seitentür aus den Gebäude verschwand. Robert drehte sich um und blickte direkt in Katjas lachendes Gesicht. »Nun hast du dir aber wirklich einen Kaffee verdient!«, sagte sie, zeigte auf ein kleines Hinweisschild im Gang, hakte sich unter und zog ihn in Richtung der kleinen Cafeteria. Einen Augenblick später hatten sie jeder einen Becher Kaffee in Händen und sahen aus dem großen Fenster hinaus in den sich zuziehenden Himmel. »Regnet es?«, fragte Katja, kniff die Augen zusammen und versuchte irgendetwas zu erkennen. »Ich glaube, wir sollten das mit dem Stadtbummel lieber lassen und es uns zu Hause gemütlich machen!«

*

»Scheiße!«, entfuhr es Oscar Lind. »Ich glaub's ja nicht!« Er raufte sich die Haare und ließ die Bilder zurückspulen. Aber auch das erneute Abspielen ergab keine anderen Erkenntnisse als die, gegen die er sich so sträubte. Er schüttelte den Kopf, griff zum Telefon und rief Signe an.

Zehn Minuten später betrat Signe neugierig Oscars Büro. »Wir haben da was von den Kollegen aus Växjö bekommen. *Zur* Info und gegebenenfalls mit der Bitte *um* Infos …« Er blickte zu ihr hoch und fügte hinzu: »Und nicht erschrecken!« Signe sah Os-

car verständnislos an, während der den Wiedergabe-
knopf drückte. Auf dem Bildschirm erschienen in
schneller Folge einige weiße und schwarze Streifen,
dann wurden die Bilder klar. Signe sah einen Ausstellungsraum mit Vitrinen, in denen etliche große Vasen
und Pokale zu sehen waren. Weiter hinten war un-
deutlich eine Frau zu erkennen, deren Kopf von einem rötlich schimmernden Ring umgeben war und
die in eine der Vitrinen zu gucken schien. Dann
schob sich ein Rollwagen ins Bild, der mit einer grö-
ßeren Holzkiste beladen war. Wer ihn um die Ecke zu
schieben versuchte, war nicht zu sehen. Dann kam
ein anderer Mann ins Bild, übernahm jetzt den Rollwagen und schob ihn durch die Gänge. Signe stutzte.

»Zoom das mal ran!«, forderte sie aufgeregt von Oscar. »Was soll das? Da ist doch …«

»Dein Freund Robert!«, beendete Oscar ihren Satz.

»Was zum Teufel macht der da?« Signe war perplex.

»Auch wenn ich das nicht glauben mag, es sieht so
aus, als wenn er einen Teil der Ausstellung aus dem
Museum klaut! Jedenfalls ist aus diesem Museum gestern am helllichten Tag ein Teil der Glasausstellung
verschwunden.« Signe sah Oscar mit großen Augen
an.

»Das kann gar nicht sein! Was soll er damit? So
etwas macht Robert ganz bestimmt nicht, da bin ich
mir tausendprozentig sicher! Ich kenne ihn! Das muss
ein Doppelgänger sein!« Sie stutzte. »Jetzt beginne ich
schon, auch solchen Unsinn von mir zu geben …«,

dachte sie und so, wie Oscar sie ansah, dachte er wohl dasselbe. Schließlich kannten sie beide derartige Äußerungen von Angehörigen oder Freunden von Tatverdächtigen. »Okay«, sagte sie also betont sachlich. »Das *ist* Robert. Niemand sonst trägt freiwillig so eine Jacke! Wissen wir, wer die Frau ist?«

»Ich weiß nicht – sie steht ja die ganze Zeit mit dem Rücken zur Kamera. Aber die Größe, die Haare – das könnte Katja Abrahamsson sein.«

»Hm … Katja? Unsere Katja?[*] Das würde allerdings passen. Robert hatte erzählt, dass sie ihn diese Woche besuchen will. Ich glaube, da ist jetzt wohl Klärung angesagt!« Oscar nickte.

Kurze Zeit, nachdem sie sich vergewissert hatten, dass Robert zu Hause war, startete Signe mit einem flauen Bauchgefühl den Motor. »Hoffentlich hat er eine verdammt gute Erklärung parat!«, murmelte sie und freute sich, dass Oscar ihr zustimmte.

*

Robert legte den Hörer auf. »Signe kommt gleich mit ihrem Kollegen. Was ganz Wichtiges, sagt sie. Und sie klang dabei irgendwie eigenartig!« Nachdenklich kratzte er sich am Kinn und sah Katja an. Die freute sich darauf, Signe und wahrscheinlich Oscar – denn sie ging nach den Erfahrungen ihrer letztjährigen Hospitation bei der Polizei davon aus, dass Oscar besagter Kollege sei – wiederzusehen. »Na, ich mach schon mal Kaffee«, sagte Robert und machte sich auf

---

[*] Siehe: Leichenwechsel – Signe Berglund sucht ein Motiv

den Weg in die Küche.

Bald darauf legte Oscar seinen Tablet-PC auf den Tisch, auf dem schon die dampfende Kaffeebecher standen. »Nimm erst einmal einen Schluck!«, forderte Signe Robert auf und drückte ihn dann sanft auf den Stuhl vor dem Tablet.

»Ihr macht das ja spannend!«, lächelte Robert unsicher und auch Katja wirkte etwas angespannt. Und das lag nicht nur daran, dass sie Oscar wiedersah. Dann drückte der auf Wiedergabe.

Das ungläubige Lachen von Robert und Katja wich dem Schrecken. Signe erzählte mit ernster Miene von dem Diebstahl im Museum und sah Robert an. »Ihr – ihr glaubt doch nicht etwa, dass ich – dass wir was damit zu tun haben?« Roberts Stimme klang seltsam rau und heiser und sein Blick flog zwischen Signe und Oscar hin und her.

»Nein!«, sagte Oscar, »Aber wir sind nicht ausschlaggebend und die Kolleginnen und Kollegen aus Växjö sehen das leider anders. Die kennen dich nicht, wissen nicht, dass es zu deinen persönlichen Eigenarten zählt, immer genau da aufzutauchen, wo gerade etwas Merkwürdiges passiert. Und sie geben im Gegensatz zu mir nichts auf deine Freundschaft zu Signe! Die haben nur diese Bilder, die dich in deiner – äh – Arbeitsjacke mit der Kiste und dem Rollwagen zeigen. Und in deiner Jacke sehen sie vermutlich sogar den Versuch einer Tarnung!« Signe sah ihren Kollegen erst überrascht, dann amüsiert an. Robert war so perplex über das, was da auf ihn zuzurollen schien, dass er ganz vergaß, seine geliebte Jacke zu verteidigen.

»Aber da war doch dieser andere Mann! Der kam mit dem Rollwagen zu uns in den Raum!«, meldete sich Katja zu Wort. »Robert wollte doch nur nett sein und ihm helfen!«

»Aber der andere ist leider nirgendwo zu sehen …«, Signe zuckte bedauernd die Schultern.

»Nee, der war ja auch in der Hocke und zog den Wagen vorne am Ladeboden, weil der Wagen da keinen Griff hatte! Ich habe dem doch nur geholfen, weil ich dachte, der gehört zum Museum! Der hatte doch so einen Kittel an!« Signe und Oscar sahen sich an und schmunzelten.

»Gibt es noch aus den anderen Räumen irgendwelche Aufnahmen?« Oscar schüttelte bedauernd den Kopf.

»Ich weiß es leider nicht. Växjö hat uns nur diese hier zukommen lassen.«

»Dann sollten wir da vielleicht mal nachfragen!«, sagte Signe und zückte ihr Smartphone.

Nach dem Telefonat schüttelte Signe den Kopf. »Die anderen Aufnahmen sind nicht aussagekräftig oder gar nicht zu gebrauchen. Die Kamera in dem Raum, wo die Glassachen …«

»Was soll ich denn eigentlich genau geklaut haben?«, fragte Robert dazwischen.

»Gebrauchsglas. Aus dem Raum mit gläsernen Alltagsgegenständen. Das meiste aus den 1940er bis Ende der 1970er Jahre – von A wie Apfelreiben bis Z wie Zuckerstreuer.« Robert sah sie ungläubig an.

»Erstens konnte man in den Raum gar nicht rein, der war mit Ständern und Kordeln abgesperrt und zweitens, was soll ich mit dem Kram?«

»Na, für die Äpfel deines Apfelbaumes hättest du dann jetzt eine Apfelreibe. Und für den Rest einen Schuppen. Jedenfalls war die Kamera in dem Ausstellungsraum manipuliert worden. Die haben einfach ein Foto von dem leeren Raum vor die Kamera gehängt. Und der Täter hat seinen Weg so geschickt gewählt, dass er durch möglichst wenig Räume musste und teilweise durch Glasinstallationen oder hohe Vitrinen verdeckt oder verzerrt war. Nur im letzten Raum war es schwierig. Aber da hast du ihm ja ganz selbstlos aus der Bredouille geholfen und für ihn in die Kamera gegrient!«

»Das klingt ja, als ob ich …« Robert war empört.

»Ja! Schließlich sind wir Snuten – und wir Bullen glauben erst einmal nur das, was wir sehen. Und das bist nun mal du alleine mit dem Rollwagen! Dass ich dich mag«, Signe grinste fies, »na ja, meistens jedenfalls, zählt hier leider nicht.«

VI

Ella sah Signe skeptisch an. »Was ist das?«, fragte sie, als sie vor dem viperngrünen Scirocco standen, mit dem Signe sie vom Bahnhof abholte. Signe seufzte tief.

»Eigentlich habe ich mich wirklich auf dich gefreut!«

»Kann der auch hüpfen?«, setzte Ella noch einen drauf. Natürlich wusste sie von Signes neuer automobiler Errungenschaft, hatte sie aber aufgrund deren sofortigen Werkstattaufenthaltes und ihrer Dienstreise bisher noch nicht begutachten können. Als Signe mit Ellas Trolley in der Hand den Kofferraum öffnete, entfuhr Ella ein »Ach Gott, ist das niedlich!« Signes Blick ging von Ella zum Kofferraum und wieder zurück.

»Na ja, der vom Ford war natürlich so groß wie die Iffehallen[*] – aber sei ehrlich, wann braucht man das schon mal?«, verteidigte sie ihren neuen Wagen, aber es klang auch in ihren Ohren wenig überzeugend. Resigniert ließ sie den Trolley in den Kofferraum, die Heckklappe ins Schloss und sich selbst dann in den Fahrersitz fallen. Ella ruckelte bereits auf dem Beifahrersitz hin und her.

»Hm, keine Sessel aber bequem. Und mit Sicherheit besser für den Rücken!«

Bald darauf saßen sie, wie immer wenn das Wetter es zuließ und es etwas zu erzählen gab oder sie einen

---

[*] Eissporthalle des Kalmar HC

Tag Revue passieren lassen wollten, auf ihrem Balkon hoch über dem Kalmarsund und blinzelten in die Sonne. Als Ella von ihrer Dienstreise erzählt hatte, stemmte sie beide Hände ins Kreuz und dehnte sich. »War also insgesamt wirklich ganz nett – aber seit ein paar Tagen habe ich Rücken, die Matratzen waren schrecklich weich!« Signe guckte sie bedauernd an. »Schade, aber dann werde ich dich nachher lieber in Ruhe lassen!« »Untersteh dich!«, war alles, was Ella unter anzüglichem Grinsen erwiderte. Signe nickte zufrieden und erzählte dann, was sie in der Zwischenzeit erlebt hatte. Als die Sache mit Robert, Katja und dem Museum zur Sprache kam, wurde sie brüsk von Ella unterbrochen: »Du hast was?«

»Ich habe Robert und Katja nach Växjö gefahren und den Kollegen überstellt.«

»War das wirklich nötig?«

»Na, immerhin ist er zur Zeit der Hauptverdächtige und Katja mindestens Zeugin. Also mussten sie vernommen werden und das liegt nun mal in der Zuständigkeit der Växjöer. Und nun haben sie sowohl Roberts Aussage als auch die von Katja und werden hoffentlich bald herausfinden, dass beide unschuldig sind. Darauf und auf den Schrecken sitzen Vater und Tochter wahrscheinlich gerade hyggelig auf Roberts Terrasse und trinken eine schöne Flasche Rotwein!« Ella schüttelte ihren Kopf.

»Wer dich zur Freundin hat, braucht keine Feindin!«

»Aber ich bin nun mal bei den Snuten. Und ich muss

mein Privat- und das Berufsleben fein säuberlich auseinanderhalten. Da kann es auch schon mal sein, dass das eine oder andere sich da unterordnen muss!« Ella hörte sehr wohl den leichten Ärger, der in Signes Stimme mitschwang.

»Okay, okay«, sagte sie betont versöhnlich, »aber das ist doch schon komisch, Freunde auszuliefern, oder?«

»Klar ist das komisch. Aber was heißt schon ausliefern? Besser ich fahre sie zu den Kollegen, als dass die sie abholen – möglicherweise noch mit den Uniformierten! Und außerdem glaube ich ja sowieso daran, dass sie unschuldig sind!«

»Das wäre ja aber wohl auch noch schöner …«

Signe dachte an das letzte Jahr, wo Robert ein paar Mal mit traumwandlerischer Sicherheit stets da aufgetaucht war, wo dann auch eine Leiche gefunden wurde. »Unabhängig davon macht er es einem aber auch wirklich nicht gerade leicht!«, stellte sie fest und nippte an ihrem Glas.

*

Auf dem Weg zu ihrem Büro schaute Signe bei Oscar vorbei. Statt eines *god morgon!* oder wenigstens eines *hej!* gähnte sie herzhaft. Signes Gähnen wirkte ansteckend und so gähnte auch Oscar ausgiebig – mit weit geöffneten Mund und fest zusammengekniffenen Augen. Signe ließ ihre Tasche von ihrer Schulter auf seinen Schreibtisch plumpsen und sah ihn grinsend an. »Na? Hast du heute Nacht auch Besseres zu tun gehabt, als einfach nur zu pennen?« Oscar sah sie verständnislos an und dann errötete er. »Ich, äh, nein

…«, stammelte er und wurde vom Klingeln des Telefons unterbrochen. Fast dankbar sah er es an und nahm den Hörer ab. Er meldete sich, lauschte und sah dann alarmiert zu Signe. Als diese zu einer Frage ansetzte, hob Oscar abwehrend die freie Hand. »Ja … okay … Danke!« Er legte auf und blickte in Signes erwartungsvolles Gesicht. »Hjalmar Andersson, der aus dem Loppis in Nybro, ist vor einer Stunde seinen Verletzungen erlegen!«

Wenig später fläzte sich Signe auf ihrem Bürostuhl, hatte die Hände in den Hosentaschen und die Füße auf dem Schreibtisch platziert und kaute auf einem Kugelschreiber. »Wieso erschlägt man jemanden wegen eines Schrankbettes? Musste Hjalmar Andersson«, Signe nannte Tote, insbesondere Mordopfer, immer bei ihrem Namen, um ihnen etwas von ihrer Würde zurückzugeben, »überhaupt deswegen sterben oder ist da noch etwas ganz anderes mit im Spiel?« Der Kugelschreiber wanderte nun vom linken in den rechten Mundwinkel. »Abgesehen davon, dass man es nicht einmal seinem ärgsten Feind wünschen würde, wegen eines 70er-Jahre-Schrankbettes erschlagen zu werden«, dachte sie. »Und wenn es ein Unglück war? Aber warum hat dann niemand den Rettungsdienst benachrichtigt? Das hätte man ja auch anonym machen können! Von mir aus, wenn man sich in Sicherheit gebracht hat!« Signe wurschtelte eine Hand hervor, nahm den Stift aus dem Mund und ließ ihn dann rhythmisch gegen ihre Schneidezähne federn. »Oder …«, überlegte sie, »das mit dem Schrankbett soll tatsächlich nur ablenken. Eine falsche Spur legen.« Sie musste ob dieses Gedankens den Kopf schütteln und stellte sich vor, wie strunzdoof jemand sein müsste, wegen einer falschen Fährte ein unhandliches Schrankbett zu klauen, wenn der ganze Loppis mit Sachen vollsteht, die wesentlich leichter und einfacher zu handhaben sind – und genauso gut eine falsche Spur legen könnten. Signe überlegte angestrengt, auf welche Fährte sie wohl ein buntes Schrankbett überhaupt locken könnte.

Das Läuten des Telefons riss Signe aus ihren Gedanken. Zerstreut steckte sie den Kugelschreiber in den Mund und nahm mit der nun freien Hand den Telefonhörer ab: »Piegne Werkwund, Riekjfolich«, hörte sie sich selber sagen und spuckte den Stift aus. Nun klopfte sie an den Hörer, raschelte über die Muschel. »Hallo?«, fragte sie scheinheilig, »Ist da jemand? Hier ist Signe Berglund, Reichspolizei! Hallo?« Das zufriedene Grinsen über ihren Einfall zur Rettung der peinlichen Situation gefror immer mehr, je länger sie Ella am anderen Ende der Leitung zuhörte.

»Das … das ist jetzt nicht dein Ernst!«, stammelte sie und rollte mit den Augen. »Das kannst du doch nicht machen!« Sie lauschte wieder in den Hörer. »Du bist bescheuert! Absolut bescheuert!« Signe hatte mit einem Ruck die Füße vom Tisch genommen, saß nun kerzengerade und war laut geworden, sie schnitt Ella das Wort ab: »Das ist nicht bequem und praktisch, das ist abartig! Lass uns bitte noch mal in Ruhe darüber reden!« In einer Mischung aus Verzweiflung und Ärger sah Signe zur Decke. »Shit, ich liebe eine

Verrückte!«, sagte sie halblaut, um danach kurz und energisch aufzuschreien und mit der flachen Hand mehrmals auf den Tisch zu hauen. In der Leitung knackte es. Signe sah den Hörer an und schmiss ihn auf die Gabel. »Shit, Shit, Shit!«, sie drosch dazu mit beiden Händen auf den Tisch ein.

»Oh, du weißt es also schon?« Viggo Henriksson war in Signes Büro getreten und legte die Nummernschilder ihres geklauten Fords auf den Schreibtisch. »Sind von einer Streife in Göteborg gefunden worden. Von deinem Wagen aber leider keine Spur …« Signe warf einen Blick auf das verbogene Blech und seufzte.

»Ja, danke! Aber ich habe gerade ganz andere Probleme!« Viggo runzelte die Stirn und sah sie ungläubig an. Dann betonte er langsam:

»Das sind deine alten Nummernschilder!«

»Ja, ich weiß«, Signe winkte ab. »Die Nummernschilder von meinem Ford, ja. Aber Ella hat mir gerade eröffnet, dass sie sich chippen lassen will. Das sei ja so bequem und praktisch.« Viggo schüttelte seinen Kopf.

»Die spinnt!«

»Leider!«, sagte Signe und sah betrübt ihren Kollegen und Freund an. »Und nun?«

»Ausreden! – Wenn sie es denn wirklich ernst meint.«

»Klang leider so!«, seufzte Signe und beschloss, heute etwas eher Feierabend zu machen. »Ich gehe heute früher, werde ein paar Blumen kaufen und eine schöne Flasche Rotwein. Und dann mit ihr reden. Vernünftigen Argumenten wird sie sich ja wohl kaum verschließen können!« Viggo sah sie zweifelnd an. »Dann greift Plan B! Ich haue ihr die Blumen um die Ohren und verziehe mich mit der Flasche Wein ins Schlafzimmer!« Dabei grinste Signe etwas schief.

»Ich drücke dir die Daumen«, sagte Viggo. »Und wenn ich irgendetwas tun kann ...« Signe nickte ihm dankbar zu.

*

Signe schloss die Haustür auf und hörte Stimmen. Leise legte sie ihre Schlüssel ab und lauschte. Robert? Sie verstand zwar nichts, aber es schien eindeutig seine Stimme zu sein. Dann lachte jemand – eine Frau – und Ella stimmte ein. Robert und Katja? Zweifelnd blickte Signe auf die Blumen. »Das wird dann ja wohl erst mal nichts!«, dachte sie und hoffte, dass es morgen noch nicht zu spät sein würde. Signe atmete tief durch, ließ ihre Tasche auf den Boden gleiten, streifte ihre Ballerinas von den Füßen und warf noch einen Blick auf den üppigen Blumenstrauß. »Oh nein«, dachte sie, »nicht bei *den* Blumenpreisen! Die kommen jetzt zuerst ins Wasser!«

Signe öffnete die Tür, die den Flur vom großzügigen, ineinanderfließenden Wohn- und Küchentrakt abgrenzte. Als erstes sah sie Robert und Katja, die es sich in den Sesseln vor der weit geöffneten Balkonfensterfront gemütlich gemacht hatten. Dann sah sie Ella aus der Küche treten. »Whow! Für mich?«, Ella kam lachend auf Signe zu, umarmte sie, gab ihr einen

Kuss, nahm ihr den Blumenstrauß ab und versenkte ihre Nase darin. »Oh, die duften ja sogar!« Was Signe dabei sah, ließ ihre Beine weich werden und ihr wurde schlagartig Übel. Sie musste würgen, rannte ins Badezimmer aber außer dem Würgereflex kam nichts. »Oh Gott, sie hat es gemacht! Tatsächlich gemacht!«, schoss es ihr durch den Kopf. Erneut musste sie würgen. Dann hörte sie ein zaghaftes Klopfen. »Signe? Liebes, kann ich was für dich tun?« Signe sah hoch und sich im Spiegel an. Sie fand sich blass, zumindest ein bisschen blasser als sonst. »Nee – ich komme gleich!«, presste sie hervor, machte den Wasserhahn auf und schaufelte sich Wasser ins Gesicht. Das kalte Nass tat ihr gut. Sie atmete tief durch, schüttelte sich kräftig, dass die Wassertropfen nur so durch das Bad stoben, sah das Aschgrau aus ihrem Gesicht gewichen und öffnete die Tür.

Nachdem Signe Robert und Katja begrüßt hatte, nahm sie Ella in den Arm. »Warum?«, wisperte sie ihr ins Ohr, noch bevor Ella fragen konnte, ob es ihr wieder besser gehen würde. »Was warum?«, fragte Ella und sah ihre Freundin irritiert an. »Der Chip!«, zischte Signe lauter und böser als sie eigentlich wollte. »Da in deiner Hand!« Damit drehte sie Ellas Handrücken blitzschnell nach oben und deutete auf eine kleine Verletzung zwischen Daumen und Zeigefinger. Ella sah Signe mit großen Augen an. Dann lachte sie ein gurrendes tiefes Lachen. »Du spinnst, du spinnst ja total!«, sagte sie kopfschüttelnd. »Ich fragte doch nur, ob das nicht eventuell in einigen Situationen wirklich ganz praktisch wäre! So, wie man auch darüber redet, was man mit einem Lottogewinn machen würde. Da renne ich doch auch nicht gleich los und …«

»Und das? Was ist das da bitte?«

Robert und Katja sahen sich ob des plötzlichen harten Wortwechsels an. Sie wussten zwar nicht worum es ging, aber irgendwie schien es ernster zu sein. Jedenfalls für Signe. Ella begann schon wieder zu lachen.

»Das? Das ist das Stigma meiner Schusseligkeit …«

»Hab ich mir gedacht!«, unterbrach Signe düster.

Ella versuchte Signe in den Arm zu nehmen, doch die wehrte ab. Nun verfinsterte sich auch Ellas Miene. »Was unterstellst du mir hier eigentlich? Und mit welchem Recht? Und selbst wenn ich Bauch, Beine, Po oder jeden einzelnen Körperteil chippen würde, dann ist das ganz allein meine Sache, ist das klar?«, zischte Ella und gab Signe einen leichten Stups mit dem Zeigefinger. Die drehte sich um und verschwand mit einem »Ph, mach doch was du willst!« in der offenen Küche. Ella wandte sich kopfschüttelnd Robert und Katja zu und ließ sich in einen Sessel fallen.

Robert war erstaunt, dass Ella ganz entspannt zu lächeln schien. Katja grinste. »Ihr Lesben seid wirklich auch kein bisschen besser …« »Nein«, lachte Ella wieder gurrend, »absolut nicht! Stinkstiefel *und* doof können wir auch!« Dann kratzte sich Ella sehr nachdenklich und ausgiebig an dem von Signe so kritisch beäugten Handrücken. Katja sah ihr einen Augenblick zu. Dann fragte sie: »Was war denn los? Das klang ja richtig heftig!« Robert guckte Katja an, fand diese Frage viel zu neugierig und schüttelte nur den Kopf. Aber Ella zuckte leicht mit den Schultern und berichtete: »Ich wollte heute Vormittag kurz zu meinem Trainer und meine neuen Trainingsunterlagen vorbeibringen, hatte aber blöderweise die falsche Tasche mit ...«

»Was machst du? Fitness? Bauch, Beine, Po?«

»Nee. Kickboxen.«

»Whow! Einfach nur so?«

»Nee, auf Landesebene.«

»Oha! Und ist das nicht furchtbar hart?«

»Für die anderen manchmal schon. Ich bin ziemlich gut. Na, jedenfalls hatte ich meine Unterlagen vergessen und da hat mein Trainer gefragt, ob ich mich nicht auch chippen lassen wolle. Er hätte seit Kurzem einen und so immer alles aktuell dabei. Inklusive elektronischem Studio- und Spindschlüssel, E-Payment und so weiter. Und das alles nur mit einem einzigen kleinen Stich mit einer Spritze zwischen Daumen und Zeigefinger und schon ist der Chip unter der Haut. Das habe ich dann Signe am Telefon erzählt und die ist komplett ausgerastet. Die hat gar nicht mehr zugehört. Ich habe gar nicht gesagt, dass ich das machen will! Ich habe ihr nur erzählt, wie mein Trainer mir davon vorgeschwärmt hat. Und dann hat sie vorhin die kleine Stelle hier an meiner Hand gesehen – na, den Rest habt ihr ja mitbekommen!«

»Das mit den Chips nimmt wirklich zu. Ich habe jetzt öfter schon Leute gesehen, die ihre Hand an Türöffner halten oder sogar damit bezahlen!« Katja machte ein nachdenkliches Gesicht. »Es mag ja vielleicht mal praktisch sein, aber ich weiß nicht so recht …«

»Ist schon arg gewöhnungsbedürftig!«, pflichtete Ella bei und sah Robert an. »Was sagst du dazu?« Robert hob abwehrend beide Arme.

»Nix für mich! Ich sehe ja schon die sogenannten sozialen Netzwerke ziemlich kritisch! Und Smartphones als Voraussetzung für soziale und gesellschaftliche Teilhabe. Und dann auch noch ein Chip, wo dann weiß ich wer weiß, wo ich gerade bin und ich nicht kontrollieren kann, wer das weiß und was alles gespeichert wird? Und das auch noch freiwillig? Nee, wirklich, vielen Dank auch!« Ella und Katja sahen sich an und prusteten los.

»Das ist typisch deutsch!«, japste Katja und Ella fügte hinzu: »Die Generation Wählscheibe und ihre diffusen Ängste vor jeder Zukunftstechnologie! Neulich habe ich deinen Vater an einem Geldautomaten gesehen: Er hat Bargeld gezogen!« Sie lachten gemeinsam und Robert kam sich vor wie ein Reptil aus Urzeiten. Auch um von sich abzulenken, fragte er an Ella gewandt:

»Und was hast du denn da jetzt an der Hand?«

»Ich habe seit meiner Dienstreise Rückenschmerzen und war heute endlich mal bei meinem Akupunkteur. Der hat seine Nadeln gesetzt und ich lag da ganz hyggelig auf der Liege und plötzlich fiel mir ein, dass ich morgen einen wichtigen Termin habe. Und als ich nur mal ganz schnell nachschauen wollte wann der genau ist, hatte ich die verdammten Nadeln vergessen und bin dann irgendwie in meiner Handtasche damit hängen geblieben.«

»Autsch!«, sagte Katja und in dem Moment kam Signe ins Wohnzimmer gefegt.

»Und warum hast du mir nichts davon gesagt? Ich stehe jetzt wieder da, als wäre ich total bescheuert!« Signe gestikulierte wild mit den Armen aber Ella war jetzt aufgestanden und nahm Signe in den Arm.

»Wieso als wäre?«, fragte sie sanft und drückte Signe im selben Augenblick so fest an sich, dass deren Gegenwehr sofort erstarb. Was Signe sagte, blieb Robert und Katja verschlossen, aber Ella sah sehr zufrieden aus.

VII

Skeptisch betrachtete Robert das Display von Jontes Smartphone. »Schau mal, und hier kann ich die Heizung steuern, und wenn ich dann nach Hause komme, ist es schön warm!« Jonte sah stolz aus wie ein kleiner Junge, der sein neues Lieblingsspielzeug präsentiert. »Und da ist es möglich zu gucken, ob alles in Ordnung ist. Hier, mein Schlafzimmer, die Küche, das Wohnzimmer …« Auf dem Display erschienen nacheinander zwar kleine, aber gestochen scharfe Schwarzweißaufnahmen der einzelnen Räume. Robert schluckte. »Hast du jetzt echt überall Kameras?« Jonte nickte eifrig. »Klar, sonst könnte ich ja nichts sehen! Und das hier, das habe ich mir selbst ausgedacht – meine Wasseruhr!« Auf dem Bildschirm war jetzt eine mechanische Wasseruhr zu sehen. »Wenn ich eine digitale Uhr kriege, geht das natürlich einfacher, genauso wie mit dem Stromzähler, aber solange mache ich das eben mit einer Extrakamera!« Robert sah seinen Freund ungläubig an. »Und was soll das? Ich meine, eine Wasseruhr beobachten? Das ist ja fast so aufregend wie Malen nach Zahlen!« Nun war es an Jonte, seinen Freund ungläubig anzusehen.

»Stell dir doch mal vor, du bist bei Renate, über 1.200 Kilometer weit weg. Da kannst du dann mal schnell nachschauen, ob sich deine Wasseruhr bewegt und du vielleicht einen Wasserrohrbruch hast! Und dann rufst du mich schnell an und ich kann Schlimmeres verhindern!«

»Und wenn du bei Mia in Malmö bist? Immerhin

auch rund 250 Kilometer weit weg?«

»Dann rufe ich bei Sven und Liv an. Die haben von mir einen Schlüssel und dann sage ich ihnen, wo dein Schlüssel ist – dann können die sich kümmern! Klasse was? Wenn ich dann eine digitale Wasseruhr habe, kann ich die mit der Versicherung koppeln und wenn die ununterbrochen Wasserverbrauch feststellt, werden die tätig. Und die Versicherung wird auch noch billiger!« Jonte sah sehr zufrieden aus.

»Na, hoffentlich sind Sven und Liv nicht gerade im Theater und hoffentlich fällt nie der Strom aus! Und hoffentlich verlierst du nie dein Smartphone!« Jontes augenscheinliche Zufriedenheit wich einer kurzzeitigen Verunsicherung. Dann sah Jonte aus, als wenn er gedanklich für die angesprochenen Probleme Lösungen prüfen würde. Robert grinste und begann den Salat zu waschen.

Nachdem Robert und Jonte beim Abendessen über für Robert weniger irritierende oder abwegige Themen geklönt hatten, war Robert jetzt auf dem Weg durchs Dorf nach Hause. Es war warm und trotz der späten Stunde noch fast taghell. Robert genoss die entspannte Stille, schlenderte die Dorfstraße entlang und sah hinter der Kurve sein Haus auftauchen. »Brennt da Licht?«, wunderte er sich, war er doch sicher, vorhin kein Licht angemacht zu haben. »War ja auch hellster Sonnenschein, als ich vorhin aufgebrochen bin«, dachte er und fragte sich, ob er jetzt nicht doch gerne mit einer von Jontes Kontroll-Apps nachschauen wollen würde, ob alles okay ist.

»Nein, niemals!«, dachte er trotzig und öffnete die schmiedeeiserne Gartenpforte. Aber statt direkt zur Haustür zu gehen, schlich er erst mal vorsichtig zu einem der Wohnzimmerfenster und spähte hinein. Nichts. Nur im Flur brannte Licht. Robert schüttelte ärgerlich den Kopf. »Jetzt lasse ich mich auch schon von dieser blöden Kontrollhysterie verrückt machen!« Er öffnete die Haustür und musste lachen. Er erinnerte sich wieder, vorhin irgendwie gegen den Besen gestoßen zu sein, der immer neben der Tür im Flur stand. Und der war dann anscheinend umgefallen und lehnte jetzt mit seinem Stiel am Lichtschalter. »Dagegen gibt es auch keine App!«, dachte er und überlegte, ob er sich auf den Schrecken vielleicht ein Glas Rotwein gönnen sollte.

*

Zufrieden legte Signe den Telefonhörer auf, verließ ihr Büro und ging zu Oscar. »Gruß aus Växjö. Katja und Robert sind nicht länger verdächtig. Die Technik hat auf dem Boden Spuren gefunden, die nur dadurch entstanden sein können, dass jemand in der Hocke, also eher watschelnd, etwas Schweres gezogen hat. Das stützt Roberts Aussage. Aber noch entscheidender ist, dass ein anderer Besucher gehört und gesehen hat, wie Robert einen anderen Mann fragte, ob er ihm helfen könne.«

»Und warum hat Robert von dem nichts gesagt?«

»Weil er den Mann wohl gar nicht gesehen hat. Der kam nämlich gerade aus der Toilette, die sich im Flur zwischen den Ausstellungsräumen befindet. Und er hat Robert auch nur von schräg hinten gesehen. Aber da er ihn vorher schon in einem anderen Raum getroffen hatte und sich an seine seltsame blaue Drillichjacke erinnerte, war ihm sofort klar, wen er da hat sprechen hören – diese Jacke hat fast was von einem Alleinstellungsmerkmal. Zum Glück, sonst würden ja noch mehr damit herumrennen!«

»Ich glaube, ich muss mir die nochmal genauer anschauen …«

»Denk nicht einmal daran! Wenn du mit so einem Ding hier aufschlägst, führt das unweigerlich zur sofortigen Suspendierung!«

Signe hatte bei dem Blick in Oscars Gesicht das Gefühl, dass der es durchaus darauf ankommen lassen würde.

*

»Hej Melker. Bist du noch einmal die Spuren durchgegangen?« Melker Berg, der etwas bärbeißige Leiter der Forensik, gab erwartungsgemäß eine eher knurrige Antwort.

»Was glaubst du denn, wofür ich hier so schlecht bezahlt werde? Ich habe jetzt auch den Rest der Fingerabdrücke einscannen lassen – der Abgleich läuft, kann aber aufgrund der Menge dauern. Und natürlich haben wir alles noch einmal geprüft und nochmals gegengecheckt. Aber wenn man schon beim ersten Mal akkurat arbeitet, findet man eben beim zweiten Mal auch nicht mehr!« Signe verdrehte die Augen und sagte dann besänftigend:

»Gut, dann sind wir da ja ganz auf der sicheren Seite. Haben deine Untersuchungen zu den Kopfverletzungen noch irgendwas Interessantes ergeben?«

»Sie werfen weiterhin Fragen auf. Der Schlag gegen die rechte Schläfe ist zwar letztendlich doch tödlich gewesen, aber die Verletzung wirkt auf mich eher so, als sei er mit einer Wand kollidiert.« Signe sah Melker fragend an. »Wenn man jemanden mit einem harten Gegenstand niederschlägt, ist die Aufprallfläche, die todesursächlich ist, relativ klein, meist nur wenige Quadratzentimeter groß, z.B. bei einem Knüppel – von mir aus auch mit einem Kerzenleuchter, einer Statue oder einem Stein. Hier ist es anders.« Melker nahm die um seinen Hals hängende Brille und putzte sie umständlich. Signe zog, wie immer wenn sie ungeduldig wurde, ihre Augenbrauen zusammen.

»Wenn du dann mal wieder Durchblick hast, wäre ich dir wirklich verbunden, wenn du weitermachen könntest!« Melker brummte Unverständliches. Dann hielt er die Brille ins Licht, nickte, setzte sie auf und ging zu seinem Schreibtisch. Wortlos hämmerte er auf der Tastatur herum, grunzte dann zufrieden und drehte den Bildschirm zu Signe.

»Wie du hier sehen kannst, wirken die Schläfenknochen nicht eingeschlagen, sondern eher eingedrückt, großflächig gesplittert, ohne offen zu sein. Wie von einer Bratpfanne, einem Brett oder ähnlichem.« Melker sah Signe an, die nichts weiter erkennen konnte, als eine große blutverkrustete Wunde. Sie nickte trotzdem. »Merkwürdig auch der Schlagwinkel«, fuhr

Melker fort. »Die allermeisten Schläge werden von schräg oben ausgeführt. Dieser kam seitlich, fast parallel zum Boden. Und es war nur ein Schlag und der ist nicht mal mit der sonst üblichen brutalen oder panischen Vehemenz ausgeführt worden. Also für mein Gefühl sieht das Ganze eher wie beiläufig aus. An genau dosiert mag ich nicht glauben.«

»Hm … und trotzdem tödlich …«

»Ja, denn außer einer kleinen Schramme am Schienbein haben wir keine weiteren Wunden gefunden. Auch kein Gift. Eventuell war er leicht dekoffeiniert, er hatte nur noch eine halbe Kanne Kaffee im Magen – aber das schlägt ja höchstens auf's Gemüt.« Melker grinste und griff zum Kaffeebecher. Er trank einen Schluck und Signe sah sehnsüchtig auf die halbvolle gläserne Kaffeekanne, die auf dem Rolltisch auf der anderen Seite des Schreibtisches stand. »Nimm ruhig, dient ja der Arbeitsatmosphäre!« Er sah Signe zu, wie sie zielsicher den größten Kaffeebecher nahm und ihn bis zum Rand füllte. »Also«, sagte er dann, »der Schlag hat sauber die Schläfe eingedrückt, die arteria temporalis superficialis verl…«

»Hä?«, unterbrach Signe ihren Kollegen. »Was?«

»… die oberflächliche Schläfenarterie verletzt, was zu der Sauerei auf dem Flokati geführt hat – und gleichzeitig den Kopf schräg nach hinten geschleudert. Im Krankenhaus haben sie auch Verletzungen der Halswirbel festgestellt. Für sich allein betrachtet nichts Inkurables …« Als Melker Signes Gesichtsausdruck sah, fügte er schnell ein »Also die hätte man wieder hingekriegt!« hinzu. Signe kaute an ihrer Unterlippe und überlegte. Sie wurde aus Melkers Ausführungen nicht so ganz schlau; es waren ihr zu viele unkonkrete Aussagen enthalten.

»Und? War es denn nun Mord?«

»Vielleicht, möglich ist danach alles, vielleicht auch Totschlag oder schwere Körperverletzung mit Todesfolge – aber das herauszufinden, seid ihr zuständig.«

»Geht's vielleicht ein bisschen konkreter?«

»Also, trotz des ungewöhnlichen Schlagwinkels, trotz der großflächigen Fraktur, sieht es für mich eher nach Mord oder Totschlag aus – aber einen Unfall will ich auch nicht ausschließen. Da, wo wir den Toten ...«

»Hjalmar Andersson«, unterbrach Signe.

»... äh ja, also Hjalmar Andersson, gefunden haben, war auch im Umkreis von zwei Metern nichts, was bei einem Sturz zu derartigen Verletzungen hätte führen können. Selbst auf dem Boden lag ein dicker Flokati, der den Sturz leidlich abgefedert hat. Und wenn er woanders niedergeschlagen wurde und sich trotz der Verletzung hätte bis dahin schleppen können, gäbe es eine deutliche Blutspur!«

Signe nickte mehrmals langsam und kaute wieder an ihrer Unterlippe. Dann ging sie gedankenversunken zur Tür, drehte sich nochmals um, sagte: »Tack för besväret!« und zog die Tür hinter sich zu. »Danke für deine Bemühungen?«, brummte Melker. »Das klingt bei der immer wie die finale Abmahnung!«

Nach dem Besuch bei Melker saß Signe mit Oscar und Viggo zusammen im Besprechungszimmer. »Wir müssen nochmal nach Nybro in den Loppis. Selbst wenn Hjalmar Andersson zum Zeitpunkt des Überfalls alleine im Laden war, hat vielleicht irgendwer an einem der vorherigen Tage doch etwas gesehen oder gehört. Irgendetwas, dem vielleicht vorher keinerlei Bedeutung beigemessen wurde, das aber vor dem Hintergrund des Mordes in anderem Licht erscheint!« Signe sah auffordernd zu ihren Kollegen. »Okay, ich fahre!«, sagte Oscar und stand auf. »Soll ich mitkommen?« Oscar war überrascht. Viggo Henriksson war zwar, sah er mal von den Momenten ab, in denen er ihm wegen seiner Mitgliedschaft bei den SD ordentlich zugesetzt hatte, bis jetzt für ihn immer ein geschätzter, fairer und freundlicher Kollege gewesen, aber dass er seine Nähe gesucht hätte, war bisher nicht vorgekommen. »Unter dem geselligen Aspekt gerne«, beeilte sich Oscar zu sagen, »wegen der Arbeit ist es nicht wirklich notwendig!« Signe sah die beiden an. »Haut bloß ab!«, grinste sie dann, »Und trinkt wegen des geselligen Aspektes mindestens einen Kaffee für mich mit!« Sie war zufrieden. Unter dem Gesichtspunkt der Arbeitseffizienz war diese Doppelbesetzung zwar Quatsch, aber hinsichtlich der Teambildung schien ihr diese Geste Viggos durchaus unterstützenswert. Bisher hatte der sich zwar schon öfter auch für Oscar stark gemacht – aber das war immer rein rational begründet gewesen.

*

Robert stand im ICA-Supermarkt in einer langen Kassenschlange und ärgerte sich. Warum musste er auch ausgerechnet Freitag Nachmittag zum Einkaufen fahren, wenn gefühlt halb Småland unterwegs war, seine Wochenendeinkäufe zu erledigen? Sein genervter Blick schweifte jetzt gelangweilt hin und her und blieb schließlich am Zeitungsständer hängen. *Inbrott i ABBA-Museum!* stand in großen Lettern auf der ersten Seite einer Zeitung, die er nur las, wenn er weder *Dagens Nyheter* und noch nicht einmal *Svenska Dagbladet* bekommen konnte – zu reißerisch fand er die allermeisten Themen aufgemacht. Doch diesmal nahm er die Zeitung aus dem Ständer und verkürzte sich die Wartezeit mit dem Lesen über den Einbruch im ABBA-Museum, den das Blatt in seinem ganz eigenen Duktus als Sakrileg am schwedischen Liedgut bezeichnete und wilde Spekulationen über eine vorderasiatische Musikmafia aufstellte, die ihr heimisches Liedgut mit Hilfe der nun fast vollständig abhandengekommenen Referenzpressungen aller Vinylplatten revolutionieren will. »Wieso nur«, grübelte Robert, für dessen nordeuropäisch geprägte Ohren die vorderasiatische Harmonielehre ebenso schwer nachvollziehbar war, wie für seinen Intellekt die wilden Spekulationen über die Musikmafia, »wird jetzt dauernd irgendwo in Museen eingebrochen und Kram aus den 1970er Jahren geklaut?«

*

»Hej, ich habe gerade einen Anruf der Nollåttor erhalten …«

Signe schreckte aus ihren Gedanken hoch. Sie haderte gerade mal wieder damit, dass trotz landesweiter Suche noch keine Spur von ihrem geliebten Ford Granada gefunden worden war. Es war ja nicht so, dass sie inzwischen nicht auch an dem agilen und wendigen Scirocco Gefallen gefunden hätte, aber zuhause fühlte sie sich in ihm noch lange nicht. »Was? Von wem?«

»Na, den Stockholmern!« Nun verdrehte Signe die Augen. Der Spitzname 08er nach der Telefonvorwahl Stockholms für die angeblich so dünkelhaften Hauptstadtbewohner war ihrer Ansicht nach weniger deren Arroganz als vielmehr dem latenten Minderwertigkeitskomplex einiger anderer Regionen geschuldet.

»Und? Haben sie dir lauter gute Ratschläge gegeben, wie du dein Leben und die Arbeit besser in den Griff kriegen kannst?«, fragte sie spöttisch, woraufhin Melker die Augen verdrehte, aber nicht darauf einging.

»Bei den Fingerabdrücken gibt es einen Treffer. Aus dem ABBA-Museum …«

»Dem ABBA-Museum? Wieso denn dem ABBA-Museum?« Signe war verwirrt.

»Vielleicht weil da eingebrochen wurde? Und fast die gesamte Sammlung der Erst- und Referenzpressungen der ABBA-LPs und -Singles geklaut wurde? Hast du seit gestern nur – nee, halt stopp, das will ich gar nicht wissen! Im Radio reden sie jedenfalls von fast nichts anderem und spielen ABBA rauf und runter!«

»Wenn du das sagst … Ich höre kein Radio, ich arbeite! Aber was heißt das denn nun? Können wir den Fingerabdruck jemandem zuweisen?«

»Noch nicht. Aber immerhin wissen wir, dass möglicherweise der oder einer der Täter aus Nybro auch bei dem Einbruch in Stockholm dabei war!«

»Und wenn es ein blöder Zufall ist? Vielleicht war er in Stockholm, ebenso wie in Nybro, einfach nur Besucher?«

»In Stockholm ganz sicher nicht. Die Fingerabdrücke waren nicht irgendwo, sondern *innerhalb* der Vitrine, in der sich einige der Platten befanden. Und die war nachweislich abgeschlossen – jedenfalls bis sie aufgehebelt wurde. Und da der Abgleich der Fingerabdrücke aller Angestellten negativ war, bleibt also nur eine Schlussfolgerung: Die Fingerabdrücke können nur von dem oder einem der Täter stammen und sind beim Ausräumen der Vitrine auf die Scheiben gekommen!«

VIII

Äußerlich gelassen lenkte Oscar Lind den Dienst-volvo über den neuerbauten Verkehrsknotenpunkt westlich von Kalmar, bog dort auf die 25 ab, fuhr an der Trabrennbahn *Kalmartravet* vorbei und Nybro entgegen. Viggo Henriksson fläzte sich auf dem Beifahrersitz. Vor wenigen Minuten hatte er Oscar gesagt, dass er ihn und seine Arbeit inzwischen sehr schätzen und sich freuen würde, dass er jetzt zum Team gehöre. Oscar war sprachlos gewesen – wie damals, als Signe ihm Ähnliches offenbart hatte. Er verspürte tatsächlich so etwas wie Stolz. Stolz, sich durchgebissen zu haben, hier angekommen zu sein und von Leuten geschätzt zu werden, die er insgeheim bewunderte. Vielleicht langte es deswegen auch zu nicht mehr, als zu einem etwas linkischen »Danke! Ich bin auch froh, hier zu sein!«, was Viggo innerlich lächelnd, äußerlich grunzend und mit einem knappen »Na, dann passt's doch!« quittierte.

Oscar parkte den Volvo neben einem feuerroten Chevrolet Camaro. Von der Frontscheibe aus breitete sich eine mit weißer Farbe bekleckste, durchsichtige Malerfolie über das Auto aus. Diverse Klebebandstücke hinderten sie daran, heruntergeweht zu werden. Viggo stieg aus und sah erstaunt das Auto an. »Verkaufen die jetzt auch Autos?« »Nee«, grinste Oscar, »das ist ein Überbleibsel von dem Scharmützel mit den beiden überreagierenden Touristen. Der Eigentümer ist wohl noch nicht dazu gekommen, sein feuerrotes Spielmobil hier abzuholen – und unsere Leute sind ja

immer unterbesetzt und haben *so* viel zu tun ...«
»War das da, wo ihr wegen des Einbruchs hier wart
und jemand Signes Freund Robert angegangen ist?«
Oscar nickte fröhlich und öffnete die Ladentür.

*

»Das war ja verdammt nett von denen, den Wagen
abzudecken!«, meinte Viggo, als er wieder an dem Camaro vorbeiging. Dann sah er ein Stück Klebeband,
bei dem sich das Oberteil von der Klebeschicht gelöst hatte. Die wiederum schien dafür eine innigliche
Verbindung mit dem feuerroten Lack eingegangen zu
sein. Neugierig pulte er an einem der anderen Klebe-
streifen. Auch der teilte sich und ließ sein Unteres
auf dem Lack zurück. »Nett ist manchmal doch die
kleine Schwester von Scheiße!«, stellte er befriedigt fest.
Oscar und Viggo grinsten sich an und stiegen ins Auto.
»Du hast Signe gehört, wir sollen einen Kaffee für sie
mittrinken. Das war eine klare dienstliche Anordnung!
Fahr mal Richtung Centrum und von da dann nach
Puckeberg. Da soll es ein schönes Café geben!«

Wenige Minuten später saßen die Beamten in dem
Café direkt neben der Glasfabrik. Obwohl das Café in
einer alten Werkhalle lag, in der zu früheren Zeiten die
gläsernen Aufsätze mit den Firmenlogos für Tanksäu-
len gefertigt wurden, war es nun schick und gemütlich
hier. Und der Kuchen hausgemacht und der Kaffee
med påtår, also zum selber nachschenken. »Na, das
war ja nun eben wirklich nicht der Hit!«, sagte Oscar
enttäuscht. »Ob uns das nun auf irgendeine Weise
weiterbringt? Also ich möchte das ja stark bezweifeln!«

»Ich auch. Na immerhin macht der Kuchen gute Laune!« Beherzt schob sich Viggo ein großes Stück Torte in den Mund.

»Wenn es doch wenigstens eine belastbare Personenbeschreibung geben würde! Aber ich weiß echt nicht, was wir mit denen anfangen sollen!«

»Ach«, Viggo winkte ab, »die sind auch nicht schlechter als die meisten anderen, mit denen wir uns sonst herschlagen müssen.« Er nahm einen Schluck Kaffee. »Ich finde, da kann Signe wirklich froh sein, dass wir es ihr so gut gehen lassen!« Viggo schnalzte mit der Zunge und griff nach dem Kuchenteller.

»Fakt ist, dass mehreren Mitarbeiterinnen und Mitarbeiter des Loppis ein paar Tage vor dem Einbruch eine Gruppe junger Leute aufgefallen ist, die miteinander Möbel, Lampen und vieles andere begutachtet haben und nachher doch mit leeren Händen wieder gegangen sind.«

»Aber sich viele Notizen gemacht haben!«, erinnerte Viggo, stand auf und holte sich noch ein Stück Torte vom Tresen. »Ich glaube, Signe würde noch eines nehmen!«, sagte er entschuldigend und hieb seine Gabel in den Kuchen.

»Also suchen wir junge Leute, die schreiben können …«, sinnierte Oscar.

»Exakt! Und es war mindestens eine Frau dabei. Und ein Mann mit einer auffälligen bunten Tätowierung auf dem linken Unterarm. Einem Vogel oder Drachen oder so. Jedenfalls irgendetwas mit Flügeln!«

»Whow! Na, das grenzt die möglichen Kandidaten ja mächtig ein! Allerdings natürlich nur, wenn die Flügel nicht zu einem Totenkopf, Engel oder Alicorn gehören ...«

»Aliwas?« Viggo runzelte fragend die Stirn.

»Das ist ein geflügeltes Einhorn.«

Viggos »Ach so« klang, als ob diese Viecher überall herumstehen würden, er das aber eben einfach mal nicht im Blick hatte. »Immerhin«, fuhr er dann fort, »könnte das Verhalten der Gruppe ein Indiz dafür sein, dass sie gezielt vorgegangen sind. Nicht einfach irgendwo einbrechen und dann gucken, sondern erst auswählen und dann gezielt da rein ... Und vielleicht passt ja auch Växjö dazu. Und wenn nicht, ist das wie bei einem Puzzle. Da hast du auch erst einmal viele Teile, die du beiseite legst – und irgendwann passen sie genau ins Bild! Also speicher die Infos einfach ab und hole dir noch einen Kaffee!« Trotz eines skeptischen Gesichtsausdrucks stand Oscar folgsam auf und trottete zur Kaffeemaschine. Vor dem Feierabend würden sie ganz sicher nicht mehr im Büro vorbeischauen. Nur noch den Wagen zurückbringen.

*

Signe starrte auf das eingeschlagene Dreiecksfenster der Fahrertür. Unwillkürlich blickte sie sich um. Natürlich war weit und breit niemand zu sehen. Sie unterdrückte schweren Herzens den Impuls, ihrer Wut freien Lauf zu lassen. Dann überkam sie ein Verdacht und sie sah vorsichtig ins Auto, aber unterhalb des Armaturenbrett hingen keine Kabel herab. Dafür sah sie Metallspäne auf dem Boden. »Scheiße!«, dachte sie und wurschtelte ihr Handy aus der Tasche. »Hej Melker, ich bin es, Signe. Ich brauche dich hier …«

»Hier?«, kam es mürrisch zurück.

»Ja, hier.«

»Und wo ist hier?«

»Bei mir. Parkplatz. Und bring dein großes Besteck mit!«

Zwanzig Minuten später bremste Melkers gerade ein Jahr alter Volvo V90 direkt vor Signe, die ihn bereits ungeduldig erwartete. Stumm zeigte sie auf ihren Wagen. Melker holte eine große Tasche aus dem Laderaum und machte sich stumm ans Werk. Keine fünfzehn Minuten später begann er dann wortlos seine Utensilien wieder einzupacken.

»Wie, schon fertig? Und? Was ist nun? Was hast du herausgefunden?«

»Das war ein Drummel!«

»Ein Trottel?«

»Ein Drummel!«, bestätigte Melker. »Statt einen Draht mit einer kleinen Schlaufe zu nehmen und ihn oben durch die Türdichtung zu schieben und damit den Türknopf hochzuziehen, schlägt der Drummel das Fenster ein. Jetzt musste er zum Entriegeln der Tür ganz durchlangen, da der Türöffner bei gedrücktem Knopf außer Funktion ist. Dann hat er das Schloss aufgebohrt, einen großen Schraubendreher reingerammt und zu starten versucht. Vermutlich mehrfach, denn es hat ja nicht geklappt. Dann wird er geflucht haben, ist ausgestiegen und verschwunden.«

»Grizzly-Lock-Diebstahlsicherung«, sagte Signe zufrieden. »Und? Fingerabdrücke?«

»Hmm!«, war alles, was Melker sagte. Dann ging er zu seinem Volvo, schmiss die Tasche hinein und drehte sich nochmal zu Signe: »Ich rufe dich an!« Damit schloss er seine Tür und rollte davon. Signe sah ihm nach. Dann setzte sie sich in ihren Wagen, entsperrte die Diebstahlsicherung und steckte den Schlüssel in das aufgebohrte Zündschloss. Der wackelte darin wie ein Lämmerschwanz – aber der Motor ließ sich starten. Befriedigt gab sie Gas und fuhr direkt in die Werkstatt.

»Hejhej!«, rief Signe und blieb aufgrund ihrer Erfahrungen mit der adrett aussehenden jungen Frau respektvoll einen Schritt vor dem Annahmetresen stehen. Die sah von ihren Papieren hoch, lächelte und fragte freundlich, was sie denn diesmal für Signe tun könne.

»Eine neue Scheibe und ein neues Zündschloss wären schön. Möglichst so, dass ich für die Türen nicht einen zweiten Schlüssel brauche …«

»Und das alles natürlich wieder möglichst schnell …«, komplettierte die junge Frau lächelnd Signes Satz inhaltlich genau so, wie diese es sich verkniffen hatte. Dann machte sie den Auftrag fertig, rief den Werkstattmeister und sprach leise mit ihm. Laut sagte sie: »Das ist im Grunde ein Dienstfahrzeug, kannst du den noch irgendwo zwischenschieben?« Sie lächelte dabei zuerst ihren Kollegen, dann Signe an. Der Kollege nickte, nahm Signe den Schlüssel aus der Hand, warf einen Blick auf den Auftrag und nickte. »Hm, müssen es unbedingt Neuteile sein?« Signe sah ihn an und schüttelte unsicher den Kopf. »Moment bitte!« Der Mechatroniker holte sein Smartphone aus dem Overall und telefonierte. Dann wandte er sich wieder an Signe: »Die Schlösser nehme ich aus dem alten Golf auf dem Hof, der kommt sowieso weg und zwei Schlüssel haben wir von dem auch. Und du hast Glück, deine Scheibe hat der Gebrauchtteilehändler. Sogar hier in Kalmar!« Er überlegte. »Ruf doch heute Nachmittag mal an. So ab 16:00 Uhr …« Damit entschwand er wieder in die Werkstatt.

Signe sah erstaunt die junge Frau an, die sie noch immer anlächelte. Dann blickte diese wieder in die Mappe vor sich. »Ja, so einfach kann das Leben sein, wenn alle nett und freundlich zueinander sind!«, stellte sie mit honigsüßer Stimme in den Raum. Mit einem »Hejdå!« ließ sie Signe dann ohne aufzusehen stehen, nahm die Mappe vom Tresen und ging hinüber in das großzügig verglaste Büro. Nachdenklich verließ Signe das Gebäude.

*

Als Signe im Büro erzählt hatte, dass schon wieder jemand ihren Wagen hat klauen wollen, stutzte sie plötzlich. »Warum eigentlich schon wieder meinen Wagen? Rache? Aber für was?« Sie gestand sich ein, dass ihr dazu durchaus das eine oder andere einfallen würde. »Aber dann hätten sie die Reifen abgestochen, Scheiben und Lampen zertrümmert, den Lack zer-

kratzt ...«, ging ihr dann weiter durch den Kopf, »...
oder gleich Bremsen, Lenkung oder Radschrauben
manipuliert!«, überlegte sie selbstkritisch. »Nein, das
geht gar nicht um mich, das geht allein um die alten
Autos!« Dann blickte sie ihre Kollegen an, die sie ob
ihres plötzlichen Verstummens neugierig und erwartungsvoll anstarrten: »Fragt doch bitte mal ab, ob
uns noch mehr Fälle von Autodiebstählen bekannt
sind – versuchte eingeschlossen. Und um was für
Fahrzeuge es sich handelt. Ach ja, und wichtig ist das
Baujahr!«, sagte sie bedächtig. Irgendetwas begann
sich in ihrem Kopf zusammenzufügen. Signe wusste
bloß wieder einmal nicht, was das werden würde.

*

Gut gelaunt saß Signe auf dem Balkon und erzählte, wie reibungslos die Reparatur ihres Wagens geklappt hatte. »Ach ja, und ich fliege morgen nach
Stockholm«, sagte Signe einen Augenblick später und
sah Ella an. Die guckte, ihre eine Augenbraue zuckte,
dann hielt sie ihr Glas Weißwein in die Abendsonne
und beobachtete die Lichtreflexe im Glas. »Hast du
gehört?« Signe klang unsicher. Ella nickte. »Aber nur
zwei Tage. Bin übermorgen Abend zurück.« Ella
nickte wieder. »Willst du nicht wissen, was ich da mache?« Ella schüttelte den Kopf und hielt ihr Weinglas
schief, sodass die Sonnenstrahlen in einem anderen
Winkel auf das gewölbte Glas trafen. Den Lichtrefle-
xen war das egal. Genauso wie Signe Ellas demons-
tratives Kopfschütteln. »Ich habe mich heute kurz-
entschlossen für eine Fortbildung für Führungskräfte
angemeldet. Es geht um Work-Life-Balancing und

multimodales Stressmanagement. Klingt doch interessant. Wäre ja vielleicht auch mal was für dich!« Ella sah ihre Freundin an und schnaubte leicht. »Danke, aber da habe ich weniger Probleme. Außerdem habe ich zwei Karten für *Nils Landgren Funk Unit* von meiner Geliebten geschenkt bekommen. Für morgen. Da könnte ich also sowieso nicht!« Damit erhob sie sich und verließ den Balkon. »Jävla skit!«, »Verdammte Scheiße!«, dachte Signe und sprintete hinterher.

*

Schlecht gelaunt und völlig übermüdet saß Signe in der kleinen Turboprop-Maschine, die sie in einer Stunde nach Stockholm bringen würde. Ihr gestriges Gespräch mit Ella war ein einziges Desaster gewesen. Leider hatte Ella mit all dem, was sie gesagt und ihr vorgeworfen hatte recht. Und fatalerweise hatte sie, Signe, aus Ärger über sich selbst und weil sie sich ertappt fühlte, irgendwann erst die Ebene der sachlichen Auseinandersetzung und dann auch das gemeinsame Schlafzimmer verlassen. Und aus Trotz hatte sie sich nicht ins Gästezimmer, sondern auf die zu weiche Couch gelegt – was ihr Rücken von Anfang an missbilligte und sie nun auch schmerzhaft spüren ließ. Dass Ella der Anblick der zerknautschten Couch nicht Mitleid, sondern ein fieses Grinsen entlockte, bekam Signe nicht mehr mit. Sie hatte die Wohnung, da sie eh nicht schlafen konnte, gut eine Stunde eher verlassen, als sie gestern anvisiert hatte.

IX

Die Fortbildung entpuppte sich als unerträglich. Schon der Seminarleiter war in jeder Hinsicht eine Zumutung: In hellrosa Poloshirt, hellgelben Chinos und weißen Mokassins, die goldene Sonnenbrille mit den grünen Gläsern hoch in das toupierte blonde Haar gesteckt, das sein sonnenbankgebräuntes Gesicht einrahmte, nuschelte er monoton mit weit ausholenden Gesten eine Mischung aus Allgemeinplätzen und Kalenderweisheiten. Dazu warf ein Beamer eine unambitioniert wirkende Power Point Präsentation an eine fleckige Wand. Erschwerend kam hinzu, dass der Raum im sechsten Stock des riesigen Verwaltungsgebäudes der Polizei drückend warm, die Klimaanlage kaputt und keines der Fenster aus Sicherheitsgründen zu öffnen war. Letzteres zeugte allerdings, als in der Mittagspause alle fluchtartig der im Souterrain gelegene Cafeteria zustreben wollten, von einer gewissen Weitsicht: Ein Schild an der Fahrstuhltür wies entschuldigend auf unvermeidbare Wartungsarbeiten und eine schmale, eng gewendelte Notfalltreppe hin und brachte einige Kursteilnehmer in eine akute psychische Ausnahmesituation. Ziemlich wenig Motivation verspürten dann auch etliche Teilnehmer, nach der Pause wieder zum Seminar auf- und inhaltlich wieder einzusteigen. Der bloße Gedanke, nun den Weg in den sechsten Stock und in die stickige Tristesse antreten zu müssen, verschob nicht nur bei Signe die Work-Life-Balance schlagartig zugunsten des Life.

Die Sonne und die frische Luft taten Signe gut. Sie

ließ das Polizeigebäude gutgelaunt hinter sich, überquerte die Straße und betrat *Kronobergsparken*. Vom nahen Spielplatz tönte lautes Kinderspiel herüber und sie lächelte. »… die haben noch keine Probleme mit ihrer Work-Life-Balance!« Sie holte ihr Smartphone aus der Tasche, tippte ihren Standort ein und orientierte sich auf dem erscheinenden Stadtplan. Dann schlenderte sie gemächlich durch die sonnige Parkanlage der Kronobergsgata entgegen. Dabei scrollte sie durch ihr Telefonbuch, fand, was sie suchte und wählte.

»Dagens Nyheter, du sprichst mit Katja Abrahamsson. Was kann ich für dich tun?«

»Du könntest einen Kaffee mit mir trinken! Und ein bisschen klönen …«

Auf der anderen Seite der Leitung war es einen Augenblick still. »Hej Signe!«, kam es dann, »Bist du in Stockholm?«

»Ja, eigentlich auf einer Fortbildung über Work-Life-Balance. Geworked habe ich schon …«

Katja lachte. »Das blöde ist, dass ich gleich einen Termin habe. Im ABBA-Museum. Da haben sie doch eingebrochen und ich mache jetzt eine kurze Reportage, wie es weitergehen soll. Kannst ja mitkommen, dauert nicht lange – ich wollte sowieso schon immer mal eine Praktikantin haben!«

Signe hatte aufgemerkt. »ABBA-Museum«, dachte sie, »das ist ja interessant …« Und wieder hatte sie so ein unbestimmtes Gefühl. »Gerne!«, sagte sie dann und verabredete, dass Katja ihre Praktikantin in fünfzehn Minuten vor dem ehrwürdigen Stockholmer Musikgymnasium auf der anderen Parkseite abholen solle.

Neben Signe bremste ein weißer Smart mit einem Schild in der Frontscheibe, das den Schriftzug des Dagens Nyheter zeigte. Signe stieg ein und sah sich nach der Begrüßung neugierig um. »Hat ja alles, was ein Auto so hat – nur irgendwie anders«, dachte sie und starrte dabei auf das Froschgesicht aus den beiden, aus dem Armaturenbrett quellenden, runden Lüftungsdüsen und dem darunterliegenden froschmaulgleichen Touchscreen.

Während sie angeregt plauderten, lenkte Katja den Smart durch das Verkehrsgewühl der Hauptstadt. Sie kannte sich gut aus, wich, wenn der Verkehr auf den Hauptstraßen zu dicht wurde, auf Seitenstraßen aus und ignorierte konsequent die Hinweisschilder zu ihrem Ziel *Djurgarden* mit seinen zahlreichen touristischen Attraktionen und Sehenswürdigkeiten. Dann fiel Katja etwas ein: »Sag mal, habt ihr zufällig neulich einen Ring bei euch gefunden? Ich habe meinen Lieblingsring verloren …« Signe schüttelte den Kopf. »Schade – So, nun sind wir gleich da!«, sagte Katja und bog in eine Hauptstraße ein. Doch plötzlich kam aus einer Seitenstraße ein Rettungswagen, schnitt ihnen die Fahrt und hielt direkt vor ihnen und einem der schönen alten Häuser. Während die grellen Einsatzleuchten noch wilde Lichtblitze in die Gegend schleuderten, strömten sofort von überall her Menschen zum Ort des Geschehens.

»Diese Gaffer – grässlich!« Signe schüttelte sich angewidert. Katja grinste und schüttelte nun ihrerseits den Kopf.

»Das sind keine Gaffer. Wir sind in Stockholm! Für den Fall, dass hier gerade eine Wohnung frei wird, stellen die sich schon mal zur Besichtigung an!«

»Immer noch so schlimm?«

»Hmm«, bestätigte Katja nickend. »Ein Kollege hat recherchiert, dass gut eine halbe Million Wohnungssuchende auf den Wartelisten der Stadt stehen! Bei derzeit knapp einer Million Einwohnern. Das bedeutet eine Wartezeit von ungefähr 14 Jahren.«

»Ich dachte, die wollten so viel neu bauen?«

Katja lachte. »Bis 2025 fehlen über 260.000 Wohnungen. Bauen wollen sie 140.000. Bis 2030!«

»So kann man die Rechtspopulisten auch über 20% hieven …«, sagte Signe, musste unwillkürlich an Oscar Lind denken und sah Katja an. Dann lachten beide. »Näpp«, »Nein«, »der Oscar ist jetzt schon anders geworden!«, stieß Katja hervor und lächelte. Dann bemerkte sie grinsend: »Aber der hat ja schließlich auch diese niedliche kleine Vorstadtwohnung, bei der man aus seinem Schlafzimmer diesen ebenso unvergleichlichen wie unverbaubaren Blick auf die Gemeinschaftsparkplätze genießen kann!«

»Ach, kann man das?«, fragte Signe maliziös lächelnd und wurde Zeugin, wie Katjas Gesichtsfarbe schlagartig mit der ihrer Haare wetteiferte.

*

Als Katja und Signe nach einer knappen Stunde das ABBA-Museum verließen, kaute Signe an ihrer Unterlippe. »Das mit den gestohlenen Referenzpressungen der Platten wusste ich, aber dass die ganzen Zeitungen und Magazine aus der Zeit auch weg sind, ist mir entgangen.« Sie ging in Gedanken nochmal alles durch, was sie über die Fälle in Nybro, Växjö und hier im ABBA-Museum wusste. Hing das irgendwie zusammen? Schließlich gab es hier und in Nybro einen identischen Fingerabdruck! Und dann waren da ja auch noch die Autodiebstähle. »Förlåt mig …«, entschuldigte sich Signe bei Katja, nahm ihr Handy und rief Oscar an. »Habt ihr schon was wegen der Kfz-Diebstähle?«, fragte sie und erfuhr von insgesamt sechsunddreißig geklauten Autos, und vier aufgrund zusätzlicher Diebstahlsicherungen misslungenen Versuchen. Alle Autos sind zwischen 1954 und 1985 erstmals zugelassen. »Und«, sagte Oscar zum Schluss, »Melker lässt ausrichten, dass er neben Unmengen Schokoriegelverpackungen und massenweise leeren Coffee-to-go-Bechern in deinem Auto auch einen Fingerabdruck gefunden hat, der mit einem aus Stockholm und Nybro identisch ist!«

Katja sah Signe neugierig an und als sie diese tief in ihren Gedanken versunken sah, fuhr sie einfach weiter und parkte den Smart dann vor der Absperrbarke einer Baustelle und einem Halteverbotsschild: »So, nun kommen Programmpunkte zwei und drei!« Signe schrak aus ihren Überlegungen über einen Zusammenhang alter Autos, gläserner Haushaltsartikel,

Schrankbetten, der geklauten Zimmereinrichtung und ABBA auf und sah irritiert hoch. »Was? Wie? Wieso zwei und drei? Und was für Programmpunkte?« Katja sah sie ernst an und legte ihr eine Hand auf die Schulter. »ABBA-Museum haben wir schon, jetzt kommt Kaffeetrinken und klönen! Hier um die Ecke ist ein schöner Park mit dem alten Observatorium und einem netten Café!« Signe stieg aus und betrachtete den Smart. »Willst du so stehen bleiben? Das ist verboten!« Katja winkte ab. »Das ist doch wieder so eine bürgerliche Kategorie! Außerdem sind wir in Schweden und hier gilt die freie Presse noch was!« Damit legte sie ihren Presseausweis auf das Armaturenbrett und ging zum Eingang des *Observatorielunden*.

»Also, nachdem was du mir erzählt hast, ist das für mich ganz klar. Die Autos und all die anderen Sachen stammen doch alle aus einer Zeitepoche. 1950er bis Mitte der 1980er Jahre, als die Umbrüche noch für jeden überschaubar waren. Supermodern waren Tastentelefone, elektrische Fensterheber, Tennisspiele mit zwei Strichen und einem kleinen Rechteck auf Röhrenbildschirmen, erste Mobiltelefone in der Größe eines mittleren Kastenbrotes. Und die Musik kam analog von Vinylplatten oder Kompaktkassetten – für letztere und für unterwegs aus dem coolen roten Walkman von Sony – Die heile vertraute Welt meines Bonus-Vaters. Und dann veränderte sich die Welt immer schneller durch die digitale Revolution.« Signe, die während des Zuhörens an ihrem Kaffee genippt hatte, sah Katja groß an und schlug dann ihre Hand vor die Stirn. Genau das war es, was in ihrem Kopf herumspukte! Wieso nur war sie da nicht drauf gekommen?

»Okay, wenn man von mir aus dann sein Lieblingsstück aus der Jugend klaut … Aber sechsunddreißig Autos – alleine dafür braucht man ja eine Halle! Und wenn es tatsächlich nur um Erinnerungen geht, geht man dann über Leichen?«

»Ich gebe ja immer gerne Hilfestellung«, lachte Katja, »aber das herauszufinden, Frau Kommissarin, ist dein Job!«

Signe winkte ab. »Ja, ja, nach dem Kaffee!«

»Wie geht's eigentlich Ella?« Signes Gesicht verdüsterte sich. Dann erzählte sie. »Und was sitzt du dann noch hier? Zu der Fortbildung gehst du ja eh nicht mehr.« Katja sah auf ihre Uhr. »Na ja, das wird wohl knapp …« Sie suchte auf ihrem Smartphone die Abflugzeiten von Stockholm nach Kalmar. »Wann ist das Konzert? 20:00 Uhr?« Signe nickte.

»Ich muss aber auch noch auschecken!«

Als Signe am voll automatisierten Counter ihr Ticket auf ihr Smartphone scannte, hatte sie noch gut fünfzehn Minuten bis zu ihrem Abflug. Sie war noch immer schwer beeindruckt. Zum einen von Katja, die sich unter Umgehung vieler Standards, die im sozialen Miteinander als selbstverständlich galten und erst recht der einfachsten Verkehrsregeln, den Weg zum Flughafen gebahnt hatte und dann auch von diesem Miniaturauto. Mal abgesehen davon, dass das Kofferräumchen mit Signes Bordcase und einigen leeren

Mineralwasserflaschen schon an die Grenzen seiner Aufnahmekapazität stieß und Signe das kunterbunte Durcheinander des Interieurs etwas albern und gewollt fand, entpuppte es sich als vollwertiges Fortbewegungsmittel – erfreulich agil und aufgrund seiner Abmessungen ideal für die Manöver, mit denen sie gerade den Staus der Großstadt entkommen waren.

*

»Das mit der Abrechnung als Dienstreise kann ich wohl vergessen«, dachte Signe als das Flugzeug abgehoben hatte. Dafür würde sie es aber wohl noch ganz knapp zum Konzert schaffen. Gut, dass die Entfernungen in Kalmar überschaubar sind und sie vorhin das Glück gehabt hatte, noch eine Konzertkarte zu ergattern, die gerade zurückgegeben worden war. Sie hatte sie sich einfach auf dem Weg zum Flughafen auf ihr Smartphone heruntergeladen und natürlich gleich über ihre Banken-App bezahlt. »Brave new world!«, hatte sie gedacht. Und für ihr Gepäck hatte sie bis morgen früh ein Schließfach auf dem Flughafen vorgesehen. So musste sie nicht erst nach Hause fahren oder mit ihrem Bordcase zum Konzert.

Signe ließ sich von einem Taxi zum Slottsväg bringen und direkt vor dem Club absetzen, in dem das Konzert stattfinden sollte. Sie hatte Ella nicht angerufen, wollte sie überraschen und bahnte sich nun den Weg durch die ausgelassene Menge, die sich in der lauen Abendluft vor dem Eingang versammelt hatte. Von Ella war nichts zu sehen. »Vielleicht ist sie schon drinnen?«, hoffte Signe, ging zur Kasse, ließ ihre virtuelle Karte kontrollieren und betrat die Bar. Ella konnte sie auch hier nirgends entdecken. Signe drängelte sich durch die sich jetzt schlagartig füllenden Räumlichkeiten – aber Ella blieb unsichtbar.

Als das Konzert begann, stand Signe dann wie ein begossener Pudel alleine in der sich dem entspannten Rhythmus des Jazz hingebenden Menge. Sie meinte direkt fühlen zu können, wie sich nun auch bei den letzten das letzte Quäntchen Alltagsstress der Musik ergab. Nur sie war noch nicht angekommen, fühlte sich noch immer angespannt und abgehetzt. Eigentlich mochte sie diese Musik sehr, hatte Ella die Konzertkarten deshalb auch geschenkt, aber heute fand sie keinen Zugang zu der Musik. Immer wieder drehte sie sich um, suchte mit langem Hals erfolglos in der Menge Ella zu erblicken. Sie fieberte der Pause entgegen und als es endlich soweit war, schob sie sich an gutgelaunten Konzertbesuchern vorbei nach draußen. Sie fand neben einem blühenden Oleander in einem riesigen Kübel einen strategisch günstigen Platz, weit genug von den ins Freie drängenden Menschen entfernt und doch nah genug an der Tür, dass ihr niemand entgehen konnte, der durch sie hindurch kam. Aber jetzt kam niemand mehr und auch Ella hatte sie nicht erspähen können.

Signe ging durch die Menge, traf hier und da mal jemanden, den sie flüchtig vom Sehen kannte, nickte oder brachte murmelnd ein »Hej!« über die Lippen. »Sie ist nicht da!«, dachte sie und ging in einer Mischung aus Traurigkeit und Ärger um das Gebäude herum. Überall standen Leute, lachten, unterhielten sich, flirteten, tranken, rauchten und genossen den schönen Abend. Und da, neben einer weit geöffneten Flügeltür, stand auch Ella! Sie trug ihr kurzes leichtes Sommerkleid, das so großartig ihre sonnengebräunte Haut unterstrich, lehnte mit angewinkeltem Bein an einem Baum und warf in einer, wie Signe fand, unverschämt lasziven Geste, ihre Haare zurück und prostete dann mit ihrem Weinglas einem jüngeren Mann zu, der halb mit dem Rücken zu Signe stand. Sie glaubte ihn zu kennen. Sie schluckte. »Wer ist das? Was soll das und was zum Teufel machen die da?« Sie überlegte kurz: Sie war eifersüchtig! Wegen so einem Quatsch! Sie ärgerte sich und war doch gleichzeitig verunsichert. Sollte sie zu ihnen gehen? Sie machte einen Schritt auf die beiden zu und zögerte wieder. In dem Moment drehte Ella leicht ihren Kopf, entdeckte sie und hob erstaunt die Augenbrauen. Dann widmete sie sich wieder ganz ihrem jungen Gesprächspartner. Signe stand etwas linkisch in der Gegend herum und starrte Ella an. Die lachte wieder, diesmal mit ihrem Gegenüber zusammen. Nun beugte sich Ella vor, sie schien ihm irgendetwas zu erzählen, woraufhin sich beide Signe zuwandten.

Signe schrak zusammen. Als dann die zwei direkt auf sie zukamen, wäre sie am liebsten vom Erdboden verschluckt worden. Zwei Meter vor Signe blieb Ella abrupt stehen. »Na? Was machst du denn hier? An welchem Punkt deines Work-Life-Balancing bist du gerade?« Sie sah Signe mit zusammengezogenen Augenbrauen an. »Äh, hej Chefin!«, kam es dann etwas unsicher von Oscar. Ella sah ihn perplex an, dann verstand sie. Bei Signe rotierte das Kopfkarussell. »Wieso sind die zusammen hier? Und woher kennen die sich?«, fragte sie sich und sah Ella alarmiert an. Die kniff die Augen etwas zusammen und legte ihren Arm um Oscars Taille. Breit grinsend sagte sie dann: »Reizende junge Männer sind kein Privateigentum! Auch nicht, wenn sie Kollegen sind.« Jetzt wünschte Oscar, dass sich die Erde unter ihm auftun möge. Ihm war das alles furchtbar peinlich. Nicht nur, dass diese, wie er fand, ziemlich aufregende blonde Frau, die Signe ganz offensichtlich näher kannte, ihren Arm um ihn gelegt hatte, sondern auch, dass seine sonst so taffe Chefin dastand, wie ein kleines ertapptes Schulmädchen. »Äh, also, ich wusste ja nicht …«, stammelte er und wurde brüsk von Ella unterbrochen. »Das macht ja nichts!« Sie drückte mit ihrem wohl trainierten Arm seine Taille an ihre Seite, dass ihm die Luft weg blieb. »So, und du schuldest uns noch die Antwort, warum du, anstatt das aufregende Stockholmer Nachtleben zu genießen, unerwartet die Provinz heimsuchst.« Dann wandte sie sich an Oscar: »Der da hast du übrigens deine Karte zu verdanken! Eigentlich hatte sie mir einen gemeinsamen Konzertbesuch geschenkt, hatte dann aber doch Besseres vor.« In dem Moment verstand auch Oscar. Er wand sich aus Ellas Umklammerung. »Ich, äh, ich bringe mal die Gläser weg!«, murmelte er, nahm Ella das Glas aus der Hand, eilte davon und wurde von der Menge verschluckt.

Signe sah Ella eine Weile schweigend an, die ihrem

Blick nicht nur mühelos standhielt, sondern auch noch immer ziemlich streng guckte. »Du bist ja echt ganz schön sauer auf mich ...«

»Ach, wie kommst du denn da drauf?«

»Du machst so ein Gesicht!«

»Ich mache kein Gesicht. *Dafür* habe ich überhaupt kein Gesicht!«

Ella stand jetzt mit verschränkten Armen vor Signe und funkelte sie durch ihre grünen Kontaktlinsen an. Aber was Signe sonst als rattenscharf bezeichnete, schüchterte sie heute ein. Plötzlich fing Ella an zu lachen und breitete die Arme aus. »Na komm schon her, du blöde Kuh!« Signe überwand die zwei Meter zwischen ihnen aus dem Stand. Einen inniglichen Moment später suchten sie Händchen haltend nach Oscar.

»Und woher kennst du Oscar?«

»Ich kannte ihn nicht. Der stand mit einem Schild vor dem Eingang, dass er noch eine Karte suchen würde. Und dann habe ich ihm deine gegeben und gesagt, dass er mich ja dafür zu einem Drink einladen könne. Und dann haben wir uns ausgesprochen nett unterhalten. – Ist das wirklich der Oscar, von dem du mir mal erzählt hast?«

Signe überlegte. »Ja. – Und nein!«

X

Robert Ekkheim stand am Fenster und sah hinaus auf die Straße, die sich etwas unterhalb seines Grundstückes durch Hultebäanby schlängelte. Wenn er nun einfach zu Renate fliegen würde? Wieder machte ihn schon der bloße Gedanke daran ganz kribbelig. »Das spricht ja eigentlich eindeutig dafür!«, dachte er und kratzte ausgiebig den Mückenstich auf seinem Unterarm. Sein Freund und Nachbar Jonte hatte ihm gestern auch zugeraten. »Obwohl natürlich ein schwer kalkulierbares Risiko besteht, da du dein Haus nicht beaufsichtigen kannst, wenn du nicht da bist. Aber ich schau zwischendurch mal rüber – wenn ich nicht bei Mia in Malmö bin.« Dabei hatte Jonte ein besorgtes Gesicht gemacht und ihm gleichzeitig beruhigend den Arm getätschelt. Robert schüttelte den Kopf. Es war in all den Jahren eigentlich nichts passiert, was eine noch so ausgeklügelte Fernüberwachung hätte verhindern können. »Genau genommen ist ja überhaupt nichts passiert«, stellte er hochzufrieden fest und verdrängte dabei die verheerende Heimsuchung seines Grundstückes durch eine Rotte Wildschweine.

»Igitt, das geht ja gar nicht!«, schoss es ihm einen Moment später durch den Kopf, als Signes viperngrüner Scirocco die Auffahrt zum Haus hinauffuhr. Das Grün seines frisch gemähten Rasens und das des Wagens würden nie eine friedliche Koexistenz eingehen können. Er wandte sich ab und ging in die Küche um zu kontrollieren, ob noch genügend Kaffee da wäre. Dann hörte er auch schon die Tür und Signe stürmte hinein. Sie entledigte sich ihrer Ballerinas im Gehen, gab Robert einen Begrüßungskuss und zeigte auf die Kaffeekanne. »Hast du auch noch einen für mich?« Robert goss ihr Kaffee ein. »Was verschafft mir die Ehre?«, fragte er und reichte ihr einen Becher.

»Hm, ich hatte in Växjö zu tun«, antwortete Signe zerstreut und machte sich über ihren Kaffee her. »Ach ja, aus der Nummer in Växjö seid ihr übrigens raus!«

»Gott sei Dank!« Damit öffnete Robert die Tür, damit sie sich auf die alten Steinstufen in die Sonne setzen konnten. »Wir haben uns lange nicht gesehen, ich habe ein paar mal bei dir angerufen, aber du warst nie da. Laut Ella warst du viel unterwegs … Wie geht es dir?«

»Ach, geht so. Ich habe halt viel zu tun und bin viel unterwegs. War jetzt kurz in Stockholm und habe mit Katja einen Kaffee getrunken; ich soll dich grüßen!« Signe berichtete kurz und ließ auch den Streit mit Ella nicht aus. »Ihre Vorwürfe gipfelten in der Behauptung, ich sei ein Workaholic!«, schloss sie empört. Robert sah sie lächelnd an.

»Aber das kann sie doch gar nicht beurteilen, so selten, wie du zu Hause bist!« Signes Widerspruch ging im Läuten ihres Smartphones unter. Sie meldete sich sofort, hörte kurz und sagte dann, dass sie sich sofort auf den Weg machen würde.

»Ich muss los, die Arbeit ruft!«, erklärte sie hastig und schlüpfte auch schon in ihre Schuhe. »Ich melde mich

– und danke für den Kaffee!«

Sekunden später sah Robert Signes Wagen auf der Straße im Wald verschwinden. Kopfschüttelnd blickte er ihr nach. »Das war auch schon mal geruhsamer hier«, murmelte er und stellte die Becher in die Spülmaschine. »Alles rennet, rettet sich und flüchtet – dann kann ich auch Renate besuchen!«

*

»Was soll das sein?« Signe hielt in der einen Hand Oscars Tablet-PC, auf dem zwei große Metallquader zu sehen waren, die neben einer Autobatterie in einer großen graubraunen, teilweise bläulich schillernden Pfütze standen. Mit der anderen Hand lenkte sie ihren Wagen in den Verkehrskreisel. »Sozusagen das Corpus Delicti.« Oscar saß auf dem Beifahrersitz und erschrak, als neben ihm plötzlich ein weißer Lieferwagen auftauchte und wild hupte. Als Signe mit einer forschen Lenkbewegung wieder in ihre Spur zog, begann er intensiv seine Nasenwurzel zu massieren. »Und irgendwann breche ich mir bei ihrem Fahrstil noch aus Versehen selbst die Nase!«, dachte er und nahm beruhigt wahr, wie der Abstand zwischen seiner Tür und dem Lieferwagen wieder zunahm.

Sie bogen jetzt in ein Industriegebiet ein, sahen bereits von weitem das Schild *bilskrot* und fuhren auf den Hof der großen Autoverwertung, auf dem die Polizei bereits ein weites Areal abgesperrt hatte. Signe stieg aus. Es roch nach rostigem Eisen und Öl. Sie sah sich weiter um und ihr Blick glitt dann über die sich rechts in langen Reihen vor ihr auftürmenden, akkurat nach Fabrikat und Modell sortierten, mal mehr, mal weniger ausgeweideten Fahrzeugwracks. Links stapelten sich gepresste Metallquader, wie Signe sie bereits von Oscars Tablet kannte. Und nur wenige Meter von ihr entfernt schob ein Gabelstapler gerade seine Gabelzinken durch die splitternden Seitenfenster eines arg ramponierten Volvo und hob ihn an. Signe winkte einen jungen uniformierten Kollegen herbei, zeigte auf ihren Scirocco und sagte: »Aufpassen!«

Oscar sah den jungen Kollegen an und grinste entschuldigend. Dann beeilte er sich Signe zu folgen, die die Absperrung bereits passiert hatte und nun vor den beiden Metallquadern in einer graubraunen Lache diverser Betriebsstoffe stand, die noch immer aus den Blechknäulen sickerten. An dem grünlich schimmernden Quader – bei dem anderen war blauschwarz dominierend – war unzweideutig getrocknetes Blut auszumachen, zusammen mit einer undefinierbaren Masse, bei der sich keiner der Anwesenden ausmalen mochte, was das wohl sein könnte.

»Was ist das eigentlich?« Signe zeigte auf die Quader und sah den Mann an, den sein grauer Arbeitsmantel mit der Aufschrift *Knuts bilskrot* und das aufgenähte Namensschild *Knut* am Revers als Eigner dieser Autoverwertung auswies.

»Der Rest eines Autos, wenn es einer Endverdichtung von 150 Tonnen ausgesetzt wird.« Er sagte das nicht ohne Stolz und zeigte dabei auf die moderne orangene Schrottpresse neben den beiden Metallquadern.

»Normalerweise werden die Wagen natürlich vorher ordnungsgemäß restentleert, also alle Betriebsstoffe raus, Batterie raus und so weiter. Und wir bauen dann noch alle verwertbaren Teile aus, dass heißt, was wir noch als Gebrauchtteil verkaufen können.« Signe fiel spontan ihre neue Seitenscheibe ein und sie fragte sich, ob die vielleicht von hier stammte. »Aber die hier«, Knut klopfte nun auf den einen Metallquader, »wurden heute Nacht illegal gepresst. Derjenige muss sich verdammt gut auskennen; diese Presse setzt man nicht mal eben so in Gang! Und vorher müssen die Wagen ja auch noch einzeln mit dem Gabelstapler ins Pressbett gehoben werden!«

»Braucht man dazu nicht Schlüssel?«

»Natürlich! Und für die Presse das Bedienungspanel.«

»Und wo wird beides aufbewahrt? Ich meine nachts?«

»Im Büro. Und bevor du fragst: Ja, auch dazu braucht man einen Schlüssel, aber die Tür wurde aufgebrochen, genau wie der Schrank, in dem die Schlüssel sind. Zum Glück ohne große Schäden anzurichten!«

Alle Augenpaare gingen jetzt zu dem flachen Hallenbau, in dem vorne das Büro und dahinter das riesige Gebrauchtteilelager untergebracht war. Als alle sich dann wieder den Metallquadern zuwandten, stand da kopfschüttelnd der Forensiker Melker Berg mit seiner voluminösen Tasche. Er umrundete nun das Metall und blieb stirnrunzelnd vor dem grünlichen Quader stehen.

»Ihr macht es einem gottesfürchtigen Menschen auch

nicht leicht!«, sagte er, ging in die Knie und besah sich das getrocknete Blut und die Gewebeklumpen. »Wer auch immer da drin steckt, man kann ihm oder ihr nur wünschen, vorher schon tot gewesen zu sein … Und was wollt ihr jetzt genau wissen?«

»Wie immer«, sagte Signe. »Der Todeszeitpunkt wäre nicht schlecht. Und natürlich alles, was du sonst noch so erpuzzeln kannst.«

»Was Bestimmtes? Vielleicht die Augenfarbe?«

»Ach, bemühe dich nicht …«

Irgendetwas brummelnd begann Melker mit der Arbeit und da Signe wusste, dass er es ganz und gar nicht schätzte, wenn ihm dabei jemand über die Schulter guckte, zog sie Oscar Richtung Büro. »Gibt es hier Kameras?«, fragte sie dann wieder an den Mann von der Autoverwertung gewandt. Statt einer Antwort zeigte dieser auf die Schrottpresse, den Lichtmast auf dem Hof, das Bürogebäude und den Lichtmast beim Tor.

»Dann lass mal sehen!«

Weder Signe noch Oscar hätten sagen können, was sie von dem Büro erwartet hatten. Dennoch waren sie überrascht, als sie einen hellen, sauberen, freundlich-modern möblierten Raum betraten. Auf einem Kühlschrank stand neben einem Kaffeevollautomaten und einigen Bechern sogar eine Vase mit frischen Blumen, wobei Signes Aufmerksamkeit ganz dem Kaffeevollautomaten galt. Auf den aufgeräumten Schreibtischen standen große Flachbildschirme, die offensichtlich zu einer zentralen Rechnereinheit gehörten, denn weder auf noch unter den Tischen standen irgendwelche Computer. Knut setzte sich in einen der Chefsessel und tippte auf der Tastatur herum. Das Ergebnis seines Tuns schien erfahrungsgemäß einige Zeit in Anspruch zu nehmen, denn er stand nun auf, machte drei Becher Kaffee und sicherte sich damit bei Signe die Anwartschaft auf den Titel *Held des Tages*. Dann starrten sie, jeder mit einem Kaffee ausgerüstet, gespannt auf den hochauflösenden Bildschirm.

Auf dem Monitor erschienen vier Ausschnitte, die jeweils das Sichtfeld einer Kamera widerspiegelten. Plötzlich erfasste die Torkamera eine Person in einem Kapuzenpullover, die sich umschaute und sich dann am Tor zu schaffen machte. Wenige Momente später schwang dieses auf und verschwand aus dem Blickfeld der Kamera. Jetzt fuhr ein Auto auf den Hof. Kurz darauf folgte ein zweites. Zielstrebig steuerten sie die Schrottpresse an. Die mitlaufende Systemuhr zeigte neben dem Datum 2 Uhr, 23 Minuten und 14 Sekunden. »Hast du keinen Wachhund?« Knut sah Oscar an und schüttelte kategorisch den Kopf. »Ich mag keine Hunde. Meine Frau auch nicht!« Dann sahen sie, wie die Autos von den beiden Kameras bei der Schrottpresse und dem zweiten Lichtmast erfasst wurden.

»Kann man das näher ranholen?«, stieß Signe hervor. Knut zoomte den Wagen heran. Auf dem Bildschirm erschien ein immer größer werdender Ford

Granada als Coupé, blau mit schwarzem Vinyldach. Der Kapuzenmann stieg aus, sah zum Bürogebäude hinüber und setzte sich in Bewegung. »Das ist mein Wagen!«, kreischte Signe und deutete aufgeregt auf den Bildschirm. »Den haben sie mir gestohlen!« Während Signe noch aufgeregt gestikulierte, kam jetzt der Kapuzenmann zurück und setzte sich in den Gabelstapler. »Nein! Was machen die da?« Signes Stimme überschlug sich. In dem Moment sahen sie, wie sich die Zinken des Gabelstaplers den Seitenfenstern näherten. Glas barst. Signe sank zusammen. »Oh nein …« Dann wandte sie den Kopf ab und verfolgte das Geschehen nicht weiter. Oscar sah, wie Signes Ford nun angehoben und anschließend in die Pressmulde gekippt wurde. Dann verrichtete die Presse ihre Arbeit. Signe atmete schwer, sie schluckte trocken und ihre Augen wurden feucht. Knut legte ihr tröstend eine Hand auf die Schulter. Minuten später wurde von der Presse ein Metallquader ausgespuckt: 88 mal 65 mal 83 Zentimeter. Noch bevor sich das Geschehen jetzt auf einen alten grünen Volvo Kombi mit einem kapitalen Frontschaden konzentrierte, schraubte der eine Mann noch die Nummernschilder ab, baute die Batterie aus und stellte sie neben das, was von Signes geliebtem Ford Granada übrig geblieben war.

»Was zum Teufel wird das?« Knut beugte sich näher zum Bildschirm. Die beiden Männer redeten nun miteinander, der Kapuzenmann drehte sein Gesicht der Kamera zu, sodass man es von der Nase abwärts sehen konnte, gestikulierte wild, bis der andere anscheinend schulterzuckend zustimmte. Dann stülpten die beiden Männer über die komprimierten Reste des Fords eine durchsichtige Plastikhaube, befestigten daran einen Schlauch, der zu einem schuhkartongroßen Gegenstand und dann weiter in einen Kanister führte. Dann verbanden sie die Kabel mit der Batterie und die Plastikhaube schmiegte sich immer enger um den Metallquader, bis sie komplett anlag. Oscar und Knut starrten gebannt auf den Bildschirm. Signe verweigerte sich noch immer. »Das ist eine Pumpe!«, stellte Oscar fest und Knut nickte. »Aber was soll das?« Knut zuckte die Schultern und sah, wie der Kapuzenmann erneut dem Bürogebäude zustrebte, während sein Komplize zuerst das Ventil am Kanister schloss, die Plastikhaube vom Quader und dann die Kabel von der Batterie entfernte. Dann lief er zum Tor. Der Kapuzenmann folgte ihm mit dem Kanister nach und dann erfasste die Torkamera einen weiteren Wagen, der sich schnell entfernte. Die Systemuhr zeigte 2 Uhr, 49 Minuten und 11 Sekunden.

»Das ging ja alles ziemlich fix. Und die haben sogar die Bürotür wieder zugemacht, nachdem sie das Panel wieder weggebracht haben!« Oscar war perplex.

»Ja«, sagte Knut, »die waren schnell und effektiv. Ich sag ja, die kannten sich verdammt gut aus.« Er überlegte und grinste dann. »Nur meine neuen Kameras, die kannten sie noch nicht!«

»Ich will die haben!«, knirschte Signe. »Beide! Ach was, alle drei!« Sie wischte sich mit dem Handrücken über die Augen. Dann sah sie Knut an: »Hast du jemanden erkannt? Du sagtest, die haben sich sehr gut ausgekannt!«

»Nein, erkannt habe ich niemanden. Aber ich habe immer mal wieder Aushilfen, besonders in den Semesterferien – möglich, dass einer von denen mal hier gejobbt hat.« Er drehte sich um, wanderte mit der einen Hand suchend über einige Akten und zog mit einem »Da ist sie ja!« schließlich eine aus dem Regal. »Hier sind alle Aushilfen der letzten Jahre von uns drin!«

»Können wir die haben? Kriegst du natürlich wieder!«

»Gegenvorschlag: Ich kopiere euch alles interessante und ihr könnt mit dem Kram dann machen, was ihr wollt. Und ich habe für den Fall der Fälle und eventuelle Kontrollen alle Unterlagen hier!« Signe zuckte die Schultern und nickte zustimmend. »Ich kopiere euch die Personalakten von jungen Männern bis dreißig, die hier in den letzten zwei Jahren gearbeitet haben. Davor hatte ich die Schrottpresse noch nicht!« Signe nickte. »Kannst du mir die auch scannen und auf mein Tablet schicken?« Knut sah zu Oscar und nickte. »Kann ich machen!«

Signe umrundete mit kritischem Blick ihren Scirocco. Dann nickte sie befriedigt. »Bra jobbat!«, lobte sie den jungen Kollegen. »Gut gemacht!« Sie ließ sich in ihren Wagen fallen, angelte aus dem Handschuhfach einen Schokoladenriegel und reichte ihn wortlos dem jungen Kollegen. Der sah sie irritiert an. »Nimm ruhig!«, forderte Oscar ihn auf. »Das ist ihre Art Danke zu sagen!«

XI

Robert schloss seine Arme um Renate und drückte sie. »Das tut gut!« Er hielt sie fest umschlungen.
»Na ja«, tönte Renate dumpf und befreite sich aus
Roberts Umklammerung, »wer's mag!« Sie atmete tief
durch. »Ich hab's ja immer schon geahnt, Asphyxio-
philie ist nichts für mich!«, stellte sie kategorisch fest
und presste ihre Lippen auf Roberts Mund, bevor
der fragen konnte, was das ist. Irgendwann wurden
sie von einer freundlichen Servicekraft nicht im Un-
gewissen darüber gelassen, dass sie nun wirklich die
Letzten waren. Lachend verließen sie Arm in Arm die
Ankunftshalle des Nürnberger Flughafens.

»Hier also wohnst du?« Robert stand beeindruckt
vor dem alten Haus, das in die mittelalterliche Wehr-
mauer hineingebaut war, die das über 1000-jährige
Berching vollständig umschloss. Renate nickte und
zog ihn ins Haus.

Nachdem sie eingehend die körperliche Komponente ihrer Wiedersehensfreude gewürdigt hatten,
saßen sie frisch geduscht, Händchen haltend und bes-
ter Laune im Biergarten vor einem alten Gasthof in
der Abendsonne. Um sie herum war ausgelassenes
Gemurmel, was sich für Robert zu einem ganz und
gar unverständlichen Klangteppich verwob. »Mannomann, jetzt habe ich aber einen ste-chen-den Durst!«
stöhnte Robert und sah gierig auf die mal mehr,
meist weniger gefüllten Biergläser auf den anderen
Tischen. »Zwei große Dunkle!«, hörte er dann plötzlich Renate sagen und sein Kopf flog herum. »Oh ja,

für mich auch, bitte!« Als Robert dann einen ersten tiefen Schluck des weichen und süffigen Bieres nahm, stöhnte er erneut auf. »Boah, das ist gut! Verdammt gut!« Dann versenkte er sich wieder in seinem Glas.

Sie gingen nicht den direkten Weg heim, sondern schlenderten Arm in Arm außen an der Ringmauer entlang, wo sich ein Bächlein gurgelnd und mäandernd seinen Weg durch die Vorstadt bahnte. »Du bist übrigens nicht der erste Schwede hier bei uns!« Robert sah Renate neugierig an. »1633 waren die Schweden schon mal hier, plünderten und brannten die Vorstadt nieder!« »Also das machen wir nur noch ganz, ganz selten! Ich zum Beispiel bin allein der schönen Frauen wegen hier!« Peinlich berührt hielt Robert inne. »Wenn du noch irgendetwas für mich empfindest, tu bitte so, als ob dieses Gespräch nie stattgefunden hat!« Renate grinste, nickte gnädig und gab ihm einen Kuss. Schweigend gingen sie weiter durch den lauen Abend. Plötzlich riss Roberts Handy beide aus der stillen Zweisamkeit. Robert mühte sich es stumm zu schalten, was ihm aber in der Tasche einfach nicht gelingen wollte. Als er es herausholte, sah er das Display. »Jonte?«, wunderte er sich laut und sah Renate an. »Na, geh schon ran! Vielleicht ist es ja wichtig. Und Grüße ihn von mir!«

»Ich glaub's ja nicht! Jetzt ruft der mich an um mir zu sagen, dass bei mir im Haus alles okay ist. Der wollte nicht mal wissen, wie es uns geht!« Renate blickte ihn fragend an. »Jonte hat sein komplettes Haus jetzt mit seinem Smartphone vernetzt. Egal wo er sich aufhält, kann er nun jeden Raum seines Hauses überwachen und kontrollieren, sogar per Video!«

»Er hat Kameras im Haus?«

»Ja, selbst im Schlafzimmer und im Keller bei der Wasseruhr!«

»Also, das mit dem Schlafzimmer ist ja nun nicht so meins, aber das hört man so dann und wann ja mal … aber das mit der Wasseruhr finde ich dann doch schon sehr speziell! Was sagt denn Mia dazu?«

»Wieso Mia?« Robert sah Renate irritiert an, dann begriff er. Keine Ahnung! Jedenfalls«, beeilte er sich daraufhin zu sagen, »ist es für Jonte ausgesprochen fahrlässig und unverständlich, dass ich mein Haus einfach unüberwacht zurücklasse!«

»Passiert denn so viel da bei euch in der Einöde? Ich meine, da muss man ja auch erst einmal hinkommen!«

»Ich habe das Haus jetzt gut zwanzig Jahren. Aber mal abgesehen davon, dass Åke vor Jahren in meinem Schuppen war und den Rasenmäher geklaut hat …«, Robert hielt versonnen inne und lachte. Dann erinnerte er sich an letztes Jahr, wo jemand in seinem Schuppen war und ihm einen Toten an den Hauklotz gelehnt hatte.[*] Sein Lachen verebbte.

»Åke?«

»Åke? Ach so, ja, Åke! Åke ist unser Dorfgauner.«

---

[*] Siehe: Leichenwechsel – Signe Berglund sucht ein Motiv

Robert sagte das fast liebevoll, was Renate dazu bewog, ihre Augenbrauen halb fragend, halb ungläubig, zusammenzuziehen. »Ja, Åke ist zwar kriminell aber gutmütig. Er hat nie jemanden verletzt und ist bisher nie in ein Wohnhaus eingebrochen.« Robert überlegte. »Einbrüche in bewohnte Gebäude werden in Schweden ja auch härter bestraft, als in Schuppen. – Jedenfalls hat er mir den Rasenmäher geklaut und ist dann ein paar Tage später zu mir gekommen, um ihn mir mit dem Argument zum Kauf anzubieten, ich würde ja jetzt einen neuen brauchen, wo der alte doch weg sei. Dabei hatte ich das noch gar nicht bemerkt!« Robert musste ob der Erinnerungen wieder lächeln.

»Scheint ja nicht die hellste Kerze am Baum zu sein!«, stellte Renate fest und nahm Robert wieder bei der Hand.

»Ach, Åke ist ja nicht grundsätzlich doof, er hat nur häufiger Pech beim Nachdenken. Aber er ist sonst immer freundlich!«

»Freundlichkeit macht sich bei Geschäftsanbahnungen ja immer gut! Aber nochmal zu Jonte: Ist sein Haus denn direkt mit der Polizei verbunden?«

»Nö, und bis die aus Kalmar da wäre, hätte man auch genug Zeit, das halbe Haus leer zu räumen. Wenn sie überhaupt wegen eines einfachen Einbruchs in Abwesenheit kommen und nicht erst ein paar Tage später, um die Versicherungspapiere fertig zu machen!«

»Und welchen Sinn hat das Ganze dann?«

»Jonte sagt, das beruhigt ihn. Allerdings glotzt er jetzt alle naselang auf sein Handy und kontrolliert, ob bei ihm zu Haus alles in Ordnung ist. Sogar, als er neulich nur bei mir zum Abendessen war! Und wenn wirklich mal was sein sollte wenn er weiter weg ist, sagt er, kann er die Nachbarn anrufen.«

»Damit die dann was machen? Die Polizei anrufen, die dann doch nicht kommt?«

»Na ja, wenn's ein Wasserrohrbruch ist, könnten sie das Wasser abstellen … ach ja, Jonte sagt, er kann damit auch die Heizung steuern, das Licht an- und ausmachen und sogar seinen Herd bedienen. Dann ist die Bude schon gemütlich warm und das Essen fertig, wenn er nach Hause kommt und Hunger hat.«

»Soso. Wenn er Hunger hat. Hat er dann auch eine Kartoffelschäl- und Wasser-in-denTopf-tun-App?« Robert schüttelte lachend den Kopf.

»Nee, aber er freut sich schon auf so einen ganz neuen Herd, der mit anderen Herden über das Internet kommunizieren soll, Rezepte abrufen kann und sich auch die Vorlieben des Kochs merkt und dann danach handelt. Den will er jetzt unbedingt haben!«

»Na super! Nur weil du dich am Telefon nicht von mir trennen kannst, brennt mir die Milch an und so ein Herd denkt dann, ich mag das so und dann brennt sie immer an? Auch wenn wir nicht telefonieren? Welch ein epochaler Fortschritt! Also für mich ist das eine dieser technischen Spielereien, für die sich auch nur ihr Männer begeistern könnt! Aber bitte, wenn ihr so etwas braucht ...« Renate zuckte die Schultern. Robert wollte protestieren, las in Renates Gesicht, für ihn völlig überraschend, eine gewisse Angriffslust und hielt lieber den Mund.

*

Signe Berglund trommelte mit den Fingern ihrer rechten Hand auf dem Tisch herum. Sie hatte gerade den detaillierten Bericht der Forensik beiseite gelegt, den Melker mit den Sätzen: *Werte Kollegin, interessiertest Du Dich nicht für die Augenfarbe des bedauernswerten erloschenen Lebens in dem einen Metallquader? Schwarzbraun — wie bei allen Rehen ...* eingeleitet hatte. »Ein Reh! Auch nicht schön aber zum Glück nur ein bedauernswertes Reh!«, dachte sie. Sie alle hatten damit gerechnet, dass in dem Blechquader eine menschliche Leiche eingeschlossen wäre. Sie schüttelte den Kopf. »Auch wenn der Wagen durch den Wildunfall ziemlich demoliert gewesen war, warum verschrottet man den dann illegal? Mitsamt dem toten Reh im Kofferraum? Wildunfälle sind doch eigentlich mitversichert!« Sie fand das ziemlich undurchsichtig und trommelte weiter. Als sie nun gerade in ein wildes Stakkato überging, wurde die Tür geöffnet und Viggo Henriksson trat ein. Mit einem: »Hej Signe. Ich habe hier was für dich!«, legte er ihr eine Aktenmappe auf den Schreibtisch. »Wir kennen jetzt einen der Typen! Sogar den, der deinen Wagen auf dem Gewissen hat!« Signe riss das Dossier an sich, schlug es auf, las und legte es wieder auf den Tisch.

»Lars Stein, geboren 1993 in Hamburg, wohnhaft in

Hamburg … das ist ja ein Deutscher!« Sie nahm sich aus der Stiftschale einen Radiergummi und verdrehte ihn. »Warum klaut der meinen Wagen? Gibt es in Hamburg nichts mehr zu klauen? Wir müssen Robert fragen!« Viggo sah Signe zweifelnd an. »Wieso guckst du jetzt so? Der wohnt doch schließlich auch in Hamburg!«

»Klar. Dann muss er ihn ja kennen. Oder weiß wenigstens, ob es in Hamburg nichts mehr zu klauen gibt!« Signe wischte Viggos Bemerkung energisch beiseite und kam jetzt erst so richtig in Fahrt:

»Ich muss diesen Verbrecher haben! Wir brauchen einen internationalen Haftbefehl!«

»Deutschland gehört zur EU!«

»Dann eben einen europäischen Haftbefehl!«

»Wegen eines Wildunfalls, eines Autodiebstahls und der unsachgemäßen Verschrottung eines gebrauchten und nicht mehr ganz neuwertigen Fahrzeugs aus dem vorherigen Jahrtausend? Außerdem liefert Deutschland nicht aus, wenn Folter oder sonstige menschenunwürdige Behandlungen drohen.« Signe schnaubte und verdrehte die Augen.

»Weicheier! Doch den Mossad?«

»Ist wahrscheinlich immer noch besser für Stein, als wenn du ihn holst …« Viggo grinste. »Willst du nicht wissen, wieso der sich auf dem Schrottplatz so gut auskannte und wie wir auf ihn gekommen sind?«

»Globale Vernetzung hoch krimineller, international

agierender Verbrecherbanden?«

»Fast: *Erasmus Plus* und *Erasmus Student Network* – darüber hat Lars Stein vor ein paar Jahren in Kalmar zwei Auslandssemester gemacht. Politische Wissenschaften. Und da wir auf den Bildern aufgrund seiner Kapuze nur Nase und Mund sahen, kam Oscar auf die brillante Idee eine Lippenleserin hinzuzuziehen. In dem Gespräch ging es dann wohl darum, dass sich dieser Lars Stein mit dem anderen Typen darum gestritten hat, den Wagen mit dem toten Reh im Kofferraum von irgendetwas auszuschließen. Was, konnte die Lippenleserin leider nicht ausmachen. Aber das würde irgendwo eine falsche Note mit hineinbringen. Es muss was mit diesem Absaugen zu tun haben. Und die Lippenleserin vermutet übrigens, dass das Schwedisch von Stein nicht muttersprachlich, sondern eher deutsch oder niederländisch geprägt ist …«

»Ha! Wusste ich es doch! Ein internationaler Aktivist gegen den Kapitalismus und seine Ordnungs- und Sicherheitsorgane!«, unterbrach Signe.

»Ja nee, is klar! Und deshalb klaut er auch nicht Melkers schicken Volvo, sondern deinen alten Ford!«, höhnte Viggo. »Jedenfalls hat im fraglichen Zeitraum nur ein Deutscher bei Knuts bilskrot gejobbt …«

Signe überlegte und malträtierte den Radiergummi. »Und der zweite Typ ist nicht zu identifizieren?«

»Bisher nicht! Das Gesicht taucht in den Personalakten nicht auf und Fingerabdrücke gibt's nicht – auch er hat Handschuhe getragen«

»Din jävel!« Signe schmiss den Radiergummi und traf den leeren Kaffeebecher. Der Kaffeelöffel schepperte protestierend. »Verdammter Mistkerl!«

*

Die Zeit verging Robert wie im Flug. Er hatte in Renate eine tolle Fremdenführerin. Sie stieg mit ihm zu den Ruinen alter Burgen empor, sie spazierten am Limes entlang und ließen sich über die Donau zum Kloster Weltenburg übersetzen, wo Robert im Halbschatten uralter Bäume einen dunklen Klosterbock genoss, der fortan auf seiner Must-have-Liste ganz weit oben stand.

Sie wanderten durch den Wald zu einer großen Kalktuffterrasse, über die kühles und klares Quellwasser gen Tal floss, folgten der mäandernden Altmühl mit dem Fahrrad bis nach Kehlheim, wo ihn Renate grinsend in die monumentale Befreiungshalle schleppte. Als Robert dann kopfschüttelnd inmitten der vierunddreißig weißen Siegesgöttinnen gestanden hatte, die sich über goldene Schilde hinweg die Hände reichten, war ihm ein »Boah, was für ein Kitsch!« entfahren, was hinter ihm mit einem dröhnenden »Du schleichst di besser, du Agschnittana!« quittiert wurde. Als Robert sich umdrehte, hatte er gegen eine erhabene Wand aus rotweiß karierten Stoff gestarrt und, als er den Kopf hob, auf einen riesigen Schädel mit einem sehr beeindruckenden Schnurrbart. Mit einem »Is scho recht, passt scho!« war er von Renate lachend zur Seite gezogen worden. »Du kannst den Mund jetzt wieder zumachen!«, hatte sie dann zu Robert gesagt, um kurz darauf mit ihm – diesmal per Schiff und Fahrrad – unterhalb von Burgen, Schlössern und einer pittoresken Felssiedlung die Heimfahrt anzutreten. Und mit großer Verlässlichkeit im unpassendsten Moment meldete sich immer wieder Jonte mit der beruhigenden Nachricht, dass Robert in seinem Haus bisher weder einen Wasserrohrbruch noch einen Einbruch zu beklagen hätte. »Vielleicht«, sagte Renate irgendwann, »solltest du dir doch so eine Sicherheits-App holen. Dann kannst du wenigstens selbst entscheiden, wann du nachsehen willst, ob alles in Ordnung ist!« und zog ihn wieder zu sich aufs Sofa.

Robert badete geradezu in dem Gefühl zu lieben und geliebt zu werden und sonnte sich im Glück des Alltäglichen. Dabei stellten sie fast ein wenig erstaunt fest, dass die weniger erbaulichen Beziehungserfahrungen jetzt der Vergangenheit zugehörig schienen. »Na ja, zumindest vorerst!«, wie Renate trocken und wenig romantisch nachschob.

Robert gewöhnte sich an die Selbstverständlichkeit dieses andauernden Hochgefühls. Und daran, dass die Welt hier, im Gegensatz zu Schweden, noch so wunderbar analog war. Er bezahlte selbstverständlich in bar, bekam Eintrittskarten und Fahrscheine aus Papier in die Hand gedrückt, fütterte Parkuhren mit Münzen, konnte selten in der Mittagspause und nie am Sonntag einkaufen und erfuhr Wissenswertes von blau emaillierten oder messingfarbenen Informationstafeln, statt via QR-Code aus dem Internet. Und wenn er dann abends beim Wirt sein dunkles Bier trank – an das er sich übrigens auch gewöhnt hatte – starrte vielleicht der eine oder andere Gast trüben Auges in sein Glas, aber niemals auf sein Smartphone oder Tablet. Um so überraschter war er dann, als Renate ihn eines Abends – Robert hatte gerade den ersten tiefen Schluck dunklen Bieres zu sich genommen – davon in Kenntnis setzte, dass sie nun auch langsam mal wieder an so etwas profanes wie Geldverdienen denken müsse.

»Kein Problem, dann können wir uns ja abends …«

»Nein«, lachte Renate und küsste ihn, »da will ich mal wieder zum Chor, einen zünftigen Damenabend genießen, mit meiner Laufgruppe los, Haus und Hof auf Vordermann bringen und mich mal wieder der gepflegten Langeweile hingeben. Außerdem fängt nun nächste Woche auch mein Volkshochschulkurs an. Schwedisch für Anfänger. Ich habe da nämlich letztes Jahr jemanden kennengelernt, der hat da ein Haus und den will ich ja auch mal besuchen und mich mit seinen Freundinnen und Freunden nicht immer nur auf Englisch unterhalten müssen … zumal er das nicht versteht!«

Zumindest für das Vorletzte hatte Robert uneingeschränktes Verständnis.

XII

Als Ella aus dem Büro nach Hause kam, war die breite Fensterfront zum Balkon zusammengeschoben, sodass Wohnzimmer und Balkon eins waren. Signe lag, nur mit einer roten Bikinihose bekleidet, auf einem schneeweißen Handtuch in einem Liegestuhl, hatte die Augen geschlossen und briet in der Sonne. Neben ihr stand auf einem Tischchen eine halbvolle Karaffe Eistee, auf dem fingerdick Crushed Ice und frische Minzblätter schwammen. Daneben stand ein leeres Glas. Ella betrachtete mit Wohlgefallen den makellosen Körper ihrer Freundin und sah dann den tanzend-suchenden Anflug einer Mücke. Blitzschnell griff sie zu und fing die Angreiferin in der Luft. »Das machst du mir nicht kaputt!«, dachte sie und sah noch mal zu Signe herab. Dann grinste sie und stellte sich vor Signe in die Sonne. Träge öffnete Signe ein Auge.

»Tss! Weg! Aus dem Licht! Was fällt dir ein? Wer die Mohrin ins Land holt, hat auch für ausreichend Sonne zu sorgen!«

»Und ich dachte, du freust dich, dass ich da bin!«

»Das tue ich. Sogar noch ein bisschen mehr, wenn du ein Stück zur Seite gehst! Wie spät ist es eigentlich?«

»Kurz nach 19:00 Uhr.«

»Ha, siehst du? Ich bin gar kein Workaholic! Ich liege schon eine Stunde in der Sonne und mache nichts! Liege nur so rum! Na, habe ich mich gebessert?«

»Und ob!«, war alles, was Ella dazu sagte. Dann holte sie sich ein Glas, ein Handtuch, streifte ihr Kleid ab und sank in den zweiten Liegestuhl. Signe schielte zu ihr herüber und fand das, was sie sah, noch immer ziemlich aufregend. Zufrieden schloss sie wieder ihre Augen. Eine ganze Weile lagen sie so schweigend in der Frühabendsonne, genossen die Wärme, das entfernte Gebrabbel irgendwelcher Nachbarn unter ihnen und das Bukett des Meeres. Signe war gerade wieder am Wegdämmern, als Ella sie ansprach.

»Hast du das heute aus Dänemark gehört?«

»Was denn?« Signe klang schläfrig und etwas desinteressiert.

»In Aarhus haben sie jetzt ein halbes Museum leergeräumt!«

»Haben sie in Växjö und Stockholm auch.«

»Aber das in Aarhus ist ein riesiges Freilichtmuseum; *Den Gamle By.*«

»Die Alte Stadt? Kenne ich nicht.«

»Die haben ganze Straßenzüge mit Häusern aus dem 16. Jahrhundert bis zu den 1970er Jahren nachgebaut beziehungsweise wieder aufgebaut. Mit original eingerichteten Wohnungen, Läden, Handwerksbetrieben und so. Geklaut wurden aber wohl nur Sachen aus dem Areal um die 1970er Jahre.«

»Hmm …«

»Einen ganzen Fernseh- und Rundfunkladen haben die ausgeräumt: Fernseher, Kassettenrekorder, Stereoanlagen, Tonbandgeräte, Plattenspieler – einfach alles! Auch den Inhalt der Reparatur- und Servicewerkstatt. Sogar die ganzen alten Schallplatten und Musikkassetten haben die mitgenommen.«

»Hmm …«

»Und alte Autos haben die auch geklaut. Und Mofas.«

»Autos? Mofas?« Signe saß senkrecht auf ihrer Liege.

»Haben sie gesagt, ja. Muss eine ziemliche logistische Herausforderung für sie gewesen sein.«

»Weißt du was für welche?«

»Welche was?«

»Na, Autos! Welche Marken und Baujahre!«

»Davon haben sie nichts gesagt. Nur eben Autos und irgendwelche Mofas, Motorräder oder so.«

Signe sprang auf und rannte mit einem »Bin gleich zurück!« in den Flur, kramte in ihrer Tasche und holte das Handy heraus. Dann hörte Ella sie aufgeregt telefonieren.

Eigentlich wäre Signe gerne sofort aufgebrochen, um sich mit den dänischen Kollegen auszutauschen. Aber nur eigentlich. Die Aussicht auf einen schönen Sommerabend mit Ella, einen leckeren Salat mit einer ordentlichen Portion Shrimps und einer Flasche noch ordentlicheren Weißwein und – wer weiß – vielleicht noch einer aufregend anregenden Nacht, war dann doch ein gewichtiges Totschlagargument wider jeglicher dienstlicher Ambition. Außerdem würde ja die

Spurenauswertung sicherlich auch noch einige Stunden in Anspruch nehmen.

*

Signe saß mit Viggo, Melker und Oscar zusammen und unterrichtete sie über ihr Gespräch mit den dänischen Kollegen. Alle vier kauten nebenbei zufrieden an verschieden Plunderteilchen. Obwohl Signe erst deutlich nach Mitternacht eingeschlafen war, war sie morgens nicht nur früh aufgewacht, sondern auch ausgesprochen munter gewesen. Also hatte sie Ella einen Gruß geschrieben, ihr die Kaffeemaschine bereitet, hatte dann ihr Fahrrad bestiegen und war durch die Morgensonne ins Büro geradelt. Sie hatte sich heute die etwas weitere, aber sehr viel schönere Strecke an den staatlichen Kunstateliers in *Lindö* vorbei und entlang des Friedhofs gegönnt. Trotzdem war es noch nicht 8:00 Uhr, als sie bei den dänischen Kollegen in Aarhus anrief. »Oh, ist was mit der Kronprinzessin?«, fragte der Kollege auf der anderen Seite des Sunds, gähnte ungeniert und brummte auf Signes verständnislose Nachfrage: »Weil's noch so früh ist und ich bisher weder Snegle noch Wienerbrød hatte!« Daraufhin verspürte Signe einen geradezu verzehrenden Heißhunger und war gleich nach dem Telefonat in die Konditorei des riesigen Einkaufszentrums gegenüber gestürmt, um eine große Tüte Schnecken und Kopenhagener zu kaufen.

»Erst war es ja nur so ein vages Bauchgefühl, aber die Einbrüche hängen tatsächlich zusammen!«, sagte sie kauend. »Ich habe dem Kollegen unsere Fingerabdrücke übermittelt und siehe da: Treffer! Mindestens einer der Täter war auch in Nybro und Stockholm dabei!« Die Kollegen sahen Signe aufmerksam an. Dann meldete sich Melker zu Wort:

»Wenn die da drüben so sauber arbeiten wie ich, kann das kein Zufall sein!«

»Tun sie«, sagte Viggo, der wenige Jahre nach Fertigstellung der Öresundbrücke abkommandiert gewesen war, den scheinbar unerschöpflichen Nachschub an Schusswaffen aus dem ehemaligen Jugoslawien über den Öresund nach Malmö einzudämmen. Und dabei hatte er auch einige dänische Kollegen kennengelernt und war bis heute von der Zusammenarbeit und deren Arbeitsweise sehr angetan.

»Also kein Zufall«, grinste Melker ihn an. Viggo bestätigte kopfschüttelnd.

»Und was machen wir jetzt mit den namenlosen Fingerabdrücken?« Fragend sah Oscar seine Kollegen an. »Solange wir die niemandem zuordnen können, sind sie wertlos!«

»Oder eine Option auf die Zukunft! Und solange ermitteln wir mit Hochdruck in alle Richtungen weiter, schließlich gibt es da noch Hjalmar Andersson!« Signe blickte in fragende Gesichter und schüttelte den Kopf. Wie immer benannte sie auch das Opfer vom Loppis in Nybro mit seinem Namen. Etwas, zu dem ihre Kollegen, wie sie sagten, im Alltagsstress leider selten kamen. Erklärend, wie für kleine Kinder, fügte Signe an: »Hjalmar Andersson hatte ehrenamtlich im Loppis von Nybro gearbeitet, bis ihm jemand die

Schläfe eingeschlagen hat!« Betreten nickten die Kollegen.

»Und das mit den gestohlenen Autos?«

»Das?« Signe überlegte. »Das hat jetzt möglicherweise mit den Diebstählen in Dänemark eine internationale Komponente bekommen, und damit ist es auch unsere Sache. Zumindest die schwedischen Bestandteile und zumindest so lange, bis sicher ist, dass das eine mit dem anderen nichts zu tun hat. Außerdem …«, sie nahm den letzten Bissen ihres Plundergebäcks und kaute genüsslich, »hängt das ja vielleicht alles auch zusammen. Ich meine das mit den Autos und dem ganzen alten Alltagsgelump!«

»Wenn ich richtig informiert bin, haben wir bisher nur eine Person identifizieren können: die, die deinen Ford wieder in den Rohstoffkreislauf eingegliedert hat.«

»Die Hamburger Bestie …«

»Von mir aus auch das. Wir sollten das Foto aus der Personalakte mal den Mitarbeitern des Loppis zeigen. Vielleicht war er ja bei dieser Gruppe junger Leute dabei, die ein paar Tage vor dem Einbruch aufgefallen ist, als sie sich die Sachen so gründlich angeguckt haben! Und vielleicht sollten wir auch die Kollegen aus Hamburg um Amtshilfe bitten: Wenn wir seine Fingerabdrücke hätten und seine DNA, könnte ich sie mit den Proben aus Nybro abgleichen!« Signe, die mit ihren Gedanken beim Schicksal ihres alten Fords war, starrte Melker jetzt abgelenkt an.

»Und dann? Was soll das bringen?« Melker sah Signe an und dann verblüfft in die Runde. Offensichtlich wunderten sich auch die Kollegen über Signes Begriffsstutzigkeit.

»Und dann? Wenn wir da einen Treffer haben, ist es ziemlich sicher, dass die Fälle irgendwie zusammenhängen. Und deine Hamburger Bestie hat nicht nur dein Auto auf dem Gewissen, sondern ist auch noch dringend eines Gewaltverbrechens oder gar Mordes tatverdächtig! Damit hätten wir doch einen schönen Ansatz, unabhängig davon, ob er nun tatsächlich der Mörder von äh …« Melker überlegte kurz, »… Hjalmar Andersson ist oder einfach nur dabei war!« Signe nickte langsam. Dann schüttelte sie sich, wie um wach zu werden.

»Gut. Gute Idee. Was habe ich doch für ein großartiges Team! Also Oscar, du kümmerst dich bitte um die Fotosache, Viggo, du nimmst Kontakt mit den Hamburgern auf und Melker, du bereitest schon mal den Abgleich der ganzen Spuren vor, damit es dann auch schnell gehen kann!«

»Team?« Melker sah Oscar und Viggo fragend an. »Wie definiert sie Team?«

»*Toll, ein anderer macht's*!«, grinste Oscar.

XIII

Eigentlich hatte Robert Ekkheim abends noch arbeiten wollen. Wieder einmal drängte der Verlag ihn zur Eile, aber Ella hatte ihn damit geködert, dass sie eine besondere schwedische Spezialität nach einem alten Familienrezept ihrer Mutter im Ofen hätte und ihr Balkon doch der ideale Ort wäre, diese zu dritt zu genießen. Und so saß er jetzt nicht am Schreibtisch, sondern ganz entspannt in seinem Wagen, genoss das rechts und links an ihm vorbeifliegende üppige Grün des südschwedischen Sommers und fuhr nach Kalmar. Und war gedanklich bei Renate. Er hoffte sehr, dass sie ihn tatsächlich für ein oder besser zwei Wochen besuchen kommen würde, wenn sie ihre Dinge erledigt hätte. Ihm fiel ein, dass es sich jetzt ziemlich genau jährte, dass er mit seinem Sohn Markus und dessen Freundin Britta für ein paar Tage auf Gotland gewesen, mit Renate am Strand auf einem Festival zusammengerasselt war und sie sich gegenseitig ihre Marmeladencrêpes und den Inhalt ihrer Rotweingläser über die Kleidung gekippt hatten. »Eine etwas unkonventionelle Art jemanden anzubaggern, aber dass passt zu dir«, hatte Dagmar, seine Exfrau, Mutter des gemeinsamen Sohnes Markus und inzwischen gute Freundin, lachend gesagt, als er ihr freudestrahlend von Renate erzählt hatte. »Aber effektiv!«, hatte er zufrieden geantwortet und mit Dagmar darauf angestoßen. Robert bog jetzt aus dem Kreisel in die Varvsgata ein und parkte seinen Wagen am Straßenrand.

*

»Oh!«, entfuhr es Robert und dann hielt er die Luft an. Ella präsentierte stolz den soeben aus dem Backofen geholten tiefroten Blutpudding und hielt ihn Robert unter die Nase. »Jahaa! Der sieht nicht nur perfekt aus, sondern schmeckt auch so!« Beifall heischend sah sie erst Robert und dann Signe an. Und während Signe ihre Augen schloss, an dem dampfenden Blutpudding schnupperte und ein genüssliches »Ah! Svensk Blodpudding!« ertönen ließ, wandte sich Robert wie ein Aal auf dem Trockenen. Er schnappte nach Luft. »Ja, das sieht ja wirklich – interessant aus!«, erschien ihm nach einer gefühlten Ewigkeit gerade noch vertretbar.

Ella und Signe sahen sich grinsend an. »Käresta« sagte Signe traurig, »Liebste, ich glaube gar, unser Freund verschmäht deinen wunderbaren Blutpudding!« Ella blickte zu Robert. Dann straffte sie sich und sagte an Signe gerichtet. »Okay, ich werde ihm ein Angebot machen, das er nicht ablehnen kann!« Entschlossen verschwand Ella in der Küche. Kurz darauf wehte der Geruch von Gebratenem herüber. Robert schnupperte. Es duftete gut – würzig – nach Fleisch – etwas fruchtig und – Robert stutzte – Zimt? Machte Ella ihm jetzt extra etwas anderes?

»Das riecht gut! Was ist das?«

»Ingeniosa luxuria.«

»Ingewas?«

»So was wie erfinderische Genusssucht. Habe ich beim Arzt in einer Illustrierten gelesen: Geht auf den verfressenen römischen Lebensstil der Antike zurück. Passt auch zu Ella, wenn sie gerade ihre kreative Kochphase hat. Dabei kommt jedenfalls immer irgendetwas Gutes heraus!« Bekräftigend nickte Signe zu ihren Worten.

Robert war es etwas unangenehm, dass Ella ihm anscheinend eine Extrawurst briet, aber obwohl er ihn noch nie probiert hatte, konnte er sich mit Blutpudding so gar nicht anfreunden. Schon bei dem bloßen Gedanken hatte er einen unangenehmen metallischen Geschmack im Mund, wie er ihn tagelang nach einem Sturz nicht losgeworden war, bei dem er sich so stark in die Zunge gebissen hatte, dass er das Gefühl hatte, fast am eigenen Blut zu ertrinken. Robert schüttelte sich.

Als Ella eine Schüssel Salat auf den Balkontisch stellte, sich auf den leeren Stuhl fallen ließ und auffordernd »Der Rest steht in der Küche!« anmerkte, standen Signe und Robert auf und verschwanden in der Wohnung. Wenig später saßen sie an einem fürstlich gedeckten Tisch. Unauffällig versuchte Robert zu ergründen, was die verschiedenen Platten und Schüsseln enthielten. Den Blutpudding, wie Ella ihn ihm unter die Nase gehalten hatte, konnte er nirgends entdecken. Trotzdem schienen ihm die annähernd schwarzen Scheiben mit der feinen Kruste auf der ovalen Platte irgendwie verdächtig. Andererseits duftete alles sehr appetitlich und lecker! Dennoch nahm er sich erst Salat, fischte umständlich gebackene Kartoffelspalten von einem Teller, schielte zwischendurch immer wieder zu der ovalen Platte und nahm dann eine Portion Lingon, die preiselbeerkompott- oder auch marmeladenähnliche Beilage für alle schwedische Fleischspeisen. Sofern nicht eine kalte Sauce Béarnaise gereicht wurde.

Voller Vorfreude sah Robert die drei mit Zimtcreme und Blaubeeren gefüllten Dessertschälchen und hoffte noch, irgendwie um die verdächtig erscheinenden schwarzen Scheiben herumzukommen. Er sah zu Ella und Signe, wollte sich gerade für die Einladung bedanken und »Smaklig måltid!«, »Guten Appetit!«, wünschen, als Ella ihm maliziös lächelnd die ovale Platte hinhielt: »Aber Robert! Das Beste hast du ja noch gar nicht!« »Ich … äh … danke, aber ich habe gar keinen richtigen Hunger!«, versuchte Robert es und wurde durch die eigenhändig aufgefüllte reichlich bemessene Portion Salat und Kartoffelspalten der taktischen Falschaussage überführt. Etwas schmallip- pig lächelnd säbelte er daraufhin einen Streifen von einer der schwarzen Scheiben, murmelte etwas von »ja mal wenigstens probieren« und blickte dabei in zwei gespannte Gesichter.

»Nee, nee, nicht mit mir!«, dachte Robert, »Ihr werdet mich nicht kneifen sehen!« Mit Todesver- achtung und in Gedanken fest bei der Zimtcreme, steckte er den Streifen in den Mund und zwang sich, nicht mit langen spitzen Zähnen zu kauen. Wider Er- warten glibberte da nichts in seinem Mund. Seine Zähne zerschnitten eine feine Kruste und trafen dann auf eine feste Masse mit Zwiebel-, Apfel- und

Speckstückchen. Gleichzeitig entfaltete sich ein kräftiger und reichhaltiger, überraschend fruchtiger Geschmack mit einer leichten Süße. Er identifizierte Zimt und Majoran, eine Spur Ingwer und Gewürznelken. »Ja«, sagte er unbestimmt und beeilte sich dann, nicht nur die bereits angeschnittene Scheibe auf seinen Teller zu legen, sondern sich auch noch gleich eine weitere zu sichern.

»Okay«, sagte Ella zufrieden und an Signe gewandt, »da hat er ja nochmal Glück gehabt!« Robert schaute fragend hoch. »Sie meint, dass noch genug da ist und auch für uns noch was bleibt. Sonst hättest du jetzt leider gehen müssen!« Zufrieden kauend antwortete Robert etwas, aus dem Signe und Ella nach einem anfangs unverständlichem Genuschel »Win-win-Situation!« herauszuhören meinten.

Nach dem Essen und nachdem Robert immer wieder seine Überraschung hinsichtlich des Wohlgeschmacks von Ellas Blutpudding[*] kundgetan hatte, fragte Signe ihn plötzlich:

»Kennst du eigentlich einen Lars Stein?«

»Wen? Lars Stein? – Nee, wer soll das sein?«

»Müsstest du kennen. Ist ein Hamburger Verbrecher.«

»Also dann sowieso nicht. In solchen Kreisen verkehre ich nicht. Was hat er denn ausgefressen?«

»Er hat mein Auto geklaut und verschrottet!«

»Sicher? Ich meine, dass er dein Auto …«

---

[*] Originalrezept im Anhang

»Ganz sicher! Da gibt es sogar Videoaufnahmen von! Und es ist gar nicht mal so unwahrscheinlich, dass er auch noch was mit dem Tod von Hjalmar Andersson vom Loppis in Nybro zu tun hat!«

»Oha!«, war indessen alles, was Robert dazu sagen konnte.

*

»Also, Robert sagt, er kennt ihn nicht!«, sagte Signe an ihre Kollegen Oscar und Viggo gewandt. »Und ich glaube ihm!« Viggo grinste.

»Auch deutlich unterhalb der zwei Millionen Einwohnermarke wäre es schon mehr als ein Zufall, wenn er ihn tatsächlich kennen würde. Wie es auch sei, ich habe mich jedenfalls mit den Hamburgern in Verbindung gesetzt und habe um Amtshilfe bezüglich des Einbruchs bei der Autoverwertung gebeten. Sie wollten Fingerabdrücke nehmen und melden sich dann.«

»Wegen eines banalen Einbruchs?«

»Für einen dringenden Tatverdacht wegen Mord reicht es ja wohl kaum … Ich befürchte aber, ich habe mich ein wenig diffus ausgedrückt. Kann gut sein, dass es so klang, als wenn das eine ganze Serie von schwerem Raub ist. Ich habe jedenfalls auch eine Kopie der Personalakte und Kopien der Kamerabilder von Knuts bilskrot rübergeschickt. Wenn wir die Fingerabdrücke haben, muss Melker ran und sie abgleichen! Und wenn aus Nybro was passt, haben wir endlich was in der Hand …«

»Gut, also warten wir ab! Oscar?«

»Die Aussagen bezüglich dieses Lars Stein sind sehr schwammig. Einige der Mitarbeiterinnen und Mitarbeiter meinen, sich *vielleicht* an ihn erinnern zu können. Aber niemand will sich näher festlegen. Ich habe eine Kopie des Fotos dagelassen, da die eine Mitarbeiterin erst heute Nachmittag kommt. Sie wird sich dann hoffentlich bei uns melden.«

»Und schon wieder warten!«, Signe verdrehte ihre Augen, »Warten mag ich nicht, warten macht mich nervös!« Genervt trommelte sie auf dem Schreibtisch herum. »Und was machen wir jetzt?«

»Warten?«, schlug Oscar grinsend vor und wurde wieder ernst: »Und ich habe da noch ein paar Sachen auf dem Schreibtisch, um die ich mich zwischendurch auch noch kümmern muss!« Damit verschwand er.

»Ich auch!« Viggo Henriksson nickte kurz und folgte dann seinem Kollegen.

Signe begutachtete kritisch ihre Schreibtischplatte. »Na gut«, dachte sie, »ich müsste ja wirklich auch mal wieder was wegarbeiten …« Sie nahm eine der zahlreichen Mappen und überflog die ersten Zeilen. »Eh zu spät!«, stellte sie fest, als sie die Terminierung sah und versenkte den Inhalt der Mappe in ihrem Papierkorb. Gleichgültig zerknüllte sie noch unzählige Notizzettel und fragte sich, woher bloß all die ganzen Kuchenpappen kamen, die zusammengeklappt jetzt ebenfalls im Papierkorb landeten. Dann begab Signe sich in ihre Lieblingsposition: Sie lehnte sich weit in ihrem Schreibtischstuhl zurück und legte, ohne dass etwas beiseite geschoben werden musste, ihre Beine auf die Schreibtischecke. »Ah, geht doch wieder!«, grunzte sie zufrieden, nur um dann festzustellen, dass sie keinen Kaffee in Reichweite hatte.

Kurz darauf schwang Signe ihre Beine erneut auf den Schreibtisch, kippte die Rückenlehne ihres Stuhls nach hinten, nahm ihren Becher, trank zufrieden einen Schluck Kaffee und blendete routiniert das Chaos um sie herum aus. Ihr Blick ruhte leicht entrückt auf den Wandkalender, den sie von Ella bekommen hatte und der faszinierende Bilder aus dem ewigen Eis der Arktis zeigte. Dann wurde diese Idylle durch das Klingeln ihres Telefons gestört. Hektisch aber vergeblich angelte Signe mit ihren Fingerspitzen nach dem dreh- und ausziehbaren Telefonständer. Mehrere Akten standen ihren Bemühungen im Weg. »Fan också!«, »Mist!«, zischte sie und hatte das Gefühl, dass das Telefon immer penetranter läutete. Sie wusste genau, wenn sie jetzt ihre Füße vom Schreibtisch nehmen würde, aufstand und zum Telefon ging, würde das Läuten mit ihrer Hand auf dem Hörer verstummen. »Was soll's!«, dachte sie ergeben, hob ihre Beine an, aber noch bevor sie sie auf den Boden setzen konnte, erstarb das Klingeln. Signe zuckte die Schultern und begab sich wieder in ihre Ausgangsstellung.

»Du bist ja doch da, warum gehst du dann nicht ans Telefon?«

»Ging nicht. Kam nicht ran.«

»Ach so. Entschuldige, dazu hättest du ja die Füße vom Tisch nehmen müssen.« Signe nickte. Dann fuhr Viggo fort: »Die Hamburger haben sich gemeldet.

Sie haben Lars Stein in seiner Wohnung angetroffen. Er hat für die Tatzeit bei Knuts bilskrot ein wasserdichtes Alibi! Eine Nachbarin, die auf dem gleichen Flur wohnt, hat ihn am Tag des Einbruchs gegen 22:30 Uhr im Treppenhaus getroffen, als er seinen Müll herunterbrachte. Sie kam gerade aus dem Kino zurück und sie hatten ein paar Worte gewechselt. Sie ist sehbehindert, hat ihn aber – auch wenn er etwas erkältet klang – eindeutig identifiziert!«

»Moment! Sie ist blind und kommt aus dem Kino?«

»Sie ist sehbehindert, nicht blind! Warum bitte soll sie nicht ins Kino gehen? Große Leinwand, viele Lichtpunkte. Und die entsprechende Atmosphäre – da hat sie die besten Chancen, etwas mitzubekommen und den Film genießen zu können!« Signe nickte langsam.

»Okay, das stimmt natürlich. Hm … Und sie war sich ganz sicher, dass er es war?«

»So sicher wie die Verkäuferin in der Bäckerei, wo er am nächsten Morgen, wie fast jeden Tag, um Punkt 8:00 Uhr zwei Croissants gekauft hat.«

»Und die Kameraaufnahmen vom Schrottplatz?«

»Das muss dann ein Doppelgänger gewesen sein.«

»Jävla skit!«, fluchte Signe, nahm ihre Füße vom Tisch und kickte den Papierkorb gegen das Regal. Wie in Zeitlupe kippte der um und erbrach seinen eben erst zugeführten Inhalt auf den Boden. »Verdammte Scheiße!«, fluchte Signe nochmals und wandte sich ab.

XIV

Mit schief gelegtem Kopf stand Robert vor dem fast quadratischen Bild, das in einem schmalen Metallrahmen und im Lichtkegel eines speziellen Tageslichtstrahlers in Jontes Diele hing. »Wahnsinn, oder? Die überraschend opalisierende Leuchtkraft der Farben, die einen direkt hineinziehen in dieses Mixtum compositum aus der Tiefe des auseinanderstrebenden Raumes und der quälenden Eindimensionalität der Fläche! Dazu dieser sich in der eigenen Irrelevanz des Betrachters verlierende Ausdruck der Körperlichkeit, der so ingeniös die Zerrissenheit zwischen dem ästhetischem Anspruch und dem gesellschaftspolitischen Sein reflektiert!« Jonte blickte verzückt auf das Bild. Robert legte den Kopf auf die andere Seite und betrachtete das Potpourri unterschiedlich großer geometrischer Figuren, die sich vor einem kleinkarierten Hintergrund tummelten.

»War das teuer?«

»Nein!«

»Gut!« Damit wandte sich Robert ab und ging in Jontes Küche, wo seit geraumer Zeit zwei Becher Kaffee dabei waren, die Temperatur ihres Inhaltes der ihrer Umgebung anzupassen. »Das ist wohl nicht so deins, was?« Robert schüttelte bestätigend den Kopf und nahm einen Schluck Kaffee. »Habe ich im Internet eingetauscht. Gegen meine Plattensammlung. Brauche ich ja nun nicht mehr.«

»Du hast was?« Ungläubig starrte Robert seinen

Freund an, dessen umfangreiche Plattensammlung für ihn immer geradezu beneidenswert gewesen war.

»Habe ich gegen meine alte Vinylplatten eingetauscht. Sind ja nun überflüssig. Pass mal auf: Elsa, spiele *Viaticum* vom Esbjörn Svensson Trio!« Augenblicklich erklang die angeforderte ruhige Jazz-Musik aus den Lautsprechern. Robert staunte.

»Hast du Besuch?«

»Nee, das ist Elsa!« Dabei zeigte Jonte auf eine kleine schwarze Box, die auf seiner Anrichte stand. »Elsa ist meine digitale Assistentin. »Elsa?« Die Musik unterbrach. Eine sonore Frauenstimme fragte: »Wie kann ich dir helfen?« »Elsa, rufe Robert Ekkheim auf dem Handy an!« Sekunden später meldete sich Roberts Handy. »Auf dem Display steht nicht Elsa. Da steht Jonte!«, murmelte Robert irritiert. Jonte schüttelte den Kopf. »Logisch, sie ist ja meine Assistentin! Elsa, wie wird das Wetter morgen?« Elsa gab mit ihrer wohltönenden Stimme die erwarteten Wetterdaten für die nächsten vierundzwanzig Stunden bekannt.

Jonte strahlte Robert stolz an. »Du glaubst gar nicht, wie praktisch Elsa ist! Elsa, wie lang ist die längste Brücke der Welt?« Nach einem Bruchteil von Sekunden tönte Elsa: »Die längste Brücke der Welt ist die *Große Brücke Danyang–Kunshan* zwischen Shanghai und Nanjing im Osten Chinas mit 164,8 Kilometern Länge.« »Ist das nicht der faszinierend?« Robert nickte unwillkürlich. »Elsa, wann habe ich mal wieder abends Zeit, ohne dass ich am nächsten Morgen einen frühen Termin habe?« Blitzschnell nannte Elsa ein Datum in einigen Tagen und schloss die Frage an, ob sie etwas in seinen Kalender eintragen solle. »Irre praktisch, oder? Wenn du nun auch eine Elsa hättest, könnte meine Elsa deiner Elsa jetzt eine Terminanfrage senden und dann würde deine Elsa dir das Mitteilen und du könntest deiner Elsa sagen, sie solle meiner Elsa den Termin bestätigen. So könnten wir uns zum Beispiel ganz einfach fürs Kino verabreden!« »Aber das können wir doch jetzt auch!«, gab Robert zu bedenken. »Ja schon, aber ich meine, wenn wir keine Lust haben uns anzurufen oder zu sehen!« Robert guckte seinen Freund mitleidig an.

Das Esbjörn Svensson Trio begleitete die Freunde durch den Abend. Auch Elsa war immer wieder gegenwärtig, half Jonte aus, wenn ihm zwischen zwei Stücken Matjessill einfiel wissen zu wollen, ob Zlatan Ibrahimović ein- oder zweiundsechzig Tore für die Nationalmannschaft geschossen hatte, sie Order bekam, ihn am nächsten Tag zu erinnern die Mülltonne an die Straße zu stellen oder sie seinen virtuellen Einkaufszettel um Matjessill und Lingon ergänzen sollte. Immer wieder war es Robert vorgekommen, als wären sie zu dritt.

»Sag mal, hört die uns eigentlich die ganze Zeit zu?«

»Elsa? Nee, nur wenn ich sie anspreche.«

»Bist du da ganz sicher?« Jonte zuckte die Schultern.

»Ich habe nichts zu verbergen. Und warum sollte mich jemand abhören?«

»Weil sie so die absolute Kontrolle gewinnen? Oder,

wenn das zum Glück noch nicht ganz soweit ist, um all deine Gewohnheiten und Vorlieben herauszubekommen, um dir individuell auf dich zugeschnittene Infos und Werbung zukommen zu lassen?«

»Ist doch praktisch, dann spare ich viel Zeit!«

»Aber du wirst manipulierbar, du bekommst gefilterte Informationen und siehst nur noch das, was du sehen sollst! Das hat mit Informationsfreiheit und Selbstbestimmung verdammt wenig zu tun!«

»Ach du nun wieder! Du bist manchmal so deutsch! Wenn man von euch mal keine Bedenken hört, muss man fast Angst haben, dass ihr tot seid! – Dabei fällt mir ein, dass du noch Geld von mir bekommst!« Robert versuchte, zwischen den beiden Aussagen einen logischen Zusammenhang herzustellen und scheiterte genauso wie mit dem Versuch sich zu erinnern, wann er Jonte Geld geliehen haben soll. »Na, neulich, als ich bei der Tombola zugunsten des Kinderheims die Lose nicht mit Karte zahlen konnte …« Jetzt erinnerte sich Robert an die wenigen Kronen, die er Jonte ausgelegt hatte und der daraufhin tatsächlich mit einer Salatschale von Bergdala Studioglas nach Hause gegangen war. »Swish ich dir schnell rüber …« Jonte griff nach seinem Smartphone.

»Wie wischen?«

»Swishen, mit der Banken-App! Swish halt. Damit bezahlt man doch heute in Echtzeit!«

»Hab' ich nicht. Kann ich damit auch nicht.« Damit hielt Robert Jonte sein uraltes Nokia vor die Nase.

»Ach Gott, stimmt ja, das vergesse ich immer …«

»Das hat aber alles, was ich brauche. Telefon- und SMS und über eine Woche Akkulaufzeit!«

»Ja, aber du bleibst damit arm, denn ich muss dir das Geld dann leider noch schuldig bleiben, ich habe natürlich kein Bargeld im Haus – ursäkta!«

»Schon okay, läuft ja nicht weg!«

Auf dem Weg durchs Dorf nach Hause, war Roberts Stimmung sehr ambivalent. Einerseits amüsierte er sich über die, in seinen Augen absolut verzichtbaren, technischen und digitalen Errungenschaften, die bei seinem Freund so zügig und unvermittelt Einzug hielten, andererseits hinterließ die damit verbundene öffentliche Preisgabe der Privatsphäre ein äußerst ungutes Gefühl bei ihm. »Ich will das alles nicht!«, dachte er und hatte gleichzeitig Sorge, durch seine fundamentale Verweigerungshaltung eines Tages doch den Anschluss an die gesellschaftliche Teilhabe zu verlieren.

Mit diesen Gedanken schlief Robert auch ein und träume sie weiter: Er stand im *Kalmar Turistbyrå* und hatte gerade eine Karte für ein Theaterstück gekauft, das sich mit dem Schicksal der Glashütten und damit des Glasreiches auseinandersetzt. Und da er in dessen Mitte wohnte, wollte er das Stück natürlich unbedingt sehen. »Kannst du mir bitte noch deine Mobilnummer geben?«, fragte die sympathisch junge Frau am Tresen. Robert diktierte ihr ohne großes Hinterfragen die Nummer. »Tack du ha! Hejhej!«, »Danke dir!

Tschüss!«, sagte sie dann und wandte sich dem nächsten Kunden zu. Robert war irritiert, erwartete er ja noch seine Eintrittskarte. Nachdem die junge Frau wieder frei war, sprach Robert sie darauf an. »Aber die hast du doch auf deinem Smartphone! Papierkarten haben wir doch schon ganz lange nicht mehr!« Kopfschüttelnd verließ Robert kurz darauf das Büro der Touristeninformation. Wenigstens hatte er von der ungläubig staunenden jungen Frau sein Geld erstattet bekommen, nachdem er ihr sein Handy gezeigt hatte. Nur mit dem Theaterbesuch war es somit natürlich nichts geworden!

Nun lief Robert durch verschiedene Supermärkte und schob einen großen Einkaufswagen voll Lebensmittel. Immer wieder versuchte er an einer der vielen Kassen seine Einkäufe zu bezahlen, aber niemand wollte sein Geld, niemand akzeptierte seine EC-Karte, niemand nahm seine Kreditkarte. »Swishen, du musst swishen, sonst können wir dir nichts verkaufen! – Entschuldige, aber du musst nun swishen oder gehen, andere Leute möchten auch an die Kassen!«

Kaum war Robert aus dem Laden getreten, kamen zwei Polizisten auf ihn zu. »Wieso hast du Bargeld? Weißt du nicht, dass nur noch Geldwäscher und Schwarzarbeiter Bargeld haben? Bist du etwa einer von denen?« Robert verneinte schüchtern, gab an, doch aus Deutschland zu kommen und immer nur einige Monate im Jahr hier zu sein. Die Polizisten lachten bitter. »Ach, das ist mal wieder typisch! Wahrscheinlich besitzt du nicht nur Bargeld, sondern verweigerst dich den sozialen Medien, hast keine Elsa und kein Smart Home?« Robert nickte betreten. »Das«, sagten sie daraufhin ernst, »macht dich wirklich *sehr* verdächtig! Warum willst du nicht, dass wir Verbrechen aufdecken können, sehen ob du gesetzestreu handelst oder kriminelle Kontakte hast? Also, hier bei uns gilt«, ein furchterregend erigierter Zeigefinger wippte dazu im Takt der Silben vor Roberts Nase, »dass es nicht gut für die Gemeinschaft ist, wenn man sich derart exponiert, so gegen den Strom schwimmt und aus der Gesellschaft ausschert! Denke zukünftig immer daran: Lagom är bäst – die goldene Mitte ist am besten!« Das letzte hatten sie eindringlich und ermahnend gesagt, dann grüßten sie knapp und ließen Robert stehen.

Robert irrte jetzt hungrig durch die Straßen, wusste nicht wo er war, die Sonne blendete ihn, ihm war heiß und er hatte Durst. Er fragte ihm entgegeneilende Passanten nach dem Weg, bekam statt hilfreicher Worte detaillierte Wegbeschreibungen als Messengermitteilungen oder Karten gesandt, die sein Handy nicht empfangen konnte. Er suchte zur Orientierung nach Straßennamen oder Ortsschildern, fand aber immer nur QR-Codes, die sein altes Handy weder lesen noch abrufen konnte. Er versuchte Jonte, Signe und all die anderen anzurufen, die er in Schweden kannte – niemand war erreichbar. Immer hieß es, sein Handynetz würde längst nicht mehr dem aktuellem Standard entsprechen und sei deshalb abgeschaltet worden. Ein etwa acht- oder neunjähriger Junge, der ihn schon länger beobachtet hatte, schlug vor, er solle twittern oder whatsappen, das würde er mit seinen Freunden auch machen und das ginge doch sogar im Wald! Als Robert sagte, so etwas habe er nicht und könne es auch nicht, sah der Junge ihn ungläubig an und es war ihm anzumerken, dass ihm die Sache nicht ganz geheuer schien. Schleunigst machte er sich aus dem Staub.

Als Robert irgendwann wenigstens seinen Wagen wiederfand, atmete er auf. Doch leider ließ der sich nicht wie gewohnt mit seiner Fernbedienung öffnen. Auch als Robert es mit dem Schlüssel versuchte, blieb ihm der Zugang verwehrt. Verstohlen beobachtete er eine junge Frau die neben ihrem Wagen stand und den Daumen auf das Display ihres Smartphones hielt. Der Wagen reagierte mit mehrmaligen Blinken. Dann stieg sie ein und fuhr davon.

Robert irrlichterte weiter durch fremde Straßen und stand plötzlich erleichtert aufatmend vor seinem Grundstück. Er stutzte, als er mit dem Schlüssel in der Hand zur Haustür trat – nirgends konnte er ein Schlüsselloch finden. Dafür war neben der Haustür ein kleiner Kasten und als er sich fragte, wie der da hin kam und was das wohl sei, kam plötzlich Renate um die Ecke, küsste ihn und hielt ihre rechten Hand unter das Kästchen. Robert hörte sich das Schloss entriegeln. »W … wie … wieso kannst du …« fragte er stotternd, als Jonte lachend um die Ecke bog. »Na? Hatte ich dir nicht gesagt, dass die Zeit der Schlüssel vorbei ist?« Dann wandte er sich Renate zu. »Hej Renate, da bist du ja genau richtig gekommen, um

Robert mit reinzunehmen!« Dann richtete Jonte seine Worte wieder an Robert: »Ich hatte dich durch die Kameras beobachtet – Renate war dann aber doch schneller!« Robert blickte sich panisch um, warf im Schlaf den Kopf hin und her und schrak schweißgebadet hoch.

Nachdem Robert sich nur mühsam orientiert hatte blickte er auf seinen Wecker. Es war kurz nach halb vier Uhr morgens. »Gleich fangen die Vögel an«, dachte er noch, als er auch schon den ersten Morgengesang hörte. Mehr und mehr Vögel schlossen sich an und im Nu erklang ein vielstimmiger Chor zur Begrüßung des neuen Sommertages. Robert liebte genau diesen Moment, dann knautschte er sein Kissen so zusammen, dass er schön hoch lag, durch das Fenster die ersten sonnenbeschienenen Baumstämme und etwas blauen Himmel sah, hörte einen Augenblick dem Vogelkonzert zu – und schlief wieder ein. Heute aber hatte er Angst wieder einzuschlafen. Er wollte auf keinen Fall wieder in diesen beklemmenden Traum zurückrutschen!

»Es ist besser, du stehst auf!«, sagte er zu sich und schwang sich zu seinem eigenen Erstaunen für die frühe Stunde ziemlich flott aus dem Bett. Auf dem Weg zur Dusche schmiss er noch die Kaffeemaschine an, um dann genau zwanzig Minuten später mit einem dampfenden Becher Kaffee auf den kühlen Steinstufen vor seinem Haus zu sitzen. Es war still und friedlich um ihn herum. Und beruhigend analog, fand er und grüßte das erste Auto, das an diesem

Morgen das Dorf Richtung Kalmar verließ. Gegen 5:00 Uhr setzte er sich an den Schreibtisch und begann zu schreiben. Um 7:30 Uhr reckte er sich und beschloss, sich einen Espresso zu genehmigen. Um 9:30 Uhr rief er Signe an. Und erzählte ihr von seinem Alb. Signe lachte »Ach Dummchen, du weißt doch, ein paar Dinge im Leben kann man nicht kaufen. Und für alles andere gibt's bei uns eine App!« Robert schnaubte. »Und«, fuhr Signe fort, »ein paar Verbündete hast du ja auch: Die Pensionisten- und Rentnerorganisation *PRO* hat 140.000 Unterschriften für eine Petition zum Erhalt des Bargeldes gesammelt!« Als Robert sich dabei Signes feixendes Gesicht vorstellte war er froh, sich wenigstens von den Alten verstanden zu wissen.

»Übrigens, dein Nachbar scheint ein Alibi zu haben!«, fuhr Signe fort, worauf sich Robert keinen Reim machen konnte. »Na, dieser Hamburger, der hier mal in einer Autoverwertung gearbeitet hat!«

»Wieso Nachbar? Ich kenne den doch gar nicht!«

»Ja, ja, ich weiß! Das sagen alle! Jedenfalls hat er ein Alibi. Und einen Doppelgänger. Wahrscheinlich auch Deutscher, wenn unsere Lippenleserin Recht hat.«

»Oder er hat einen Zwillingsbruder!«, bemerkte Robert leichthin und stürzte Signe damit ins Grübeln.

Signe stürmte in das Büro von Viggo Henriksson. Der schrak hoch. »Die Chefin!«, sagte er entgeistert und Signe hätte ihm fast geglaubt, doch dann sah sie seinen Gesichtsausdruck. »Schade«, dachte sie und sagte laut: »Ich würde ja gerne mal deine Ehrfurcht vor deiner Chefin erleben – und bei Ehrfurcht liegt die Betonung auf Furcht!« Viggo grinste und deutete auf die Thermoskanne. Signe zierte sich gekonnt und seufzte dann: »Okay, auch deine Chefin ist käuflich …« und goss sich ein. Dann setzte sie sich rittlings Viggo gegenüber auf einen Stuhl. »Als du von der Befragung dieses Lars Steins durch die Kollegen erzählt hast, da hattest du auch was von einer Nachbarin gesagt. Kannst du mir das nochmal erzählen?« Viggo nickte und suchte kurz zwischen den akkurat gestapelten Mappen auf seinem Schreibtisch. Dann reichte er Signe eine engbedruckte Seite. »Hier, das ist die Übersetzung des Befragungsprotokolls.« Signe las und knetete ihre Unterlippe.

»Ist das Originalprotokoll auch dabei?« Viggo nickte und reichte es ihr rüber. »Ich habe da eine Idee!«, sagte sie. Wer hat die Übersetzung vorgenommen?«

»Die Hamburger Kollegen. Fand ich einen netten Service!« Signe nickte und holte ihr Smartphone heraus und wollte die beiden Seiten abfotografieren. Im Display sah sie nur schiefe Kanten und verzerrte Schrift. »Fan också!«, genervt verzog sie ihr Gesicht.

»Das kann kein Schwein lesen!«, sagte sie, legte das Smartphone auf den Schreibtisch und nahm die Zettel. »Ich mache lieber mal zwei Kopien und dann soll Robert sich das nochmal anschauen!«

»Weil er wie Stein auch aus Hamburg kommt?« Viggo grinste. Signe winkte ab.

XV

Robert las das Befragungsprotokoll der Hamburger Polizei sorgfältig durch. Immer wieder verglich er es Satz für Satz mit der schwedischen Übersetzung. Er fand sie durchaus gelungen, doch plötzlich stutzte er. »Hier!«, sagte er zu Signe, die ungeduldig neben ihm saß. »Das hier ist nicht richtig!« Er zeigte auf eine Stelle im Protokoll. »Auf deutsch steht hier: … *gibt die Zeugin zu Protokoll, dass sie sich ganz sicher sei mit Lars Stein gesprochen zu haben, auch wenn seine Stimme etwas abweisend klang, was sie sonst gar nicht von ihm kannte.* In der schwedischen Übersetzung steht aber: *dass sie sich ganz sicher sei mit Lars Stein gesprochen zu haben, auch wenn er erkältet klang, was sie sonst gar nicht von ihm kannte.* – Der oder die Übersetzerin hat aus unterkühlt, abweisend – eigentlich kallsinnig – unterkühlt bezogen auf die Körpertemperatur – nedkylt – gemacht. Und dann frei mit erkältet – eben förkyld – übersetzt!« Signe sprang auf. »Das ist es!« Sie gab Robert einen Kuss auf die Wange. »Wenn ich dich nicht hätte …«

»… dann wäre dein Leben etwas eintöniger und fad!«

»Nee, dann müsste ich mir aber einen anderen suchen! – Aber erinnerst du dich noch daran, dass du in unserem letzten Telefonat was davon gesagt hast, dass Lars Stein eventuell keinen Doppelgänger, sondern einen Zwillingsbruder hat?« Robert kratzte sich am Kinn, überlegte und zuckte die Schultern. »Dann war das nämlich vielleicht gar nicht Lars Stein, den die Hamburger Kollegen da angetroffen haben – sondern sein Zwillingsbruder. Und da der die Nachbarin ja nicht so gut kennt, klang seine Stimme vielleicht unsicher oder verhalten, was die sehbehinderte Nachbarin als abweisend oder kühl wahrgenommen hat.«

»Ja, aber hier steht, dass er auch in der Bäckerei zweifelsfrei erkannt wurde!«

»Eine große äußerliche Ähnlichkeit ist bei Zwillingen ja keine Seltenheit. Und wenn er dann genau das kauft, was sein Bruder auch immer kauft, entspricht das ganz der Erwartung und ist für den Moment des Verkaufs mehr als ausreichend für eine erfolgreiche Täuschung.« Signe war sehr zufrieden.

»Aber warum hält der Bruder sich in der Wohnung seines Zwillingsbruders auf? Und warum klärt er gegenüber der Nachbarin den Irrtum nicht auf? Und warum kauft er in der Bäckerei genau das und zur gleichen Uhrzeit, was sein Bruder immer kauft?« Signes Zufriedenheit wich einem Grübeln. Dann sagte sie erst zögerlich und dann immer überzeugter: »Damit genau das passiert, was wir auch gedacht haben? Dass er Lars Stein ist? Und sein Bruder damit ein Alibi hat?« Sie nickte, fand ihre Erklärung absolut einleuchtend und war wieder zufrieden. Dann sah sie auf ihre Uhr. »Was gibt's zu essen? Hast du was gekocht?« Robert sah Signe etwas konsterniert an.

»Du rufst mich um 9:00 morgens an, tauchst hier um 10:00 auf, hältst mich im Schnack auf und dann willst du anschließend ein Mehrgängemenü?«

»Nein, ich wollte nur sicher gehen, dass ich dich nicht

vor den Kopf stoße, wenn ich dich jetzt zum Essen einlade! Ich war lange nicht mehr in Påryds Lantcafé!« Robert überlegte. »Eigentlich wollte ich ja … aber Fisch'n Chips mit dieser hausgemachten Panade, diese Remoulade mit Roter Beete und die frittierten Kartoffelstücke … eigentlich kann ich alles andere auch morgen angehen!«

*

Es war spät geworden. Signe und Robert hatten wie erwartet gut und gemütlich gegessen und waren dann, als das kleine Café-Restaurant schloss, noch ein wenig durch das Dorf spaziert. Dann hatten sie lange auf einer Bank beim Friedhof gesessen und miteinander geredet. Es tat beiden gut, mal wieder zu zweit zu sein und sich mal wieder über rein private Dinge zu unterhalten. Irgendwann war Robert aufgestanden, ein paar Minuten die Straße hinuntergegangen und hatte im *ICA Nära*, dem kleinen Dorfsupermarkt, ein paar Zimtschnecken[*] und, in Ermangelung an frischgebrühtem Kaffee, zwei Vanilleeis und Wasser gekauft.

Gegen 17:30 Uhr hatte Signe ihren Scirocco wieder vor Roberts Veranda geparkt, er war ausgestiegen, hatte die Haustür aufgeschlossen, und sie war mit hineingeschlüpft. Zum Abschied tranken sie auf den Stufen vorm Haus jeder noch einen Becher Kaffee und es war gegen 19:00 Uhr, als Signe aufbrach. Robert winkte ihr noch hinterher, bis sie ihren Wagen, kaum dass sie die Straße erreicht hatte, beschleunigte und entschwand.

---

[*] Originalrezept im Anhang

Signe hatte Ella anrufen wollen, ihr sagen, dass sie
jetzt auf dem Heimweg sei und große Lust auf einen
Salat auf dem Balkon hätte und nur noch schnell einkaufen gehen würde. Als sie ihr Mobiltelefon nicht
fand ärgerte sie sich und überlegte, wo sie es zum
letzten Mal gesehen oder benutzt hatte. »Wahrscheinlich liegt es im Büro!«, dachte sie und beschloss, es
schnell herauszuholen und dann gleich aus dem Einkaufszentrum Giraffen gegenüber Salat mitzubringen.

Nachdem Signe vom Büro aus Ella angerufen hatte, suchte sie ihr Handy. Achtlos fegte sie Mappen
und Ordner durcheinander, kippte bei dem Versuch,
zwischen einen Stapel Papiere und einem Regal etwas
zu ertasten, den Papierstapel um, leerte den Mülleimer
in der vagen Hoffnung, ihr Handy darin zu finden, riss die Schubladen des Schreibtisches auf und
öffnete die Türen ihres Schrankes. Darauf setzte sie
sich entnervt auf ihren Bürostuhl und sah sich um.
Chaos, so weit das Auge reichte. Dann fiel ihr es wieder ein: »Ich Drummel!«, entfuhr es ihr, »Ich Trottel!«
Sie stand so abrupt auf, dass ihr Stuhl umkippte. Sie
würdigte ihn keines Blickes und stürmte aus dem
Büro.

Zufrieden nahm sie einen Augenblick später ihr
Smartphone von Viggos verwaistem Schreibtisch, wo
sie es Stunden vorher, nach dem fehlgeschlagenen
Versuch die Protokolle aus Hamburg abzufotografie-
ren, abgelegt hatte und ließ es in ihre Tasche gleiten.
»So!«, dachte sie zufrieden und freute sich, nicht

mehr einkaufen zu müssen, da Ella bereits mit einem Tomaten-Mozzarella-Salat, frischem Basilikum und einem Olivenchiabatta auf sie wartete.

Signe ließ sich nach der Begrüßung in den Balkonsessel fallen. Sie hatte sich schnell ein weißes Top und eine kurze Hose angezogen, streckte die Beine von sich, lehnte den Kopf an und schloss die Augen. »Zu Hause!«, grunzte sie wohlig und genoss die leichte Meeresbrise auf der Haut. »Und, wie war dein Tag?« Signe blinzelte.

»Viel los. Und ich war bei Robert. Wegen einer Übersetzung von Befragungsprotokollen aus Hamburg. Ich glaube, wir haben da endlich was. Muss ich mich morgen dringend drum kümmern. Robert lässt jedenfalls grüßen! Und bei dir?«

»Bei uns fielen um 10:00 Uhr alle Rechner aus. Und als sie uns gesagt haben, dass das mindestens drei bis vier Stunden dauern würde, habe ich meine Tasche gepackt und auf dem Weg nach Hause habe ich gedacht, dass das *die* Gelegenheit wäre, mal in Ruhe die ganz Bude zu putzen. Und dann war ich hier und weißt du, was dann passiert ist? Ich hatte einfach keine Lust mehr!« Signe atmete hörbar auf.

»Und ich dachte schon … Aber das mit dem Salat war eine sehr gute Idee!« Signe hauchte einen Luftkuss in Ellas Richtung.

*

Signe war morgens ziemlich früh ins Büro geeilt. Das Chaos, das sie Vortags hinterlassen hatte ignorierend, hatte sie nur ihren Stuhl aufgestellt und sich an ihren Schreibtisch gesetzt, um noch mal alle Details der Befragung mit ihren neuen Erkenntnissen abzugleichen. Anschließend wollte sie sich mit den Kollegen aus Hamburg in Verbindung setzen. Dann betrat Melker Berg ihr Büro, stutzte und sah sich besorgt um. »Hast du den Einbruch schon gemeldet?« Signe sah hoch und in Melkers feixendes Gesicht. »Nicht witzig!«, stellte sie dann klar. »Hast du was für mich?« Melker nickte grinsend. »Dürfen wir nicht verwenden, ist aber trotzdem interessant ...« Damit schob er Signe eine DIN A4 Seite zu.

»Was ist das?«

»Ein Hinweis darauf, dass Lars Stein einen eineiigen ...«, Melker verschluckte sich, hustete und fuhr fort »-bruder hat!« Als Melker Signes Mienenspiel sah, verbesserte er sich rasch: Ich meine, sie sind monozygote Zwillingsbrüder!« Signe zuckte, kaum merkbar nickend, mit einer Augenbraue und fragte:

»Woher ist das?«

»Von den Hamburgern. Das sind die Fingerabdrücke von der Person, die in Lars Steins Wohnung angetroffen wurde. Die haben ein von ihm benutztes Wasserglas mitgehen lassen ...«

»Das ist auch bei denen nicht legal!«

»Ich glaube, so was ist denen seit ihrem heimischen G20-Fiasko damals ziemlich schnuppe. Den einen, weil jetzt eh schon alles egal ist, den anderen, weil sie nie wieder ahnungslos sein wollen, egal zu welchem Preis. Außerdem sagte ich ja, dass wir das nicht verwenden dürfen. Jedenfalls weisen die Fingerabdrücke signifikante Ähnlichkeiten mit Fingerabdrücken auf, die wir sowohl in Nybro als auch in Stockholm sichergestellt haben.«

»Ähnlichkeiten? Ich dachte, Fingerabdrücke sind individuell und ...«

»Einzigartig? Ja, sind sie auch. Aber auf Papier, oder wie in diesem Fall auf Glas, sind die Fingerabdrücke monozygoter Zwillinge ähnlich. Erst wenn sie eingescannt werden, weichen sie auf dem Bildschirm dann signifikant voneinander ab. Trotzdem haben sie noch deutlich mehr Übereinstimmungen als die Fingerabdrücke anderer Personen!«

»Dann sollten wir diesem Bruder wohl besser noch einmal ganz kräftig auf den Zahn fühlen. Ich rufe die Kollegen in Hamburg an.«

Zufrieden mit dem eben geführten Telefonat erhob sich Signe von ihrem Schreibtisch und wollte sich gerade einen heißen Kaffee holen, als sie vom Klingeln des Telefons davon abgehalten wurde. Es meldete sich Knut, von Knuts bilskrot, der Autoverwertung aus Kalmar. Und er kam nach einer knapp gehaltenen Begrüßung umgehend zur Sache:

»Du weißt schon, dass ich mir mit den Dingern nicht den ganzen Hof zustelle und darüber hinaus auch noch mein Büro verschatte, weil ich sie so wunderhübsch finde? Das ist nicht nur mehr oder weniger guter Metallschrott, sondern auch noch verdammt gutes Geld! Weißt du eigentlich, was eine Tonne Metallschrott bringt?« Signe überlegte und musste dann selbstkritisch eingestehen, dieser Frage bisher in ihrem Leben viel zu wenig Aufmerksamkeit geschenkt zu haben. »Um und bei 1.700 Kronen! Und deine Karre war ja sogar um einiges schwerer!«

»Jahaa, ich wünsche dir auch einen wundervollen Tag, was ist eigentlich los? Ich verstehe überhaupt nichts!«

»Wieso, ihr habt doch gestern kurz vor Feierabend den gepressten Ford abgeholt! Ich war ja leider nicht da, sollte in Sveamåla ein Schrottauto abholen, aber das war anscheinend wieder mal so ein Scheißscherz von ein paar gelangweilten Stadtschinken! Jedenfalls waren, wie du ja weißt, nur die Ferienaushilfen da – und die habt ihr ganz schön eingeschüchtert! Die trauten sich ja nicht mal mehr, mich anzurufen und zu informieren!«

»Willst du damit sagen, dass jemand …«

»Jemand?« Knut klang gereizt und ungeduldig. Es dauerte eine ganze Weile, bis beide dann zusammengetragen hatten, dass gestern zwei Männer, unter der Vorspiegelung Kriminalpolizisten zu sein, den zu einem Quader gepressten Ford unter strengen Befehlen und ebensolchen Blicken auf einen schwarzen amerikanischen Pick-up haben aufladen lassen. Dann waren sie verschwunden. Natürlich ohne die versprochene Quittung auszustellen. Zurück ließen sie zwei aufgeregte Aushilfskräfte, denen es langsam dämmerte, dass da irgendetwas nicht stimmte.

Eine Stunde später waren nicht nur die Kollegen

unterrichtet, die weiteren Schritte besprochen und Oscar und Viggo auf dem Weg zu Knuts bilskrot, sondern auch das Nötigste für zwei bis drei Tage gepackt. Nachdem Ella ihr eine gute und erfolgreiche Reise gewünscht hatte, stand Signe im Flur und überlegte, ob sie etwas vergessen hatte. Dann hatte sie eine Idee und griff zum Telefon.

*

»Hast du Lust mit mir auf Kosten des schwedischen Steuerzahlers als Hilfssheriff in die Heimat zu reisen?« Robert verschluckte sich überrascht. Signe nutzte die Zeit, um Robert die Zusammenhänge zu erklären. Dann fragte er: »Wann denn?«

»Ziemlich genau jetzt. Aber ich kann auch erst noch einen Kaffee trinken.« Robert überlegte. »Eigentlich müsste ich ja dringend schreiben ...«, dachte er und hörte geradezu die strenge und fordernde Stimme seiner Lektorin. »Aber andererseits ist das natürlich spannend und bringt mir vielleicht ja auch noch einige gute Ideen!« Dann sagte er:

»Gönne dir lieber zwei Kaffee. Wo treffen wir uns?« Signe grinste zufrieden.

»Kommt darauf an, welches Verkehrsmittel du bevorzugst ...«

»Kein Flugzeug. Da muss man so oft umsteigen, da lungert man ja mehr in Wartezonen herum, als dass man in der Luft ist und dann hat's doch genauso lange gedauert wie mit Auto oder Bahn! Bahn?«

»Bahn! Ab Nybro. Ich hole ich dich ab!«

XVI

Zufrieden trottete Signe neben Robert her, staunte über die Größe des Hafens und die Menschenmassen, die jetzt um 22:00 Uhr hier noch herumspazierten. Sie hatte, bevor sie losgefahren waren, noch bei den Kollegen in Hamburg angerufen. Morgen um 8:00 Uhr würden die hiesigen Kollegen beim vermeintlichen Lars Stein klingeln und ihn zum Verhör mitnehmen. Sie und Robert, den sie als ihren Assistenten und Dolmetscher angekündigt hatte, würden um 9:00 Uhr dazustoßen und bis dahin würden die Kollegen sicher auch wissen, was an der These mit dem Zwillingsbruder dran ist.

»Schade, dass Markus und Britta nicht da sind – das war letztes Jahr wirklich nett mit den beiden. Ich hätte sie wirklich gerne mal wiedergesehen!« Robert nickte. »Ja«, dachte er, »der Urlaub mit den beiden war wirklich schön!« Auch er hätte sich gefreut, seinen Sohn und dessen Freundin zu treffen, aber leider waren die für eine Woche mit Freunden zum Surfen irgendwo Richtung Gardasee aufgebrochen. Soeben waren Robert und Signe an der *Elphi* vorbeigekommen, der Elbphilharmonie, »deren Bauzeit und -kosten«, wie Robert feixend anmerkte, »Hamburg zum Gespött des ganzen Landes hatte werden lassen. Zusammen mit Berlin, das ja schon seit 2006 meint, Flughafen zu können und es bisher zu nichts weiter Funktionierendem gebracht hat, als zu einem großen vermieteten Parkplatz für nicht zulassungsfähige Diesel-VW.« Als sie dann vor dem aufgestockten alten

Speicher gestanden und Signe überlegt hatte, ob denn das Erscheinungsbild der *Elphi* wirklich von Anfang an so geplant gewesen war oder aufgrund der langen Bauzeit vielleicht irgendwelche Pläne verloren, verlegt, verwechselt, verknickt oder sonst wie unleserlich geworden waren, hatte Robert bemerkt: »Ach Gott, die Architektur – die wurde solange als einzigartig und weltbewegend gepriesen, bis die Mehrheit es endlich geglaubt hat.«

»Und was sagst du?«

»Ich finde, die Elbphilharmonie spielt ihre wahren architektonischen Qualitäten am ehesten aus, wenn sie ins Grau des dichten Novembernebels gehüllt ist.«

»Und, warst du schon mal drin?«

»Nein, ich war ja von Anfang an dagegen … Nur weil da jetzt alle rein wollen, muss ich das wirklich nicht! Nein Danke! Wieso auch! Für eine Akustik, die jedes Hüsteln, Räuspern und Papierrascheln überträgt, als säßest du direkt daneben, dafür aber kläglich versagt, wenn man das Pech hat, dass ein Interpret oder eine Interpretin ungünstig zum Orchester und dem eigenen Sitzplatz steht?« Robert klang trotzig und strich sich durch die Haare, die jetzt in der Abendsonne um etliches grauer wirkten, als sie tatsächlich waren. Signe, die Robert aufmerksam zugehört und dabei angesehen hatte, schmunzelte.

»Die graue Renitenz …«, sagte sie dann ein wenig spottend, woraufhin Robert sie irritiert ansah.

Die inzwischen tiefstehende Sonne blendete Signe, sie kniff die Augen zusammen und schnupperte. Es roch nach Wasser, sie meinte, eine Spur Öl auszumachen und dann drehte plötzlich der Wind. Sie rümpfte die Nase. Beißender Dieselgeruch lag in der Luft. Sie schirmte die Augen gegen die Sonne ab und sah ein riesiges Kreuzfahrtschiff, das sich nur wenige Meter von ihr entfernt, langsam und einem riesigem undurchsichtigen Vorhang gleich, unerbittlich vor die Sonne und in den Hafen schob. Dabei stieß es dunkle Rauchschwaden aus, die schon alleine genügt hätten, die Sonne zu verdunkeln. Als das Schiff jetzt sein Signalhorn ertönen ließ, hatte Signe das Gefühl eine Ahnung davon zu bekommen, wie es vor Jericho geklungen haben müsste. Aber als noch bizarrer empfand sie es, wie nun all die Menschen um sie herum reagierten. Wie auf Kommando fingen sie voller Leidenschaft an zu winken, riefen »Hummel Hummel!« und »Ahoi!«, zückten verzückt ihre Smartphones, knipsten Selfies von sich und dem Schiff oder fotografierten den riesigen Pott, bis sie aufgrund der zusammenströmenden Menschenmenge keine befriedigende Schussbahn mehr fanden oder der Akku sie zum Aufhören zwang.

»Was ist das?«, fragte Signe und deutete auf die euphorisierte Masse.

»Der mündige Bürger!«

»Alles Touristen?«

»Eher mal nicht. Leider. Einem Bewohner der inneren Mongolei würde man es ja noch nachsehen, der sieht so was ja nicht so häufig, aber die Hälfte von denen kommt bestimmt aus Hamburg …«

»Und der ganze Dreck, der da rauskommt?«

»Bei den Touristen oder den Hamburgern?« Signe verneinte kopfschüttelnd und zeigte auf die Schornsteine des Schiffes. »Ach, das ist nichts. Schließlich bringen die Kreuzfahrer viel Geld in die Stadt. Sagen die Reedereien und unser Senat. Und außerdem hat der für Kompensation gesorgt, in dem er ein paar Hundert Meter Straße für ältere Dieselfahrzeuge gesperrt hat!« Robert lächelte süffisant und Signe, die an die Diskussionen mit Ella zum Thema Elektroauto dachte, winkte ab. »Ich habe Durst!«

*

Der Wecker riss Robert vehement aus angenehmen Träumen. Er sah sich irritiert um, lag er doch in seinem Schlafzimmer in Hamburg und nicht in Hultebräanby. Dann fiel ihm wieder ein, warum das so war und dass Signe in seinem Gästezimmer schlief und er ihr versprochen hatte, sie rechtzeitig mit einem Kaffee zu wecken. Er sah auf die Uhr. »Ups! Nun aber allerhöchste Eisenbahn!« Er gähnte. Stand auf, schlurfte in die Küche, stellte die Kaffeemaschine an und ging unter die Dusche.

*

Johannes Stein, monozygoter Zwillingsbruder von Lars Stein, rutschte unruhig auf seinem Stuhl hin und her. Robert beugte sich leicht über den Tisch und übersetzte die Frage, die Signes an Johannes Stein gerichtet hatte, ins Deutsche. »Warum geben sie sich für ihren Bruder Lars aus?« Robert musste sich konzentrieren daran zu denken, das in Schweden übliche Duzen der in Deutschland erforderlichen Höflichkeitsform anzupassen. Aber obwohl Robert bei dieser Aufgabe nicht ein einziger Fehler unterlief, blieb auch diese Frage ohne Antwort – wie alle anderen Fragen der letzten dreiviertel Stunde. Einzig zu seiner Person hatte Johannes Stein ohne Umschweife die erforderlichen Angaben gemacht. Johannes Stein begann zwar im Laufe der Befragung immer stärker auf dem Stuhl hin und her zu rutschen, wirkte angespannt und nervös, brach aber nicht ein.

Wieder dolmetschte Robert eine Frage, die von Signe nach einem kurzen Moment der Stille gestellt wurde: »Haben sie verstanden, dass ihr Bruder verdächtigt wird, einen Mord begangen zu haben? Wenn sie ihn decken, machen auch sie sich strafbar!« Die einzige Reaktion von Johannes Stein war ein minimal verstärktes hin und her Rutschen. Sein Blick hingegen blieb so teilnahmslos wie sein Mienenspiel in der ganzen vergangenen Stunde.

»Vielleicht 'nen Kaffee?«, fragte Robert plötzlich unvermittelt und auf eigene Initiative hin. Obwohl die Frage an den Bruder von Lars Stein gerichtet gewesen war und Robert Deutsch gesprochen hatte, fing Signe bei dem Wort Kaffee sofort an zu nicken. Johannes Stein äußerte sich nicht, aber Robert war, als hätten seine Augen für den Bruchteil einer Sekunde aufgeleuchtet. »Ja oder nein?«, hakte er deshalb nach und da wieder keine Reaktion erfolgte, brachte

Robert Minuten später zwei Becher Automatenkaffee. Als er Signe einen Becher zuschob grinste sie und begann in ihren Kaffee zu pusten, als ob sie ihn abkühlen wollte – tat dies jedoch in der Hoffnung, dass der Kaffeeduft der Gesprächsbereitschaft des Johannes Stein zuträglich sein würde. Anzeichen, dass dieses Kalkül aufgehen würde, gab es nicht, was Signe jedoch auch nicht daran hinderte, mit Inbrunst weiter zu pusten. Robert schüttelte den Kopf und sagte auf Schwedisch: »Äh! Was bist du für ein fieser Charakter!« Signe nickte und blies weiter in ihren Kaffee.

*

Signe spielte mit ihren Zehen im Sand. Sie schob kleine Berge zusammen und glättete sie mit einem Wisch ihres Fußes wieder ein. Sie saß dabei – wie Robert fand – beneidenswert mühelos gerade im Sand, drehte mit der einen Hand versonnen an einer kurzen Haarsträhne und hielt in der anderen Hand ihre Bierflasche. Dabei blickte sie auf die Elbe hinaus. Und auf die riesigen Ladekräne an der anderen Uferseite.

Sie saß jetzt seit fast einer dreiviertel Stunde mit Robert am Elbstrand, ganz in der Nähe einer Gaststätte, die seit den 1970er Jahren, nicht zuletzt durch ihren direkten Strandanschluss, eine stetig wachsende, aber immer hipper werdende und von weit her strömende Fan-Gemeinde mit Getränken und Speisen versorgte. Langsam begann der Himmel hinter den Ladekränen zwischen lila und rot zu changieren, was diese mit ihren stelzenähnlichen Beinen und den schräg hochgezogenen Auslegern wie riesige schwarze Insekten aussehen ließ. »Diese Industrieromantik – jät-te-snygg!«, »... wun-der-schön!« Signe legte den Kopf an Roberts Schulter. »Besonders nach so einem Tag!«, brummte der und stellte bedauernd seine leere Bierflasche in den Sand. Signe nahm einen letzten großen Schluck und tat es ihm gleich. »Und nun? Noch eins oder vernünftigerweise ab ins Bett?«

In diesem Moment kam eine junge Frau mit einem halbleeren Bierträger und ließ die zwei leeren Flaschen hineingleiten. »Und?«, fragte sie mit lässigem Kopfnicken. Robert sah auf und nickte, woraufhin die junge Frau zwei Finger in die Luft streckte. Direkt darauf kam ein junger Mann, wiederum mit einem halbleeren Bierkasten. Nur, dass die Flaschen darin diesmal voll waren. Robert nahm die zwei frisch geöffneten Flaschen entgegen, während Signe dem sie anlächelnden Mann ihre Kreditkarte hinhielt. Das Lächeln erstarb. »Nur Bares ist Wahres!«, sagte er und hob abwehrend seine Hand, während er mit der anderen ein dickes Portemonnaie an einer langen Kette hervorholte. Robert übersetzte. »Ingen kort?«, »Keine Karte?«, fragte Signe ungläubig. »Ingen kontokort!«, bestätigte er grinsend. »Und auch mit swishen wirst du hier jämmerlich dehydrieren!«

Der junge Mann verstand kein Wort, begann ungeduldig zwischen den beiden hin und her zu gucken. »Ich zahle!«, erlöste ihn Robert und reichte ihm einen Geldschein. Signe hauchte Robert ein erleichtertes »Tack så hemskt mycket!«, »Tausend Dank!« zu und gab sich wieder ganz der Wärme des Sandes, der In-

153

dustrieromantik und dem Bier hin.

»Ha! Geht ja doch!«, stellte Signe zwei Stunden später ebenso triumphierend wie beruhigt fest, als der Taxifahrer ihr die Kreditkarte zurückreichte. Zufrieden stieg sie aus und ging mit Robert die wenigen Schritte zu seinem Haus. Es war spät geworden, viel später als sie sich vorgenommen hatten, und wenig begeistert überschlugen beide die wenigen Stunden, die ihnen bis zur Abfahrt nach Schweden blieben.

»Wenn wir wenigstens Erfolg gehabt hätten!«, seufzte Signe und dachte an die schier endlosen Stunden, die sie heute im Verhörraum verbracht hatten, ohne dass sie Johannes Stein dazu haben bringen können, auch nur ein einziges Wort zu sagen. Geschweige denn, ihre Fragen zu beantworten. Dabei hatten sie, wie vorher schon die hiesigen Kollegen, das ganze Repertoire an Verhörpraktiken aufgeboten, das in einer dem Humanismus und der Rechtsstaatlichkeit verpflichteten Demokratie westeuropäischer Prägung zulässig ist.

»Um wirklich auszuschlafen ist es jetzt schon zu spät!«, stellte Signe dann sachlich fest. »Hast du noch ein Bier?« Robert sah auf die Uhr. Sie hatte recht. »Schlafen können wir auch in der Bahn!« Er rechnete nach, das wievielte Bier das wohl für ihn wäre. »Das fünfte?«, überlegte er und griff dann lieber zu einem alkoholfreien Radler. Sein kurzer Blick zu Signe, die müde in einem Sessel lümmelte, ließ ihn ein weiteres Radler nehmen. Nach einem kritischen Blick und einem »Das schmeckt ja auch ganz gut!«, schlief sie schlagartig ein. Robert trug sie ins Gästezimmer, zog ihr die sandige Jeans aus und das T-Shirt über den Kopf und ließ sie ins Bett fallen. Signe schnarchte ungerührt weiter.

*

»Moinsen!«, trompetet Signe ein gestern neu aufgeschnapptes Wort in den Raum. »Los, aufwachen! Die Kollegen haben sich gemeldet! Nach einer Nachtschicht hat Stein doch noch geredet!« Signe sah auf den schlafenden Robert herab. Krachend stellte sie ihm den dampfenden Kaffeebecher auf den Nachttisch. »Komm schon, wer abends saufen kann, kann morgens auch aufstehen! Sagt meine Mutter.« Robert grunzte unwillig und wühlte sich mühsam aus dem Kissen. »Unsinn! Sagt Ina Müller. Wer abends vögelt, kann ja morgens auch nicht fliegen!«

»Wer?«

»Kennst du nicht. Aber es stimmt, hab's selber ausprobiert!«

»Das Vögeln? *Respekt!*«

»Tss!«, machte Robert und fingerte nach dem Kaffeebecher. So sehr er sich auch mühte, es fehlten immer knapp fünf Zentimeter. Signe beobachtete ihn einen Moment ungerührt. Dann erbarmte sie sich seiner.

»Was ist nun mit dem Stein?« Robert saß ans Kopfende gelehnt im Bett, hielt den dampfenden Becher in beiden Händen und sah Signe verpennt aber neugierig an.

»Der hat doch noch geredet. So gegen 22:30 Uhr!«

»Einfach so?«

»Habe ich auch gefragt. Und die einen sagen so, die anderen so …«

»Und was hat er gesagt?«

»Irgendwas davon, das wir seinen Bruder in Ruhe lassen sollen und er sowieso nicht genau wüsste wo der ist. Irgendwo in Schweden halt und er hätte sich außerdem auch ewig nicht bei ihm gemeldet. Aber er würde seine Hand dafür ins Feuer legen, dass sein Bruder niemandem etwas antun könnte! Und er habe sich auch nicht für seinen Bruder ausgegeben und könne schließlich nichts dafür, dass sie sich so ähnlich sehen und man sie dauernd verwechselt. Auch würde er da öfter übernachten wenn sein Bruder nicht da ist, weil er die Kneipen da so gut findet. Und als die Kollegen ihn damit konfrontierten, er habe immerhin neulich die Frage bejaht, ob er Lars Stein sei, drehte er es so, dass er nur habe bestätigen wollen, dass das die Wohnung seine Bruders sei.«

»Oha! Die Aussagen bringen ja richtig weiter!«

»Genau deswegen will ich da ja auch nochmal hin!«

»Und unsere Rückreise?«

»Später!«, sagte Signe in das plötzliche Klingeln ihres Smartphones hinein. Sie nahm den Anruf entgegen, sprach englisch, was Robert vermuten ließ, dass sie mit den Kollegen aus Hamburg sprach. Er verstand wieder einmal kaum ein Wort. Dann entgleisten Signes Gesichtszüge.

»Die haben ihn laufen lassen! Der konnte einfach aufstehen und rausgehen! Es läge nichts Belastbares gegen ihn vor, haben sie gesagt und dass sie ihn gehen lassen *mussten*!« Fassungslos guckte Signe Robert an. »Dabei wollte ich den doch noch mal verhören!« Robert zuckte die Schultern. »Tja, zivilisierter demokratischer Rechtsstaat. Das ist bei euch ja wohl nicht anders!« »Trotzdem …« In ihrem Gesicht gingen Enttäuschung, Trotz und Ärger eine unheilige Allianz ein. Robert musste lachen. »Komm, wir gehen zum Trost noch richtig gut Frühstücken!«

*

»Also, erst diese Bar an der Elbe und dann dieses Café«, Signe schnalzte mit der Zunge und nahm sich noch ein Brötchen. »Hamburg hat was!« Sie saßen zufrieden in der Sonne vor Roberts Hamburger Hauscafé, dem *Café Stenzel* im Szenestadtteil Sternschanze und betrachteten die Menschen, die nicht unerheblich zur Attraktivität dieser Viertels beitrug. »Wer oder was ist AfD? Und warum *fuck AfD*?«, fragte Signe, als sie die Aufkleber sah, die eine ganze Reihe der Ampel- und Laternenmasten zierten. Robert schnaubte verächtlich. »Das ist unser parlamentarisches Sammelbecken für extrem geschlossene Weltbilder, alte und neue Nazis und alle mit dem IQ von Dörrobst. Ähnlich wie eure Schwedendemokraten – und hier nicht sonderlich beliebt!« Signe schüttelte sich. »Ich erinnere mich … Sympathische Ecke hier! Aber warum sollt ihr es sonst besser haben als wir?« Sie biss herzhaft in ihr drittes Brötchen, das üppig mit Putenbrust und einem Berg hausgemachter Remoulade belegt war. »Jättebra!«, »Verdammt gut!« Sie kaute hingebungsvoll und Robert freute sich, dass Signe offensichtlich die, wie er fand, mit Abstand besten Brötchen Hamburgs, auch zu schätzen wusste. »Ah! Da kommt er ja, der Meisterbäcker und Konditor der Herzen!«, sagte Robert und sah erwartungsvoll seinem Freund entgegen. Lächelnd kam der auf die beiden zu, würdigte Robert keines Blickes und begrüßte erst einmal formvollendet Signe. »Was führt euch her? – Dich wähnte ich in Schweden!«, sagte er dann an Robert gewandt.

»Bin ich ja eigentlich auch, aber ich bin vorgestern zum Hilfssheriff ernannt worden …«

»Gratuliere! Und, worum geht's?«

»Lange verrückte Geschichte: Um geklaute Autos, Gebrauchsgegenstände und Möbel et cetera – alles Dinge aus den 1950er bis 1980er Jahren. Und um einen Mordverdacht.« Da Robert das Wichtigste übersetzte, zeigte Signe aus einer Eingebung heraus auf ihrem Smartphone ein Bild von Lars Stein.

»Der? Der war vor gut 'ner Stunde hier und hat mit einem Mann einen Kaffee getrunken, der ihm wie aus dem Gesicht geschnitten war. Hat dann einen Mordsaufriss gemacht, weil man bei uns nicht mit Karte zahlen kann!«

Und obwohl Signe das mit dem Mordsaufriss dann doch etwas übertrieben fand, konnte sie Lars Stein in diesem Fall ein ganz kleines bisschen verstehen.

XVII

Die Rückreise nach Schweden begann damit, dass Signe schon zwischen Hamburg und Puttgarden ihre schlechte Laune in Kaffee zu ertränken suchte. Dem letzten Eisenbahnwagen wurde von den Daheimbleibenden noch vom Bahnsteig aus nachgewunken, als Signe bereits bei dem jungen Mann vom Bordservice des ICE *Heinrich Brakelmann* vier Becher Kaffee auf Vorrat orderte. Verwundert aber kundenorientiert hatte dieser dann von irgendwoher eine Thermoskanne hervorgezaubert und diese lächelnd zusammen mit einem Becher auf das kleine Tischchen gestellt.

Als sie dann gerade auf der Fähre waren, klingelte Signes Smartphone. Es war Ella und einen kurzen Moment entspannte sich Signes Miene, um sich nach wenigen Minuten zu verfinstern. Wie schon heute Morgen verstand Robert so gut wie nichts. Diesmal lag es jedoch an den Nebengeräuschen um sie herum: Über Lautsprecher freute sich die Reederei nebst Kapitän und Crew offensichtlich wie Bolle, die Passagiere an Bord ihrer neuesten Ostseefähre, der Hybridfähre *Obermaiselstein*, begrüßen zu dürfen und dabei mit jeder Seemeile auch noch etwas Gutes für die Umwelt zu tun. Dazu quengelten kleine Kinder, die, weil das Verweilen auf den Autodecks während der Überfahrt verboten war, unsanft aus dem Schlaf und ihren Kindersitzen gerissen worden waren. Daneben krakeelte eine Gruppe Teenager, die sich auf dem Weg in ihr Ferienlager darin übertrafen, das jeweils andere Geschlecht lautstark durch coole Sprüche und entsprechendes Gehabe beeindrucken zu wollen. Dann öffnete auch noch der Duty Free Shop und Robert wurde von der ungeduldigen Menge, wie in einem Sog, erst zu den Parfüms und dann weiter zu den griffbereit gestapelten Bierdosenpaletten gezogen. Signe hatte er längst aus den Augen verloren.

Als Robert Signe dann im Zug wiedertraf, saß sie dumpf brütend auf ihrem Platz. »Wo warst du? Ich habe dich überall gesucht!«

»Ich dich auch! Zuletzt war ich oben an Deck.« Signe sah ihn an.

»Ich auch – ach egal. Übrigens, schöne Grüße von Ella!«

»Danke! Und, was Besonderes?«

»Kann man so sagen. Wir müssen wohl aus unserer Wohnung raus. Unser Haus soll abgerissen werden!«

»Hä? Ich dachte ...«

»Wir auch. Aber jetzt hat die Stadt mit ihrer Stimmenmehrheit entschieden: Abriss und Neubau ...« Dann erzählte Signe müde die Geschichte von einer Stadt in der Doppelrolle als Eigentümerin von Bauland und ambitionierter Bauherrin, vom Unvermögen eines hoch hinauswollenden Architekten, eines an seine Grenzen stoßenden städtischen Bauträgers, einer abgelaufenen Gewährleistungsfrist, von herabfallenden Fassadenteilen und feuchten Wohnungen mit aufgequollenem Parkett.

»Scheiße!« Robert war wirklich bestürzt. Signe nickte.

»Und zu wann müsst ihr raus?«

»Ella sagte was von in sieben Jahren. Aber sie müssen erst noch einen neuen Bebauungsplan machen. Es können also auch noch länger dauern. Erst mal werden die Mietwohnungen grundsaniert, damit sie bis dahin nicht leerstehen, und in die Risse der Fassade schmieren sie wahrscheinlich Silikon und die Fassade selbst wird getaped, damit nichts herunterfällt – ach, was weiß denn ich! Wir Eigentümer sollen jedenfalls leer ausgehen«, sie winkte resigniert ab.

»Aber du hast nie etwas von Problemen in oder mit eurer Wohnung erzählt.«

»*Mit* unserer Wohnung haben wir ja auch keine Probleme. Aber wir sind da wohl wirklich die einzigen. Bei allen anderen drücken bei Regen und Wind die Luftwirbel am Gebäude das Wasser in die Bude! – Und die Probleme *in* unserer Wohnung gehen nur Ella und mich was an!«

Robert musste trotz der Situation schmunzeln. Er hatte zwar immer mal wieder davon gehört, dass Teile der Fassadenverkleidung abbröckelten und fand das Gebäude aus der Nähe betrachtet auch tatsächlich etwas schrabbelig, erinnerte sich jetzt auch daran, etwas von hohen Sanierungskosten aufgeschnappt zu haben, hatte aber – zumal Signe und Ella das nie thematisiert hatten – die Sache nicht weiter verfolgt.

»Und wer haftet für euren Schaden? Ich meine, ihr habt doch verdammt viel Geld in die Wohnung investiert!« Signe zuckte resigniert die Schultern.

»Niemand. Die Gewährleistungsfrist ist ja abgelaufen. Wahrscheinlich klopfen sich alle Beteiligten gerade gegenseitig erleichtert auf die Schultern und gönnen sich auf Kosten der Steuerzahler erst mal ein opulentes Arbeitsessen im Schlossrestaurant!«

Signe sah aufgebracht aus und überschlug jetzt auch noch, welch immenser materieller Schaden da auf sie zukommen könnte. Wenn ihnen nicht noch etwas verdammt Kluges einfallen würde. »Immerhin haben wir ja noch eine Galgenfrist von mindestens sieben Jahren!«, dachte sie grimmig.

Der Rest der Rückfahrt verlief etwas einsilbig, was einerseits den schlechten Neuigkeiten geschuldet war, andererseits der Müdigkeit der beiden. Als der Zug in Nybro hielt, dachten beide erst nicht daran, auszusteigen. Dann fiel beiden zeitgleich ein, dass sie hier auf der Hinfahrt zugestiegen waren und Signe ihren Wagen – in großzügig ausgelegter Amtshilfe – einige Meter entfernt auf dem Gelände der Post geparkt hatte. Jetzt musste es ganz schnell gehen, in Windeseile packten sie ihre Habseligkeiten zusammen und stürmten zum Ausgang und Robert, der Signe galant den Vortritt gelassen hatte, gelang es gerade noch so, seine Tasche aus den sich schließenden Türen zu zerren.

Eine halbe Stunde später winkte Robert von der Veranda seines Hauses Signe hinterher. Dann ging er ins Haus, entkorkte eine Flasche Rotwein und wählte Renates Nummer.

*

»Ich dachte, wer weiß, wie oft wir noch die Gelegenheit haben, den Tag hier auf dem Balkon ausklingen zu lassen! – Schön, dass du wieder hier bist!« Ella küsste Signe zärtlich auf den Mund. Die erwiderte hingebungsvoll. Dann stellte Ella eine gekühlte Flasche Champagner auf den Tisch. »Oh, gibt's was zu feiern?«

»Ja! Uns!« Wieder küssten sie sich und wieder war es kein flüchtiges Businessküsschen. Und während Robert zeitgleich und rund dreißig Kilometer weiter im Landesinneren mit Renate nur schmachtende Worte wechseln konnte, wechselten Ella und Signe, sich gegenseitig neckend, ins Schlafzimmer.

*

Signe fühlte sich ausgesprochen wohl. Das lag nicht zuletzt daran, dass sie das erste Mal seit ein paar Tagen das Gefühl hatte, ausgeschlafen zu sein. Sie hatten sich zwar gestern Abend noch geliebt, aber diesmal war es leidenschaftlich-eruptiv gewesen. Sie hatten sich dann noch einen Schluck Champagner gegönnt und waren eingeschlafen. Jetzt öffnete Signe auf dem Weg zum Parkplatz den Hausbriefkasten und nahm eine orangerote Broschüre heraus. Sie erstarrte. »Ich glaub's nicht …« *OM KRISEN ELLER KRIGET KOMMER* las sie. *FALLS KRISEN ODER KRIEG KOMMEN.* Sie ließ die einzelnen Seiten der Broschüre durch ihre Finger gleiten und besah sich die effektvollen textbegleitenden grauweißen Illustrationen. Dann las sie: *Falls Schweden von einem anderen Land angegriffen wird, werden wir niemals aufgeben. Informa-*

tionen, denen zufolge Widerstand unterbleiben soll, sind falsch.
Sie schluckte. »Die werden ja verdammt deutlich«,
dachte sie beklommen. Sie blätterte weiter und fand
dann die hinten abgedruckte Checkliste *Alles, was man
für den Notfall braucht.* Neben diversen Lebensmitteln
war da auch Bargeld aufgeführt. »Das muss ich unbedingt Robert erzählen! Der wird sich freuen«, dachte
sie und ein kurzes Lächeln huschte über ihr Gesicht.

Seit Ende des kalten Krieges war diese Broschüre
nicht mehr aufgelegt worden und dass dies nun wieder geschah, machte Signe unruhig. Sie packte die
Broschüre in ihre Tasche und ging zu ihrem Scirocco,
dessen Grün ihr heute noch giftiger zu leuchten
schien. Auf der Fahrt in ihr Büro war Signe immer
wieder abgelenkt. Die Broschüre ging ihr nicht aus
dem Kopf. Sie wusste ja von den systematischen und
provokatorischen russischen Grenzverletzungen in
der Ostsee oder im Norden ihres Landes, hatte das
aber eher dem Imponiergehabe kleiner alter Männer
zugeschrieben, als einer tatsächlichen Gefahr. »Vielleicht«, dachte sie jetzt kritisch, »ja auch unter Ver-
kennung der Realität.« Und natürlich hatte sie auch
mitbekommen, dass überall in Europa wieder ein
dumpfer Nationalismus erstarkte, aber im Alltag hatte sie das gut verdrängen können. »Man gewöhnt sich
irgendwie daran. Das passt ja auch zu dem, was man
aus den sozialen Netzwerken mitbekommt, wo aus
der Anonymität der eigenen häuslichen Bedeutungs-
losigkeit tagtäglich Hass in die Welt gekotzt wird«,
philosophierte sie düster. »Wird da was vorbereitet?«,
fragte sie sich dann, »Sollen *wir* auf etwas vorbereitet

werden? Wissen wir wirklich alles, was da um uns herum läuft?« Sie versuchte in sich hineinzuspüren. »Ist das nur Unwohlsein oder habe ich tatsächlich ein wenig Angst?«

Als Signe ins Büro kam, warteten bereits Oscar und Melker auf sie, tranken Kaffee und unterhielten sich. Signe ging zu der kleinen Sitzecke, wünschte einen guten Morgen, holte die Broschüre aus der Tasche und warf sie auf den Tisch. »Habt ihr das auch bekommen? So ganz wohl ist mir nicht dabei, dass sie jetzt diese Endzeitbroschüre an alle verteilen! Ich weiß wirklich nicht, was ich davon halten soll. Ob da irgendwas im Busch ist?«

»Ich glaube, das ist einfach eine Vorsichtsmaßnahme – bei dieser Weltlage! Und besser vorher, als hinterher festzustellen, dass es nun zu spät ist!«

Signe sah Melker nachdenklich an. Dann wandte sie sich an Oscar. »Und was sagst du dazu? Oder habt ihr das eingefädelt und du sagst deshalb nichts?« Eigentlich sollte das nur eine kleine Stichelei sein aber ihr Ton klang wieder beißender als beabsichtigt. Erleichtert nahm sie wahr, dass Oscar kurz grinste.

»Zorn. Furcht. Aggressivität. Die dunklen Seiten der Macht sind sie. Besitz ergreifen sie leicht von dir!«, sagte Oscar, der den gestrigen Abend alleine bei einem Star-Wars-Film verbracht hatte und prostete ihr mit seinem Kaffeebecher zu. Signes Mienenspiel ließ Melker laut lachen. »Besser ist ein *Hä?* noch nie verkörpert worden!«, amüsierte er sich und dozierte dann: »Star Wars. Yoda zu Luke Skywalker in der

165

Episode V: Das Imperium schlägt zurück!«

Während Oscar seinen Kollegen erstaunt ansah, wich das *Hä?* in Signes Gesicht nun totaler Verwirrung. »Wieso zurückschlagen? Welches Imperium?«, fragte sie mit einem Mienenspiel, das Zweifel an ihrem Hörverstehen rechtfertigte. Dann schüttelte sie sich. »Ihr seid doof! Verarschen kann ich mich alleine!« Sie strich ihre Haare hinter die Ohren. »So, lasst uns mal zusammentragen, was es Neues gibt!« Signe begann auf der Stelle von ihrer wenig erfolgreichen Hamburgreise zu erzählen.

»Nicht mal Kaffeeduft hat den aus der Ruhe gebracht! Keine Abwehrhaltung! Nicht mal die Arme hatte er verschränkt! Wirkte irgendwie genervt und etwas nervös gleichzeitig«, schloss sie den amtlichen Bericht, um dann fortzufahren: »Was dennoch wirklich toll war, war das Wetter, ein Café mit tollem Frühstück, nebst Blick auf eine bunte Straßenszenerie, und eine Strandbar am Elbufer, mitten im Hafen! Direkt gegenüber von riesigen Containerbrücken! Da fläzt man im Sand, direkt am Wasser, und trinkt sein Bier«, sie kicherte. »Das gibt es allerdings nur gegen Bargeld! Aber zum Glück hatte Robert genug davon mit!«

»Klingt so, als ob die einzige, die gearbeitet hat, deine Leber war!«, bemerkte Melker trocken. Als er dann gerade anfangen wollte zu berichten, klopfte es hinter ihnen am Türrahmen und Viggo Henriksson kam herein. Sie drehten sich um und erschraken.

»Das Rot harmoniert so gar nicht mit dem deiner

Haare!«, stellte Melker kritisch fest und schüttelte den Kopf, nachdem Viggo erzählt hatte, wie er vorhin auf dem Fahrrad einen tiefhängenden Ast beiseite geschoben, dabei den nächsten aber übersehen hatte der ihm dann derart ins Auge peitschte, dass er erst mal nichts mehr sehen konnte. Und woraufhin er entschied, lieber erst zum Krankenhaus abzubiegen, was auch der Grund für sein Zuspätkommen sei. Viggo betastete nun behutsam sein blutunterlaufenes Auge. »Und das passt farblich wirklich nicht?«, fragte er. »Dann war ja alle Mühe umsonst!«

»Komm, setz dich erst mal!« Signe schob ihm fürsorglich einen Sessel hin und Oscar, der auch sofort aufgesprungen war, kam nun mit einem Becher Kaffee dazu. »Ah! Dann war es ja doch nicht ganz umsonst!« Viggo setzte genüsslich den Kaffeebecher an die Lippen. Dann sah er Melker an. »Und du? Kriege ich von dir was Süßes?« Melker verdrehte die Augen.

»So, und hier? Gab es hier irgendetwas Neues?«, unterbrach Signe das Geblödel und sah ihre Kollegen erwartungsvoll an.

»Ein Kollege aus Dänemark hat sich gemeldet ...«

»Bei Dir?«, unterbrach Signe.

»Ja, wir haben damals am Öresund zusammen Dienst geschoben. Man kennt sich halt – Jedenfalls hat mich Mads angerufen. Er, beziehungsweise eigentlich eher ein Mitarbeiter der Rederei Lasses Line, ist zufällig auf Bilder einer Überwachungskamera am Fährterminal in Grenå gestolpert, die längst hätten gelöscht sein müssen. Irritiert, dass sie noch vorhanden waren, hat der Mitarbeiter sie sich angeschaut …«

»Viggo, bitte!«, drängelte Signe ungeduldig. »Was war denn da nun zu sehen?«

»Ein Autotransporter! Kein Riesenteil, sondern einer für maximal fünf Autos. Drauf waren drei Pkw, ein Motorrad, ein Moped oder Mofa und eine große Transportkiste. Na? Klingelt da was bei dir?«

»Aarhus?«

»Aarhus!«, bestätigte Viggo. »Dem Mitarbeiter der Reederei fiel beim Anblick der Oldtimer wieder die Meldung vom Diebstahl im Museum von Aarhus ein und er benachrichtigte die Polizei. Die werteten die Fotos aus und bestätigte, dass es sich tatsächlich um die Fahrzeuge aus dem Museum handelte …«

»Um was für Autos handelt es sich?«

»Alte Autos. Eben Oldtimer.«

»Und? Marke? Baujahr?«, drängelte Signe ungehalten.

»Müsste ich nachgucken.« Viggo stand auf und wollte in sein Büro gehen. »Ach nee!«, sagte er dann, wühlte in seiner Hosentasche, holte dann einen USB-Stick hervor und warf ihn Signe hin. »Da ist alles drauf!«

Signe stand auf, um ihren Computer hochzufahren, als Oscar ihr seinen Tablet-PC hinhielt. »Nee, mach du mal!« Einen Moment später hielt ihr Oscar wieder sein Tablet hin. Diesmal war auf dem Bildschirm das Foto von einem Autotransporter zu sehen, auf dessen Oberdeck zwei Oldtimer und zwei gegeneinander verzurrte Krafträder standen. Darunter befanden sich ein alter Pkw und eine große Transportkiste, an deren Seite eine Folie klebte: *Oldtimer-Show Göteborg Sommar 2019* und eine Facebookadresse. Signe pfiff durch die Zähne und wischte zum nächsten Bild. »Oha, nicht schlecht!« Ihre Kollegen sahen sie fragend an. Sie wischte weiter, doch statt eines weiteren Fotos erschien der eingescannte Brief von Mads, dem dänischen Kollegen. *Hellere kollega*, las sie, schenkte sich die folgenden Zeilen, bis sie an einer kurzen Liste hängen blieb: *jeweils ein Renault 4CV von 1958, Peugeot 204 von 1969, Opel Rekord P1 von 1960, eine Velosolex von 1958 und eine Nimbus C Luksus von 1959.* »Die verschwinden doch nicht spurlos, die erregen doch heute richtig Aufmerksamkeit!«

»Sollte man meinen, ja«, Viggo strich sich durch den Bart. »Um so dreister, damit mitten in der Nacht quer durch Aarhus und dann noch rund sechzig Kilometer nach Grenå zu fahren. Und die Fähre nach Varberg dauert ja auch noch einmal rund fünf Stunden! Aber die Reklame für die vermeintlichen Show ist ja eine gute Tarnung!«

»Von wann genau stammen die Bilder?«

»Aus der Nacht des Einbruchs in Aarhus. Die Kamera löste gegen 0:30 Uhr aus, als der Lkw aufs Gelände fuhr. Um 1:00 Uhr geht die Fähre.«

»Sind denn die Papier nicht kontrolliert worden?«

»Doch, aber die waren wohl gut gemacht. Und da alle Oldtimer auch noch Überführungskennzeichen hatten, war die Kontrolle mitten in der Nacht vermutlich eher oberflächlich. Wahrscheinlich haben sie nur die Fahrzeuge gezählt und die Fabrikate abgeglichen.«

»Und der Lkw?«

»Ist in Göteborg geklaut. Die Spedition ging davon aus, dass er in der Werkstatt ist. Der Fahrer hatte behauptet, massiven Ölverlust bemerkt und ihn gleich in die Werkstatt gebracht zu haben, die in der gleichen Straße liegt. Und da die Spedition alle ihre Fahrzeuge da warten lässt, war das erst mal auch nichts Ungewöhnliches.«

»Dann haben wir ja wenigstens den Fahrer!«

»Leider nicht! Der ist nämlich erpresst worden und hat außerdem für die Tatzeit ein Alibi. Er hatte eine Tour, hat ein Turbinenrad nach Tollhättan geliefert.«

»Und von wem wurde er weswegen erpresst?«

»Das eine weiß er wohl nicht, war ja alles telefonisch. Jedenfalls hat er die Anweisung bekommen, den Wagen mit den Papieren irgendwo in einem Industriegebiet abzustellen – und mit dem anderen mochte er lange nicht so recht herausrücken ...«

»Heißt, er hat's dann später doch erzählt?«, drängte Signe.

»Hmm. Er ist angeblich dabei gefilmt worden, wie er auf dem Lkw Pornos auf dem Smartphone guckt und dabei Hand anlegt. Und wenn er nicht gemacht hätte was man ihm gesagt hat, wären die Bilder an die Familie und den Chef gegangen!«

»Männer!«, stöhnte Signe und war sich sicher, dass die Drohung der gleiche Fake war wie ähnliche Erpressungen, die aktuell herumgingen. Und wo Leute vor lauter schlechtem Gewissen tausende von Kronen überwiesen – sogar, wenn ihr PC gar keine Webcam hat und sie kein Smartphone, sondern nur ein einfaches Handy haben.

»Ich gehe davon aus, dass die Kollegen versucht haben, den Fahrer in der Kabine zu erkennen!«, sagte Signe. Viggo nickte.

»Außer der Nasenspitze und einer Kapuze ist da leider nicht viel zu erkennen.«

»Gibt es denn auch Bilder von der Ankunft der Fähre in Varberg?« Wieder nickte Viggo.

»Versuche ich gerade wieder herzustellen zu lassen, die waren bedauerlicherweise schon gelöscht!«, kam es jetzt von Melker. »Sollte eigentlich bis morgen klappen – sagt unser neuer Mann. Frisch gebackener IT-Experte aus Uppsala.«

»Na denn, da bin ich mal gespannt«, sagte Signe und sah auf die Uhr. »Ich muss jedenfalls was essen! Und dann müssen wir endlich herausfinden, warum dieser ganze alte Kram gestohlen wird und Hjalmar Andersson sterben musste!«

XVIII

Robert erhob sich von seinem Schreibtisch. »So, genug für heute!«, dachte er und fuhr zufrieden den Laptop herunter. Natürlich hatte er vorher noch eine Kopie des Manuskriptes auf einen USB-Stick gezogen und in seiner Hosentasche verschwinden lassen. Sicherheitshalber. Falls was mit dem Laptop passieren würde.

Als Jonte diese Prozedur mal mitbekam, hatte er ihn ausgelacht. »Wieso nutzt du keine Cloud wie jeder vernünftige Mensch? Dann kannst du dir deine USB-Sticks alle schenken! Und du kommst überall an deine Dateien ran!« Robert hatte den Kopf geschüttelt. Dann dozierte er in das immer bestürzter guckende Antlitz seines Freundes: »Nein! Ich will die Kontrolle über meine Daten nicht an einen Cloud-Dienst abgeben, egal ob der nun hier oder wo auch immer sitzt! Und auch wenn Clouds technisch sicher sind, bleibt das Risiko Mensch: Egal ob *nur* sorglos oder *bewusst* kriminell! Woher kommen denn wohl die geklauten Datensätze bei ebay oder Facebook? Und nun bereitet die EU auch noch ein Gesetz zur e-Evidence vor, mit dem fremde Mächte meine Daten fast uneingeschränkt einfordern können, auch wenn sie unsere oder EU-Rechtsstandards unterlaufen!« Jonte hatte Roberts Bedenken bezüglich der Cloudsicherheit einfach weggelacht, sich an die Stirn getickt und den Kopf geschüttelt: »Fremde Mächte …«

Robert rieb sich den Bauch. »Zeit für Påryds Lantcafé!« Er sah aus dem Fenster, wo die Sonne hoch und hell am tiefblauen Himmel stand. Er ging zur Tür, wollte reflexartig seine blaue Jacke vom Garderobenhaken nehmen, entsann sich gerade noch des sommerlichen Ausblicks und ließ sie hängen. Stattdessen schnappte er nur seine Schlüssel und schloss von außen die Tür.

Robert betrat erwartungsvoll das kleine Restaurant-Café, aber drinnen waren alle Tische besetzt. Er ging quer durch den Gastraum, grüßte in die Küche, wo Erik, Chef und Koch in Personalunion, seine kulinarische Genialität auslebte, und trat auf die große Terrasse hinaus – aber auch hier war kein freier Platz zu finden. Ratlos sah er sich um, als Anna, die Chefin, auf ihn zukam. Sie begrüßte ihn herzlich und entschuldigte sich wortreich, ein ausverkauftes Haus zu haben. Robert lachte. »Qualität spricht sich eben rum!« Anna wiegelte verlegen ab und ließ ihren Blick über die Tische gleiten. Aber nirgends schien sich in absehbarer Zeit ein Mahl dem Ende zuzuneigen, nirgends stand bereits ein Becher Kaffee als Abschluss des Essens auf dem Tisch. »Ich kann dir was zum Mitnehmen machen«, schlug Anna vor und Robert beschloss spontan, auch Jonte zu fragen – schon weil er keine große Lust verspürte, nach dem Vormittag alleine am Schreibtisch auch noch alleine zu essen. Dann orderte er zweimal ein großes Schnitzel mit Petersilienbutter und frittierten Kartoffelspalten.

Als Robert bezahlen wollte, fiel ihm ein, dass seine Brieftasche – samt Führerschein, Autopapieren und eben auch EC- und Kreditkarte – zusammen mit seiner blauen Jacke zu Hause an der Garderobe hing. Er fingerte nach seinem Portemonnaie und zog es erleichtert aus der Tasche. Wenigstens das hatte er dabei. Er hasste es, Schulden zu machen.

»Ursäkta mig! Varsågod, ingen cash!« »Es tut mir leid! Bitte, kein Bargeld!« Anna sah ihn entschuldigend an und als Robert antwortete, dass er aber seine Brieftasche mit all seinen Karten zu Hause vergessen hatte, legte Anna ihre Hand auf seinen Arm. »Dann zahlst du eben nächstes Mal! Das mit dem Bargeld wird für uns immer schwieriger! Wenn ich das einzahlen will«, erklärte Anna ihm, »muss ich mindestens 10.000,- Kronen zusammen haben, dann mache ich einen Termin bei einer Bank, die noch Bargeld annimmt, fahre dann fast 100 Kilometer dahin, muss nachweisen, woher ich das ganze Bargeld habe und dann noch Gebühren dafür bezahlen, dass das Geld auch auf meinem Konto gutgeschrieben wird! Darauf habe ich einfach keine Lust – geschweige denn habe ich die Zeit dazu! Und bei den Gebühren, der Zeit und den Spritkosten bleibt eh fast nichts übrig!«

Auf dem Weg nach Hultebräanby regte sich Robert noch immer auf, mit welchen Tricks die Banken das Bezahlen mit Bargeld hintertreiben. »Ich will wenigstens die Wahl haben, wie ich wo bezahle, oder eben woanders hin gehen können!«, schnaubte er und bog von der Dorfstraße in Jontes Auffahrt. Als er wenig später Jonte von seinem vergeblichen Barzahlungsversuch erzählte, sah der ihn nur groß an. »Das ist doch auch doof. Wozu gibt es denn Kreditkarten,

Paypal und Swish? Sei froh, dass sie überhaupt noch Karten nehmen! Die sind eigentlich doch auch schon überholt! Und wer heute noch mit Bargeld zahlt, will doch was verbergen, wäscht Schwarzgeld, ist nicht kreditwürdig – oder steinalt!« Selbstzufrieden schob Jonte sich eine Portion Schnitzel mit Petersilienbutter in den Mund. Robert sah ihm kritisch dabei zu und war sich sicher, dass sie in diesem Punkt niemals Einigkeit erzielen würden. Er sehnte sich auf einmal zu Renate nach Berching, in das Wirtshaus mit dem guten dunklen Bier, dem gepflegten Schweinsbraten und der Bedienung, die beim Bezahlen lächelnd ihr riesiges schwarzes Kellnerinnenportemonnaie aus ihrer Schürzentasche kramt, es mit einem dumpfen Rums auf den Tisch legt, um klimpernd darin nach Wechselgeld zu suchen.

*

Melker Berg schob energisch einen leicht widerstrebenden jungen Mann in Signes Büro. Irritiert sah Signe von ihrem Schreibtisch auf, an dem sie gerade lustlos einen Berg überfälliger Verwaltungsarbeiten abtrug. Vor ihr stand ein bleichgesichtiger Mittzwanziger, wirre blonde Haare, dicke Hornbrille, die die unstet herumirrenden Augen viel zu groß erscheinen ließ, zotteliger Vollbart und einem verwaschenem Sweatshirt ohne Bezug zur Körperform. Seine Beine steckten in ausgebeulten Jeans, seine Füße in zerschlissenen ausgelatschten Turnschuhen und seine Hände wussten einfach nicht wohin. »Das ist ...«, fing Melker an und Signe unterbrach sofort »Sehe ich, dein neuer IT-Experte aus Uppsala!« Sie stand auf, reichte dem Mann die Hand und stellte sich vor. »Wie aus dem Klischeebilderbuch!«, dachte sie, als sie nun einen schlabberig-kalten Händedruck spürte und erfuhr, dass er auch noch Benjamin hieß.

»Guter Mann!«, lobte Melker, »Hat richtig was drauf!« Benjamin wirkte nun wie auf dem Sprung, weshalb Melker ihm den Arm beruhigend um die Schultern legte und diese tätschelte. »Hat die gelöschten Bilder aus Varberg wiedergeholt!« Benjamin wand sich unter Melkers Griff wie ein Aal.

»Äh, ich bin eigentlich hetero! Ich steh ja eher auf Frauen!«, gackerte er etwas zu laut und gewollt.

»Ah«, sagte Signe, »das verstehe ich gut. Ich auch!«

Der neue Kollege hielt inne, sah sie groß an, tauchte unter Melkers Arm ab und sprintete fast aus dem Zimmer. »Ich muss wieder arbeiten!«, hörten sie dann gerade noch vom Flur her. Signe und Melker sahen sich an. Dann grienten beide. »Ich lasse den besser nicht mehr so schnell alleine raus!«, beschloss Melker und reichte Signe, die ihm nickend zugestimmt hatte, einige vergrößerte Fotoausschnitte. »Schau mal hier, wer den Transporter fährt!« Signe betrachtete kurz die Fotos. »Ach nee! Also wieder mal Lars Stein!«

*

Hand in Hand bummelten Signe und Ella durch die Straßen der zu gleichförmigen Vorstadtsiedlung etwas außerhalb Kalmars. Unter dem Eindruck, dass die zurückliegenden sieben Jahre wie im Fluge vergangen waren und sie vielleicht in sieben Jahren ihre

Wohnung verlieren würden, hatte Ella immer wieder bei Maklern, Banken und in Zeitungen nach Wohnungen und Häusern in und um Kalmar gesucht. Hier im Agnetaväg stand eines der Häuser zum Verkauf – woraufhin sie Signe solange mit mehr oder weniger überzeugenden Argumenten bearbeitet hatte, bis diese irgendwann das Gefühl hatte, sich besagtes Haus unbedingt mal anschauen zu müssen. Wenigstens von außen.

Obwohl die Sonne schien, es sommerlich warm war und die meisten Berufstätigen längst zu Hause waren, wirkte die Siedlung wie ausgestorben. Nicht einmal spielende Kinder waren zu hören. »Also, urban ist das nicht gerade!«, stellte Signe kritisch fest, als sie mitten auf dem viel zu breit angelegten Agnetaväg stehend, die immer gleichen ein- bis zweigeschossigen, weiß gestrichenen Einfamilienhäuser auf ihren einfallslosen und pflegeleichten Grundstücken begutachtete. »Immerhin wehen hier keine Tumbleweeds durch die Straßen! Und wir hätten endlich einen eigenen Garten!«, warf Ella ein – ein Argument, das Signe zusammenzucken ließ, fand sie doch die jenseits der Vierzig immer überschaubar werdende Lebenszeit viel zu kostbar, um sie auf den Knien rutschend beim Unkraut jäten zu verbringen.

Sie lenkten ihre Schritte in eine Stichstraße, die in einem Wendekreis mündete und in der sich das zum Verkauf angebotene Haus befinden sollte. Wie angewurzelt blieben sie beide plötzlich stehen. Vor ihnen lag ein Anwesen, das von einer halbhohen weißen

Kalksandsteinmauer begrenzt wurde, die mit einem schmiedeeisernen Gitter gekrönt war. Auf den Pfeilern der Tore thronten weiße Kalksandsteinlöwen, die den Besuchern grimmig entgegenstarrten. Auf der Einfahrt standen ein siedlungsobligatorische Volvo der aktuellen 90er Baureihe und ein schon generell unproportioniert wirkendes Coupé aus süddeutscher Produktion, das aussah, als wäre die Karosserie zusätzlich noch versehentlich auf das Fahrgestell eines Traktors montiert worden. Daneben parkte noch ein drittes Auto, dessen Modellbezeichnung dereinst tatsächlich sein Erscheinungsbild widerspiegelte, heute jedoch, trotz seines gelungenen Retrodesigns, etwas pausbäckig daherkam. Eigentlich war der Vorgarten damit ausgelastet, aber irgendwie hatte man es geschafft, noch einen breiten Fußweg zum Haus zu verlegen. Und oberhalb der zu protzigen Eingangstür thronte, gebettet auf zwei dorische Säulen, ein reich verzierter Spitzgiebel. Schwere roséfarbene Stores hinter den Fenstern komplettierten das Grauen.

Signe fing sich als erste, deutete auf die Ansammlung sehr frei interpretierter antiker Statuen, die sich uninspiriert auf den wenigen restlichen Freiflächen auf den Füßen zu stehen schienen und sagte mit belegter Stimme: »Åh, herre gud!«, »Oh, mein Gott!« Sie schüttelte sich. »So was kommt also dabei heraus, wenn der Geschmack nicht mit dem Kontostand synchronisiert ist!« Irritiert sah sie dann Ella an, die sie ungeduldig am Arm gezogen hatte. »Dreh dich mal um, da steht unser Haus!« Signe fuhr herum. Wieder entfuhr ihr ein »Åh, herre gud!«, was in keiner Weise dem Haus selbst geschuldet war, sondern nur seiner bedauernswerten Lage. Sie malte sich aus, wie es wohl wäre, wenn sie nach einem langen und anstrengenden Arbeitstag nach Hause zurückkommen würde. »Würde ich überhaupt?«, fragte sie sich. »Oder würde ich diesen Anblick scheuen und lieber Überstunden machen?« Sie sah Ella an. Die lachte. »Ich glaube, das war's! Du siehst so aus, als ob du sonst wieder rückfällig wirst!« Signe blickte sie fragend an, verstand und nickte. Sie lachten dann gemeinsam, küssten sich und schlenderten Hand in Hand zurück durch die menschenleere Siedlung. Hinter ihnen bewegte sich eine der schweren roséfarbenen Stores und sie wurden misstrauisch beäugt.

»Einen Versuch war es wert!«, meinte sich Ella im Auto rechtfertigen zu müssen. Schließlich hatte sie Signe ja tagelang in den Ohren gelegen. »Na klar! Und wenn es nur dazu gut war zu wissen, was wir auf gar keinen Fall wollen!« Und während Signe das auf die Vorstadttristesse mit Garten, Ella hingegen auf das Anwesen der 100 Geschmacklosigkeiten bezog, bei dem Signe ihrerseits jeglichen Bezug zu ihnen sowieso komplett abwegig fand, nickten beide einfach stumm und gingen erfreut davon aus, einer Meinung zu sein. »Lass uns noch auf ein gepflegtes Feierabendbier irgendwo hingehen!«, schlug Ella aus diesem Gefühl der Nähe und Gemeinsamkeit heraus vor. »Mit dem Auto?«, fragte Signe zweifelnd und bekam doch Lust auf ein kühles frisch gezapftes Bier. »Egal, das lassen wir eben stehen. Ich lade dich zu einen romantischen Spaziergang durch das nächtliche

Kalmar ein. Und solltest du nachher Mühe haben deine Schritte gerade zu setzen, zahle ich das Taxi!«

Wider Erwarten fand Signe eine freie Lücke auf dem kleinen Parkplatz in der Larmgata. »Da kann der Wagen auch bis morgen stehen bleiben!«, dachte sie zufrieden, nachdem sie das Parkschild gelesen hatte. Von hier aus waren es nur wenige Schritte zum Larmtorget, jenem Platz, der nicht nur Adresse für das schneeweiße Stadttheater war, sondern auch für diverse Bars und Restaurants mit ihren gemütlichen Sommerterrassen. Es war noch früh genug, dass sie in ihrer Lieblingsbar, direkt gegenüber vom Vasa-Brunnen, einen Platz fanden. Sie ließen sich in die Polster der Loungesessel fallen und orderten neben zwei großen *Mellerud* vom Fass ebenfalls noch ein paar Kleinigkeiten, die auch ohne großen Hunger wie zum Bier gemacht sind. Kurz darauf prosteten sie sich zu und genossen es unter Menschen zu sein, ohne näher mit ihnen zu tun zu haben.

Versonnen schob sich Signe eine Olive in den Mund und lauschte dem gedämpften Gebrabbel um sie herum. Lediglich am Nebentisch saß eine Gruppe jüngerer Leute, die aufgeregt zu diskutieren schienen und ab und zu etwas lauter wurden. Nicht laut genug, als dass es stören würde oder Signe etwas verstehen konnte, aber das wollte sie ja auch gar nicht. Sie schob sich gerade eine weitere Olive in den Mund, als Ella sie anstupste und mit dem Kopf zu dem Tisch hinter ihr deutete. Wie beiläufig drehte sich Signe halb um und musste sich mächtig zusammennehmen, um sich nicht zu verschlucken. Schnell drehte sie sich wieder zu Ella. »Die sieht so aus, als hätte sie einen Transplantationshintergrund!«, grinste die und formte mit ihren Händen die überdimensionalen Brüste nach, die die offensichtlich übermäßig blondierte und sonnenbankgedörrte Mitvierzigerin in dem knappen Tigerkleidchen mit einem großzügigen Dekolleté aufdringlich zur Show stellte. »Und die Lippen …«, feixte Signe, »schlimmer als ein Boxer, der zwölf Runden lang Prügel bezogen hat!«

»Billig aussehen kann ganz schön teuer sein!«, hörten sie es in dem Moment lachend vom Nebentisch. Offensichtlich waren die jungen Leute ebenso auf das medizinisch-textile Gesamtkunstwerk hinter ihnen aufmerksam geworden. Amüsiert drehten sich Signe und Ella um und prosteten den jungen Leuten zu. Die erwiderten fröhlich, man lachte gemeinsam und schüttelte einvernehmlich den Kopf. Als Signe und Ella sich gerade wieder dem eigenen Tisch zuwenden wollten, kam vom Nebentisch eine junge Frau herüber. »Jag har en begäran!«, sagte sie, »Ich habe eine Bitte! Ihr seid ja beide schon ein bisschen älter …« Signe wedelte sofort mit den gestreckten Zeigefinger. »Ich nicht, bei ihr stimmt es leider …« Irritiert wandte sich die junge Frau nun Ella zu. Die sah Signe an und schüttelte betrübt den Kopf. »Und dir habe ich meine besten Jahre geopfert …« Dann richtete sie ihre Worte an die junge Frau. »Was kann ich denn für dich tun? Aber sprich bitte laut und deutlich – wie du weißt, lässt das Hörvermögen im Alter nach …«

Der jungen Frau schoss das Blut jetzt derart in den Kopf, dass Signes Gesichtsausdruck von amüsiert auf alarmiert wechselte. Dann sagte sie beruhigend und mit einer resignierenden Handbewegung zu der Frau: »Die hat noch nie richtig gehört ...«, was deren Unsicherheit nur noch verstärkte. »Ich ... äh ... also, ich habe da eine Frage«, stotterte sie und als Ella ihr aufmunternd zunickte, fasste sie sich doch ein Herz. »Wir alle studieren an der *Linnéuniversitet* und wollen eine Projektarbeit dazu machen, wie ältere Menschen sich in der digitalen Welt zurechtfinden.« Dann wandte sie sich an ihre Gruppe, die gebannt das Geschehen verfolgten: »Wie heißt das nochmal genau?« »*Auswirkungen* der sich auf *immer mehr Lebensbereiche ausdehnenden Digitalisierung auf den sozioökonomischen Status der bis 1980 Geborenen*«, kam es sofort mehrstimmig zurück.

Signe und Ella grinsten sich an. »Also, abgesehen davon, dass Chips für uns in die Tüte und nicht unter die Haut gehören, kommen wir ganz gut damit zurecht!« Signe nickte zustimmend. »Wir können euch aber einen idealen Interviewpartner besorgen! Der ist Mitte fünfzig, trägt immer Bargeld mit sich herum, twittert nicht, ist weder bei Facebook noch auf Instagram unterwegs und besitzt kein Smartphone oder Tablet!« Ella nickte bestätigend und die Gesichter der Studierenden wechselten zwischen ungläubigem Staunen und Entsetzen. »Wie soll das denn gehen?«, entfuhr es einem jungen Mann, der sich dabei ratlos durch die Haare fuhr.

XIX

Robert war gespannt auf das Gespräch mit den jungen Leuten, hatte, als sich seine Einladung nach Hultebräanby in Ermangelung an Auto und Busverbindung als zu kompliziert erwies, eingewilligt, sie in Kalmar zu treffen. Seinem Vorschlag, sich um 15 Uhr in seinem Lieblingscafé *Kullzénska* zusammenzusetzen, wurde sofort zugestimmt, »wohl auch wegen des Studentenrabatts«, wie Robert lächelnd annahm. Und so warf er jetzt noch einen prüfenden Blick in den Spiegel und schloss die Haustür.

*

Signe saß an ihrem Schreibtisch und kaute an einem Bleistift. Ihr vis-à-vis saß Viggo, während Oscar sich auf den Sessel in die kleine Besuchersitzecke geflegelt hatte. »Wir stecken fest und kommen kein Stück weiter«, nörgelte Signe, aufgrund des Bleistiftes zwischen den Zähnen nur schwer verständlich. »Wenn wir wenigstens ein Motiv hätten! Dabei habe ich das Gefühl, dass wir ganz dicht dran sind! Aber irgendwie will es nicht raus!«

»Ich schon«, dachte Oscar und sah aus dem Fenster in den tiefblauen Sommerhimmel. Er freute sich auf die paar Tage Urlaub, die Signe ihm am Vormittag genehmigt hatte, woraufhin er gleich bei Katja Abrahamsson angerufen und sich in Stockholm mit ihr verabredet hatte. »Ich mag sie«, dachte er versonnen. »Nein!«, verbesserte er sich eilig, wie aus Angst, sich sonst jedweder Chancen zu berauben, »Ich liebe sie!« Und auch, wenn sie nach ihrer ersten und bisher einzigen gemeinsam verbrachten Nacht freundschaftlich ausgemacht hatten, dass ihr keine zweite folgen dürfe, war er da unterdessen ganz anderer Meinung. Erstens war es sehr schön gewesen, zweitens fand er Katjas Argument, ihre politischen Ansichten seien »zu divergent« insgeheim immer weniger zutreffend, und drittens war ihr Altersunterschied von fünf Jahren nun wirklich nicht gravierend. Bei der geringeren männlichen Lebenserwartung hatten sie seiner Ansicht nach wenigstens die statistische Chance auf ein romantisches gemeinsames Ableben! Und als sie ihm noch sagte, sie würde sich nie mit einem Snut, einem Bullen, einlassen und ihn dabei aber geküsst hatte, glich das Gewicht dieses Arguments für ihn einer Gänsedaune.

»Oscar?« Er schreckte auf und sah Viggo an. »Ich liebe sie doch!«, stammelte er dann, merkte, was er von sich gegeben hatte und bekam einen tiefroten Kopf. »Normal«, grinste Viggo ihn an. »Jeder liebt sie! Sie ist unsere Chefin!« Oscar rettete sich in einen kapitalen Hustenanfall. Signe fand, dass Viggos Ausführungen das Wichtigste absolut auf den Punkt gebracht hatten. Allerdings argwöhnte sie, dass Oscars Sehnen eher einer jungen aufstrebenden Journalistin vom Dagens Nyheter galten. Nachdem sich Oscar etwas beruhigt hatte, nahm sie den Bleistift – oder das, was davon übriggeblieben war – aus dem Mund und ergriff das Wort.

»Also fassen wir zusammen. Erstens: Warum Hjalmar Andersson sterben musste, ist weiterhin offen. Zweitens: Wir wissen, dass alle Dinge, die geklaut wurden, aus den 1950er bis den frühen 1980er Jahren stammen. Eher noch aus dem Ende der bunten 1970er Jahre. Kein Teil stammt aus späterer Zeit. Warum diese Zäsur? Was war danach anders?« Signe dachte an die These, die Katja ihr zu diesem Punkt unterbreitet hatte. »Hat das«, sagte sie, »damit zu tun, dass nach 1980 langsam die Digitalisierung einsetzte, wie unsere Exkollegin Katja vermutet?« Als sie Katjas Namen erwähnte, schoss Oscar sofort wieder das Blut in den Kopf. »Also tatsächlich Katja!«, dachte Signe amüsiert. Dann fuhr sie fort. »Drittens: Wir haben kein Motiv, warum das Zeugs geklaut wurde. Der Wert dieser Dinge ist – abgesehen von den Autos – minimal. Aber auch die waren, von meinem Ford selbstverständlich abgesehen, Allerweltsautos, deren Wert am Oldtimermarkt eher überschaubar ist. Zum Verkauf sind sie in den einschlägigen Foren auch nicht aufgetaucht. Viertens: Warum sie zwei Wagen zu Quadern gepresst haben ist genauso unklar, wie das, was sie danach mit meinem Ford selig gemacht haben. Es sah zwar aus, als wenn sie irgendetwas mit Unterdruck abgesaugt haben, aber was? Luft? Fünftens: Immer wieder erscheint dieser Lars Stein auf der Bühne. Welche Rolle spielt er und vor allem, wo ist er? Sechstens: Es ist noch immer unklar, mit wie vielen Tatbeteiligten wir es überhaupt zu tun haben. Siebtens …«, sie überlegte fieberhaft, »Ach, siebtens ist auch egal!«

Signe sah ihre Kollegen an. Viggo nickte gedankenverloren vor sich hin und als sie sich Oscar zuwandte, leuchtete noch immer eine Kirsche oberhalb seines Halses. »Von da kommt vorerst kein klarer Gedanke …«, war sie sicher und konnte sich eines Lächelns nicht erwehren.

*

»Die sind nett gewesen!«, dachte Robert. »Und gut vorbereitet.« Und dass sie ihn, zum Dank für seine Bereitschaft mitzumachen, zu Blåbär Pie und Kaffee eingeladen hatten, hatte Robert gefreut. Es war für ihn interessant, wenn auch ein wenig befremdlich gewesen, zu hören, wie selbstverständlich, wie offen und ungezwungen jungen Menschen die Chancen der Digitalisierung ergriffen und mögliche Risiken hintanstellten. Sie hatten offensichtlich eine grundsätzlich positive Einstellung dazu – was diametral zu der seinigen stand. Dennoch hatte er den Eindruck gewonnen, dass die jungen Leute alles andere als unkritisch oder uninformiert waren, Werte und Überzeugungen mit ihm teilten oder aber welche hatten, die den seinigen zumindest ähnlich waren. Nachdenklich blickte er auf seine alte analoge Armbanduhr, die ihm zwar zuverlässig und präzise die Zeit anzeigte, seine Herzfrequenz, seinen Puls und die Zahl seiner gegangenen Schritte jedoch ignorierte.

»Schön! Dann besorge ich noch eine Kleinigkeit zu essen und zu trinken«, sagte Robert, verabschiedete sich, drückte den roten Hörer und schob das Handy in die Hosentasche. Als er kurze Zeit später das Einkaufscenter Giraffen betrat, schoss zielstrebig ein junger Mann auf ihn zu, grüßte freundlich und drückte ihm ein Leporello in die Hand. *Und wie willst*

DU im Alter leben? wurde er in großen klaren Lettern auf der Vorderseite gefragt. Robert schmunzelte. »Heute kriege ich es ja ganz dicke!« Er schüttelte einhändig das Leporello auseinander und sah lachende weißhaarige Senioren, viel Natur, farbenfroh gestrichene Holzhäuschen in farbenfrohen Gärten, vor denen bunte Autos parkten – alles unter dem typisch blau-weißen Sommerhimmel der Schärengärten. *Leben, wie WIR es kennen – Leben wie WIR es mögen!* Robert lachte und ließ das Leporello in der Jackentasche und aus seinen Gedanken verschwinden.

Kurz darauf schob Robert mit einem Einkaufswagen durch einen der riesigen Supermärkte, hatte flugs eine vielfältige Käseauswahl und zwei Baguettes geladen und ließ sich gerade mailändische Salami und Parma-Schinken einpacken. Danach würde er noch gefüllte Oliven, eingelegte Tomaten und Auberginen ordern. »Garnelen in Knobisauce schmecken auch immer!«, dachte Robert und ließ sich einen großen Topf abfüllen. Damit hatte er nun die beruhigende Menge Lebensmittel im Einkaufswagen, die gegebenenfalls noch das Sattwerden einer ausgezehrten Großfamilie sicherstellt.

Als Robert sich dem Kassenbereich näherte, sah er schon von weitem die Schlange, die sich an der einen Kasse gebildet hatte. *Endast kontanter – cash only* stand auf einem Schild, das über der Kasse hing. Die Schilder über den anderen Kassen schlossen hingegen das Bezahlen mit Bargeld kategorisch aus. Als Robert sich näherte, hörte er aus der Schlange der

Bargeldkasse quengelnde Kinder, die auf deutsch mal beruhigt, mal ermahnt wurden. Auch einige ältere Menschen standen dort, stumm und geduldig. Robert sah auf seine Uhr. »Eigentlich müsste man sich aus Solidarität und Protest gegen die Benachteiligung des Bargeldes schon da mit anstellen!«, dachte er, unterließ es dann aber doch, da er ja auch noch zum Systembolaget wollte, um zwei Flaschen Wein zu kaufen. Und der schloss bereits um 18:00 Uhr. Punkt 18:00 Uhr. Unnachgiebig. Selbst als er mal *im* Laden war, wurde er etliche Minuten vor Ladenschluss, höflich aber bestimmt zur Kasse und dann zum Ausgang geleitet. Dabei hätte er so gerne noch einen Rotwein mitgenommen. Also bezahlte er jetzt doch bargeldlos und eilte zu dem Laden, der nicht nur das staatlichen Monopol auf den Verkauf von Alkoholika über 3,5% besaß, sondern inzwischen auch eine ganz passable Auswahl an guten Weinen.

Robert war froh, dass der Fahrstuhl nicht von den verschiedenen Baumängeln des Hauses betroffen war und ihn mitsamt seinen Tüten und Taschen anstandslos in den 7. Stock fuhr. Als er oben ankam, standen Ella und Signe schon an der Tür und erleichterten ihn um seine Einkäufe. Als sie alles auf Platten, Teller und Schüsseln verteilt hatten, sah sich Ella beeindruckt um. »Signe, Liebes, schau doch bitte noch mal vor die Tür – da muss noch mindestens eine von Roberts ausgehungerten Großfamilien stehen!« Sie lachte Robert an und ein bisschen aus. »Du und deine Angst vor dem plötzlichen Hungertod! Ich hoffe nur, dass unser Tisch groß genug ist!« Auch Robert sah sich jetzt in der Küche um. »Ach, die paar Kleinigkeiten!«, versuchte er vergebens zu relativieren, denn das Meer aus beladenem Geschirr sprach seine eigene Sprache.

»Puh! Satt gibt es bei mir heute nicht – entweder ich habe Hunger oder mir ist schlecht!«, stöhnte Signe und japste nach Luft. Ella atmete nur schwer aus. »Also ich fand es genau richtig!«, nuschelte Robert, der sich gerade noch zwei Garnelen in den Mund geschoben hatte – ohne, dass die schiffkutterförmige Glasschüssel erkennbar leerer geworden war. Überhaupt waren leere oder halbvolle Schüsseln, Platten oder Teller nirgends zu entdecken. »Meeresgetier will schwimmen!«, sagte Ella und hielt Robert aufmunternd die Weinflasche hin. Der schüttelte den Kopf. »Hmhm! Muss noch fahren!« »Müssen nicht ...«, stellte Ella klar. Robert nickte. »Ich habe keine Sachen dabei und wollte mir auch noch Notizen über das Interview machen, solange die Erinnerung frisch ist. Die Leute waren echt nett und es hat auch Spaß gemacht, aber es war auch irgendwie beklemmend zu hören, was an digitalen Techniken alles auf uns zukommen wird. Vielleicht wird vieles bequemer und einfacher, aber eben auch unpersönlicher und für uns datentechnisch schwerer zu kontrollieren. Und dazu anfälliger für Stromausfall und Cyberangriffe. Bei Krankenhäusern und Wasserwerken mag ich mir das gar nicht ausmalen!«, schloss er düster. Signe und Ella sahen ihn interessiert an. Ella hob auffordernd eine Augenbraue und nickte kaum merklich mit dem Kopf.

»Und wenn ich mir dann noch vorstelle, dass wir weltweit von den digitalen Signalen für Mobilfunk, Fernsehen, Radio, WIFI und was weiß ich, was da sonst noch so durch die Gegend fliegt, bombardiert werden, dann kann ich mich ja nicht mal mehr auf eine einsame Insel zurückziehen, wenn ich das nicht will, das Leben hier nicht mehr verstehe und mir das alles zu viel wird!« Robert hatte sich in Rage geredet. »Vielleicht ist das ja der Grund, warum überall zunehmend Bekloppte und Bescheuerte rumlaufen und Mist wählen!« Signe und Ella sahen ihn ein bisschen belustigt, ein bisschen interessiert und ein wenig besorgt an. Robert musste lächeln. »Wartet nur ab! Das Ende ist nah!«

Für den Weg zurück nach Hultebräanby wählte Robert nach längerer Zeit mal wieder die alte Strecke. Seit die Autobahn bis nach Kalmar verlängert wurde, war er nicht mehr die Landstraße über Hossmo gefahren und damit auch nicht an der beeindruckenden mittelalterliche Kirche vorbeigekommen. Bei deren Anblick überkam ihn stets eine wohlige Tiefenentspanntheit, wie sie sich bei ihm auch beim eintönigen abendlichen Gebetsläuten katholischer Kirchen einstellte. Das, so hatte er neulich erst Renate erklärt, würde mit Kindheitserinnerungen zusammenhängen. »Ich durfte in den Ferien bei meinen Großeltern immer bis zum Gebetsläuten draußen bleiben. Und danach gab es dann Abendbrot. Aber wenn wir länger spielen wollten, haben wir versucht, neunzig Pfennig zusammenzukratzen. Und damit sind dann zwei von uns zum Wirt vorgelaufen. Da saß immer der Küster bei seinem Feierabenderwartungsbier und wenn wir ihm noch ein Helles dazugestellt haben, hat er gegrinst und wir noch mindestens eine halbe, manchmal sogar eine ganze Stunde Zeit, bis die Glocke dann läutete! Und Ärger hat es nie gegeben – was konnten wir dafür, wenn das Gebetsläuten erst so spät kommt? Und Uhren hatte man damals beim Spielen nie dabei, die hätten ja kaputtgehen können!«

Auch jetzt befiel Robert beim Anblick von Hossmos Kyrka wieder das wohlige Gefühl, zumindest für einen Moment allen Ballast von sich abwerfen zu können. Und ihm fielen wieder die schönen Ferien seiner Kindheit ein. Dann durchzuckte es ihn: »Heute«, dachte er bitter, »wären so etwas gar nicht mehr möglich! Die Glocken werden heute nach digitaler Zeitschaltung automatisch geläutet und wenn man zehn Minuten später noch immer in der Kiesgrube Frösche jagt oder den kleinen Wald gegen das Oberdorf verteidigen muss, würden in sämtlichen Hosentaschen die Handys verrückt spielen!« Und damit war Robert wieder bei den trüben Aussichten angekommen, die ihn seiner Meinung nach unweigerlich durch die unaufhaltsame Digitalisierung erwarteten.

Zu Hause angekommen, rief er bei Renate an, aber sie nahm nicht ab. »Chor oder Frauenabend!«, dachte er und sah deshalb davon ab, es auf ihrer Mobilnummer zu versuchen. Er überlegte kurz und wählte statt dessen seinen Sohn an. Doch statt ihn persönlich am Apparat zu haben, meldete sich nur dessen Mailbox und forderte ihn freundlich auf, diese doch genauso selbstverständlich zu nutzen, wie daheim den Staubsauger. Robert schüttelte den Kopf. Er wählte die Nummer von Katja. Als er gerade nach einer kleinen Ewigkeit auflegen wollte, nahm sie den Anruf doch noch entgegen. »Jahaa?« Robert räusperte sich. »Hej Katja, ich bin's, Robert. Störe ich gerade?« Jetzt räusperte sich Katja. »Äh, hej Robert, also ... ehrlich gesagt, habe ich gerade Besuch ... Gibt es etwas Wichtiges?« Robert beeilte sich dies zu verneinen. »Ich rufe dich die Tage nochmal an! Hejdå und noch einen schönen Abend!« Bedauernd legte er auf und sah aus dem Fenster auf die friedlich daliegende Dorfstraße, auf deren warmen Asphalt sich wohlig eine Katze räkelte.

Katja drehte sich um. »Das war Robert. Wollte wohl einfach nur mal so hören«, sagte sie lächelnd. Oscar schluckte. »Wieso wundert mich das nicht? Der ist wirklich überall!«, dachte er. Katja lachte. »Nun guck doch nicht so, immerhin stand er nicht vor der Tür!« Katja zerzauste die eh schon zerwühlten Haare Oscars vollends.

XX

Signe packte ihre Taschen aus. Nach kurzer Zeit glich ihr Schreibtisch der Auslage eines gut sortierten, aber schräg dekorierten Lebensmittelgeschäftes. Auf Papierstapeln und zwischen Aktenbergen hatte Signe Leckereien aus halb Europa verteilt. Und auch eine große Kaffeekanne nebst Bechern dazugestellt. Signe ging nun in die Teeküche, holte Teller und schnitt das frische Baguette auf, das sie auf dem Weg ins Büro beim Bäcker erstanden hatte. »So«, sagte sie halblaut, »nun fehlen nur noch meine Lieben!«

Wenig später standen Viggo Henriksson und Melker Berg etwas ratlos vor Signes Schreibtisch. »Du hast doch nicht Geburtstag!?«, stellte Melker halb fragend, halb kategorisch fest. »Nee«, antwortete Signe fröhlich, »aber noch nicht gefrühstückt und das Zeug muss weg! – Wo ist denn Oscar?«

»Urlaub!«

»Urlaub?«

»Japp! Hast du selbst genehmigt! Ich war dabei. Er wollte nach Stockholm.«

»Sicher?« Signe sah Viggo ungläubig an. Dann dämmerte es ihr wieder. »Ach ja, stimmt. Und wo ist dein Computermann?« Melker deutete mit dem Daumen über die Schulter zum Flur. »Na los, hol' ihn rein, vielleicht wird er durch ein gemeinsames Frühstück etwas zutraulicher! Geht ja so nicht weiter!«

Fasziniert starrten sie alle auf den Teller von Benjamin. Ohne den Eindruck zu vermitteln überhaupt mitzubekommen was um ihn herum gerade passiert, hatte Benjamin ein Stück Baguette auf seinen Teller gelegt, dieses umständlich mit Butter bestrichen und mit drei Salamischeiben belegt. Mit ernstem Gesicht schnitt er nun konzentriert die überstehenden Teile der Salamischeiben ab und schob sie auf den Tellerrand. Sowohl Signe als auch ihre Kollegen erwarteten, dass er nun das Baguette in die Hand nehmen und wenigstens beherzt davon abbeißen würde, wurden aber erstaunt Zeugen, wie das Baguette in kleine, fast quadratische Rechtecke zerschnitten wurde. Sorgfältig wurden die Häppchen jetzt wieder zusammengeschoben, sodass der Eindruck einer intakten Brotscheibe entstand. Dann begann Benjamin die Stückchen im Uhrzeigersinn von außen nach innen aufzunehmen und in den Mund zu stecken.

Nun erst schien Benjamin zu realisieren, dass er beobachtet wurde. Sofort fing er beunruhigt an, an sich herumzufingern, sah an sich herunter und wischte sich über den Mund und durch die Haare. »Äh, ist … ist was?« Nervös huschte sein Blick mal hier, mal dorthin und blieb an Signe hängen. Deren Grinsen verschwand augenblicklich. »Nö! Wieso?«, beeilte sie sich kopfschüttelnd zu sagen und versuchte möglichst unbeteiligt zu gucken. Auch Viggo und Melker waren schlagartig bemüht, größtmögliche Gleichgültigkeit zu demonstrieren. Offensichtlich ohne Erfolg, denn Benjamin sprang auf, stieß »Und danke für das Frühstück!« aus, stürmte aus dem Büro und ließ Betroffenheit zurück. »Förbaskad …«, »Verdammt …«, fluchte Signe. Ihre Kollegen nickten zustimmend.

»Trotzdem ist er der beste IT-Mann, den ich je hatte ...«, entschuldigte Melker nach einer kurzen Zeit des Schweigens seinen neuen Mitarbeiter und fügte »Am Rest müssen wir noch hart arbeiten!« an. Dann kramte er einen USB-Stick aus der Tasche und schmiss ihn auf den Tisch. »Benjamin hat mir vorhin das da gegeben. Er sagt, er hat alles zu unserem Fall in eine Datenbank eingegeben. Und miteinander verknüpft. Und was von Algorithmen hat er auch gesagt ...« Melker verdrehte die Augen und zuckte mit den Schultern. »Egal, das Ergebnis soll jedenfalls sehr interessant sein.« Signe nahm den Stick und sah sich nach Oscar um. Sein Tablet-PC war ihr in solchen Situationen ein praktischer Helfer geworden. Aber dann fiel ihr wieder ein, dass Oscar ja im Urlaub war. Also steckte sie den Stick in ihren Computer. Es dauerte nur einen Augenblick, dann erschien auf dem Bildschirm die große Eingabemaske der Datenbank. Die vielen Abfragemöglichkeiten überforderten sie. »Wie soll ich denn wissen, was ich wissen will, wenn ich nicht weiß, was es zu wissen gibt!«, sagte sie und sah Melker an. Der hob resigniert die Schultern und sein Smartphone ans Ohr.

»Also, ich habe in die Datenbank alles eingegeben, was wir zu dem Fall haben, das heißt alle Tatorte, Namen, geklaute Gegenstände und so weiter. Alles mit allen uns bekannten Parametern.« So linkisch und unsicher Benjamin sonst wirkte, hier war er in seinem Element, zeigte durch einfache Erklärungsmuster sogar so etwas wie soziale Kompetenz, da er seine computerunkundigen Kollegen nicht mit langatmigen und detaillierten technischen Ausführungen in völlige Verwirrung stürzte. »Das«, so fuhr er fort »ist alles so miteinander verknüpft, dass verschiedene Abfragen gestartet werden können, z.B. bezüglich der geklauten Gegenstände. Dabei werden automatisch auch Gemeinsamkeiten, Auffälligkeiten et cetera ausgeworfen.« Er gab etwas in die Eingabemaske ein, drückte Enter und sofort liefen diverse Informationen in ein aufpoppendes Fenster. »Hier: So unterschiedlich die Gegenstände auch sind, sie haben doch Gemeinsamkeiten: Sie alle stammen aus der Zeit vor 1984 – und alles sind Gegenstände, die jeder aus dem Alltag kennt oder kannte. Vier Einbruchsorte waren innerhalb der Öffnungszeiten allgemein zugänglich, einmal ist in ein Privathaus eingebrochen worden, aus dem bis auf die nackten Wände ein ganzes Zimmer entwendet wurde. Einmal ist erfolglos versucht worden, einen Oldtimer zu stehlen und ein schrottreifer Ford wurde geklaut, aber das weißt du ja, das war ja deiner!«

Signe sprang auf, wollte diesem jungen Ignoranten harsch entgegnen und wurde von Viggo unsanft zurück auf ihren Stuhl gedrückt. Sie kapierte sofort und beruhigte sich wieder, was man von Benjamin nicht behaupten konnte. Durch die schnelle abrupte Bewegung Signes, verbunden mit ihrem merkwürdig kehligen Grunzen, war er vollständig aus dem Konzept gebracht und fingerte nun nervös an seinem Sweatshirt herum. »Entschuldige«, flötete Signe jetzt,

»Ich war nur so beeindruckt, von dem, was du da alles herausfinden kannst! Gibt es denn sonst noch etwas?« Benjamin beruhigte sich ein bisschen. »Na, da ist ja zum Beispiel noch der alte Volvo, der für 5.000 Kronen kurz vor seiner Verschrottung gekauft wurde. Der, mit dem sie auf dem Weg zu Knuts bilskrot das arme Bambi ermordet haben!« Beim letzten Satz guckte Benjamin ganz traurig und schluckte. »Oh«, dachte Signe, »das meint der ernst?!« Dann war sie alarmiert. Ebenso wie Melker und Viggo. Fast im Terzett fragten sie: »Wie gekauft? Wer? Gibt's auch einen Kaufvertrag?« Das, was Benjamin ihnen daraufhin zeigte, ließ seine Kollegen an den eigenen Fähigkeiten zweifeln und hoffen, dass das nicht die Runde machen würde.

*

»Wieso ist uns das nicht eingefallen? Das darf einfach nicht wahr sein!« Signe fuhr sich genervt durch die Haare. »Wie blutige Anfänger!«

»Wir hatten uns zu sehr nur auf deinen Ford kapriziert!«, warf Viggo entschuldigend ein. Signe machte eine wegwerfende Handbewegung.

»Deswegen kann man ja trotzdem seine Arbeit vernünftig machen!«, blaffte sie. »Und die Herkunft des verdammten Volvos nicht zu ermitteln ...« Sie schüttelte den Kopf.

»Das Nummernschild war ja auch kaum zu erkennen ...«, versuchte Melker zu retten, was eh nicht mehr zu retten war. »Und dann war es ja in der Videoüberwachung auch nur ganz kurz im Kleinformat zu sehen!«, ergänzte er und wusste doch, dass das alles für ihn normalerweise eher Ansporn, denn Hinderungsgrund gewesen wäre. Auch wenn lediglich Teile des Nummernschildes zu lesen gewesen wären – zusammen mit der Automarke, der Baureihe, Farbe und eventuellen Besonderheiten hätte er den Wagen ganz sicher irgendwann zweifelsfrei identifizieren können. Und damit auch die Halterin oder den Halter! Melker schnaubte. »Gut. Oder nicht gut. Aber lasst uns nach vorne gucken und endlich weiterkommen!« Mürrisch und unzufrieden nickten Signe und Viggo.

Zaghaft und vorsichtig bugsierte Signe den Cursor in das Feld Abfrage. Dann tippte sie mit dem Zeigefinger hochkonzentriert *Volvo* und *Knuts bilskrot* in die Tastatur. Sie sah ihre beiden Kollegen zweifelnd an und hoffte, dass von Benjamins Crashkurs zur Bedienung der Datenbank irgendetwas Sinnstiftendes bei ihr hängen geblieben war. Zumal Benjamin sich sofort wieder aus dem Staub gemacht hatte. Viggo und Melker nickten aufmunternd, froh, dass sie nicht vor dem Computer saßen. Beherzt drückte Signe *Enter*. Augenblicklich erschienen auf dem Bildschirm diverse Informationen zu dem Volvo selbst, aber auch zur gegenwärtigen, beziehungsweise letzten Halterin und dem Vorbesitzer. Zur letzten Halterin Agnes Ohlsson gab es einen roten Querverweis. Als Signe den öffnete, öffnete sich bei den dreien vor Überraschung auch der Mund.

Auch das obligatorisch wenig schmeichelhafte biometrische Automatenfoto, dass jetzt auf dem Bildschirm erschien, konnte nicht kaschieren, dass die blonde junge Frau mit ihrer Stupsnase und den beiden Grübchen in den Wangen freundlich und hübsch aussah. »*Das* ist die kleine Schwester von *dem* Pelle Ohlsson, der vor vierzig Jahren von einem Elchjäger erschossen wurde?« Viggo war nicht nur überrascht, dass die Frau auf dem Foto so viel jünger war als ihr Bruder, sondern auch der Erste, der die Sprache wiederfand. »Was hat das denn nun zu bedeuten?«

»Und guck bloß mal, wo die wohnt und studiert!« Signe rieb sich die Augen, als ob sie nicht glauben wollte, was sie las. »In Östersund! Das ist doch da, wo wir den gestohlenen Kastenwagen gefunden haben!«

»Das kann kein Zufall sein!«, meldete sich nun auch Melker zu Wort. »Aber warum räumt die das Zimmer ihres toten Bruders aus?«

»Hat das«, überlegte Viggo laut, »mit unserem Fall zu tun oder ergreift sie einfach die Gelegenheit, dass die Eltern nicht da sind um sich eines Traumas zu entledigen? Endlich aus dem Schatten des im Elternhaus allgegenwärtigen toten Bruders herauszutreten?«

»Und was ist das mit dem Volvo? Steckt sie da mit drin? Und wenn nicht, warum hat sie den dann nicht gestohlen gemeldet? Und überhaupt: Wie hängt das alles zusammen? – Wenn es zusammenhängt! – Schade übrigens, da hängt die Datenbank. Es fehlt ein Button *Auflösung*!«

Grübelnd sahen Viggo und Melker Signe an, die sich jetzt einen frischen Bleistift aus der Schublade geholt hatte und gedankenverloren darauf herumkaute.

*

»War ja irgendwie klar!«, schimpfte Signe. Sie hatte die Kolleginnen und Kollegen im fernen Östersund um Amtshilfe gebeten und sie in das Studentenwohnheim gejagt, in dem Agnes Ohlsson gemeldet war. Aber natürlich war die nicht da gewesen. Und auch am nächsten Morgen um 6:30 Uhr nicht. Und natürlich hatten die wenigen Studentinnen und Studenten, die trotz der Semesterferien nicht weggefahren und zu dieser frühen Stunde noch etwas einsilbig waren, von ihrer Kommilitonin schon seit geraumer Zeit nichts mehr gehört oder gesehen. »Immerhin hat die Spurensicherung Fingerabdrücke von einem Marmeladenglas und einer Senftube aus ihrem Kühlschrankfach und von ihrem Fahrrad genommen. Da es nur einen Abdruck gab, der auf allen drei Sachen vielfach vorhanden ist, gehen sie davon aus, dass es die Abdrücke von Agnes Ohlsson sind. Sie werden gerade mit denen aus dem Kastenwagens abgeglichen. Und sie haben uns die Fingerabdrücke geschickt. Melker, check doch bitte mal, ob es bei uns irgendeinen Treffer gibt!«

Melker, zufrieden, endlich etwas Handfestes zu tun zu haben, murmelte etwas, das mit einigem guten Willen als »Klar, mach ich!« zu verstehen war. Schnell verschwand er in die Richtung seines Labors. Er benötigte exakt fünfzehn Minuten, um sicher sagen zu können, dass diese Agnes Ohlsson nicht nur in Stockholm im ABBA-Museum gewesen war, sondern auch im Loppis in Nybro. »Das reicht, um sie zur Fahndung ausschreiben zu lassen! Schließlich hat es in Nybro einen Toten gegeben!«, dachte Melker und machte sich auf den Weg zu Signe.

»Sehr gut! Dann kennen wir mit Lars Stein und Agnes Ohlsson immerhin schon zwei Namen von dringend Tatverdächtigen!« Signe wollte sich gerade zufrieden zurücklehnen, da durchzuckte sie ein Gedanke. »Verdammt! Wir haben Robert Ekkheim noch nicht das Bild von Lars Stein gezeigt, oder? Vielleicht war der das ja auch in Växjö!«

»Dann lass da auch mal die Nachbarn von den Ohlssons draufgucken! Schließlich haben die ja tagelang die Gelegenheit gehabt, die Zimmerdiebe zu beobachten! Möglicherweise haben die ja Stein gesehen! Und die Dänen sollten sich mal das Bild von der Ohlsson angucken ...« Signe pfiff durch die Zähne und sah Melker anerkennend an.

»Sollte es dann doch endlich mal vorangehen?«, dachte sie und sagte: »Dann mal los! Robert übernehme ich!« Melker grinste.

»War klar. Netter Kerl, guter Kaffee, gutes Essen, eindeutig Chefsache!«

»Fft!«, machte Signe, scheuchte mit einer Handbewegung ihre Kollegen aus dem Raum, nahm den Hörer ab und wählte Roberts Nummer.

XXI

Ungläubig starrte Robert auf das Bild, das er eben im Anhang der eMail seines Sohnes Markus gefunden hatte. *Hi Vaddern, das war genau vor einem Jahr. Schön ist es gewesen – auch wenn Du von Stockholm ja leider das Beste verpasst hast! Gruß Markus und Britta* stand in der Mail. Robert hatte dann den Anhang geöffnet und ein wenig schmeichelhaftes Bild von sich gefunden: Es saß schlafend – vermutlich schnarchend, wie er befürchtete – bei laufendem Fernseher in einem Sessel, hatte die Beine ausgestreckt auf das Bett gelegt und hielt eine Bierdose in der Hand. Anscheinend bei offenem Fenster, was sein missratener Sohn schamlos ausgenutzt hatte.

»Das muss in der Jugendherberge Zinkensdamm sein«, dachte Robert und ihm dämmerte auch, welcher Abend das gewesen sein könnte. Er lächelte bei der Erinnerung an den letzten Sommer, als er mit seinem Sohn und dessen Freundin Britta für ein paar Tage von Hultebräanby aus nach Stockholm gefahren war. Eigentlich, um nach einigen unschönen Erlebnissen, bei denen halb verweste Leichen und die kryptische Nachricht *Was ihr wollt* eine Rolle gespielt hatten, wieder etwas Ruhe zu finden. Was natürlich nicht ganz geklappt hatte.[*] Aber das war in seinen Erinnerungen weit in den Hintergrund getreten, war allenfalls noch schmückendes Beiwerk für Erzählungen. Geblieben waren hingegen Erinnerungen an schöne Ferien, die er mit seinem Sohn und dessen

---

[*] Siehe: Leichenwechsel – Signe Berglund sucht ein Motiv

Freundin verbracht hatte. Vielleicht sogar die letzten, bevor diese endgültig ihre eigenen Wege gehen würden und lediglich noch für kurze Besuche kamen. Und natürlich war auch geblieben, dass er Renate auf Gotland kennengelernt hatte. Wenn auch etwas unkonventionell. Aber auch das passte ja irgendwie zu dem letzten Sommer!

Nachdenklich sah Robert in die Spätnachmittagssonne hinaus. Die ersten Bewohner Hultebräanbys kamen mit ihren Autos von der Arbeit, brachten teilweise ihre Kinder mit nach Hause, die sie nach der Schule irgendwo unterwegs eingesammelt hatten. Hin und wieder begrüßte ein Hund lautstark seine heimkommenden Rudelmitglieder. Langsam würde sich das Dorf jetzt wieder beleben, das, seit man die öffentliche Infrastruktur auf das Wesentliche, nämlich einen Briefkasten, den Friedhof und eine Rufbuslinie minimiert hatte, wochentags spätestens um 10:00 Uhr morgens und dann bis gegen 17:00 Uhr nachmittags wie ausgestorben war. Einzig sein betagter Nachbar klapperte in der Zwischenzeit ein- bis zweimal mit seinem alten Fahrrad durchs Dorf.

Jetzt würde es auch nicht mehr lange dauern, und die ersten Kinder würden mit ihren Fahrrädern die Straße entlang seines Grundstücks sausen. In ihren Fußballtrikots und mit ihren Fußbällen würden sie zum Idrottsplats, dem Sportplatz, abbiegen, auf dem schon lange kein offizielles Spiel mehr stattgefunden hatte. Meist radelten, wie Robert von seinem Fenster aus beobachten konnte, drei bis vier *Ibrahimović*, jeweils ein bis zwei *Berg* und *Toivonen* und nochmals zwei bis drei Nachwuchsspieler zum Platz, die unter ihrem ureigenen Namen antraten. Aber anstelle der fußballbegeisterten Jugend in ihren blau-gelben Shirts kam ein viperngrüner Scirocco die Dorfstraße entlang. Robert stutzte. »Warum kommt sie aus Richtung Nybro?«, fragte er sich und beobachtete, wie Signe ihren Wagen auf sein Grundstück steuerte.

Robert erwartete sie auf der Veranda. Sie stürmte die Stufen hinauf und drückte ihm einen Kuss auf die Wange und einen mit einer Schleife verschlossenen Karton in die Hand. Nun wusste Robert, warum Signe den Weg über Nybro gewählt hatte: Nur so kam sie an der alten Konditorei im Madesjö vorbei, deren Backwaren sich nicht zu Unrecht im weiten Umfeld großer Beliebtheit erfreuten. Robert war gespannt, was Signe mitgebracht hatte und stellte die Kaffeemaschine an.

Andächtig aß Robert von der Princesstårta. Sie war noch immer verdammt gut, fand er, nicht so süß wie andere, leicht fruchtig, mit einer herrlichen Vanillecreme. Und dazu diese lindgrüne Marzipandecke – »Genau richtig! Nicht zu dick und nicht zu dünn«, dachte er. Er war neugierig, ob die Chokladtårta dieses hohe Niveau würde halten können. Aber erst wollte er dieses Foto begutachten, das Signe ihm vorgelegt hatte. Er nahm das Foto hoch und sah sich das Gesicht des Mannes genau an. »Schon so lange her!«, nuschelte er zwischen Marzipan- und Vanillecremeresten. Er versuchte sich an den Mann zu erinnern, dem er in Växjö unwissentlich geholfen hatte, die halbe Gebrauchsglassammlung aus dem Museum zu schaffen. Robert legte die Stirn in Falten, die Kuchengabel weg, kniff die Augen zusammen und hielt das Foto in unterschiedlichen Entfernungen vor sein Gesicht. »Also, das könnte er theoretisch sein! Glaube ich. Vielleicht jedenfalls.« Signe sah ihn an, runzelte jetzt ihrerseits die Stirn und schüttelte den Kopf. »Ich gebe zu, dass ich jetzt auch nur vermuten kann, was ich damit meine!«, bemerkte Robert und lächelte Signe treuherzig an.

Plötzlich stand Robert auf, ging in die Küche und holte Butterbrotpapier. Er legte es über das Foto und kritzelte darauf herum. Schnell bekam der stoppelhaarige Mann längere Haare. »Nee …«, murmelte Robert, verrückte das Papier und fing von vorne an. Dann nickte er. »Ja, das ist er! Er hatte in Växjö nur lange Haare, jedenfalls oben auf dem Kopf. Die waren hinten zu einem kleinen Dutt zusammengedreht. An den Seiten waren die Haare dafür fast rasiert – oben und hinten Hippie, an der Seite Landser …«
»Und du bist dir ganz sicher?« Als Robert bestätigend nickte, fuhr Signe fort: »Okay, das ist interessant. Also geht auch Växjö mit auf seine Kappe. Übrigens haben wir auch ein Foto, das zeitlich nach dem Diebstahl in Växjö aufgenommen wurde. Und da trägt Lars Stein offensichtlich wieder insgesamt kurze Haare. Entweder der nutzt zur Tarnung ab und zu ein Toupet oder er war zwischenzeitlich beim Friseur!« Zufrieden tippte sie eine Nachricht an den Kollegen Melker in ihr Smartphone: *Kaffee und Kuchen wie erwar-*

tet lecker. Und Stein war es auch in Växjö!

*

»Als die Nachbarn der Ohlssons das Bild sahen, waren sie sich sofort ganz sicher, dass Lars Stein bei der Räumung des Zimmers dabei war. Deren Küchenfenster geht direkt raus auf die Straße und wenn sie zusammen abgewaschen haben, hatten sie den besten Blick auf den Kastenwagen und sie sagten, dass da auch noch zwei andere dabei waren. Das eine könnte eine Frau gewesen sein aber sicher sind sie nicht, obwohl die Person etwas zierlicher wirkte, wie sie sagten, aber sie trug eben einen legeren Kapuzenpullover. Das andere war, da sind sie sich ganz sicher, ein Mann, aber nach deren Beschreibung sind alle etwas ungeschickten Männer mit braunen Haaren zwischen siebzehn und siebenundsiebzig verdächtig ...« Erschöpft von der langen Rede und den vielen Nebensätzen, holte Melker tief Luft. Signe und Viggo sahen ihn verblüfft an, war Melker doch sonst eher für seine Wenigwortsätze bekannt.

»Es sieht so aus«, sagte Signe dann, »dass Lars Stein einer der Haupttäter, wenn nicht der Kopf der Gruppe ist!« Melker und Viggo nickten. Dann sahen Signe und Melker Viggo auffordernd an.

»Also, ich habe meinem dänischen Kollegen das Foto von der Agnes Ohlsson gemailt. Wenig später hat er mir eine Videoaufnahme geschickt!« Viggo strapazierte mit einer Kunstpause, nahm einen Schluck Kaffee und sah seine Kollegen über den Becherrand hinweg an. Als sich Signes Augenbrauen zusammenzogen, beeilte er sich fortzufahren: »Agnes Ohlsson hat am Tag vor dem Abtransport der Autos aus dem Museum eine Eintrittskarte am Schalter gelöst. Sie hat, vermutlich weil sie keinerlei Spuren hinterlassen wollte, nicht mit Karte bezahlt, sondern bar. Mit einem 1000-Kronen-Schein. Der ist im Bezahlalltag schon sehr ungewöhnlich, erst recht bei einem Eintritt von 135,- Kronen. Und da es die Anweisung gibt, bei Besonderheiten die Kamera am Schalter zu aktivieren, haben wir jetzt eine Videoaufnahme von Agnes Ohlsson beim Kauf einer Eintrittskarte. Mit Datum und Uhrzeit.« Viggo sah seine Kollegen erwartungsvoll an. Als die *Ohs!* und *Ahs!* ausblieben, seufzte er resigniert.

»135 Kronen? – Ich dachte sie studiert? Hier steht dann was von 70 Kronen.« Signe surfte mit ihrem Smartphone auf den Seiten des Museums.

»Das stimmt, aber dann hätte sie ihren Studentenausweis vorlegen müssen und ich denke, das wollte sie nicht. Sie wollte unauffällig und anonym bleiben!«

»Na, das hat dann ja hervorragend geklappt!« Melker lachte spöttisch. »Wissen wir, wie lange sie geblieben ist? Und ob sie alleine war?«

»Ob sie wirklich alleine war, wissen wir nicht. Zumindest sah es so aus, als wenn sie nicht *zusammen* mit jemandem gekommen ist. Hinter ihr standen mehrere Familien und auch an den anderen Kassen sieht es eher so aus, als wenn Familien und Großeltern mit ihren Enkeln anstanden. Ach ja, und eine Schulklasse. Möglicherweise ist jemand zeitversetzt gekommen,

aber dafür gibt es keine Anhaltspunkte. Und nein!«
Viggo schüttelte den Kopf. »Wir wissen nicht, wie
lange Agnes Ohlsson geblieben ist. Erstens gibt es
nicht nur einen Ausgang und zweitens werden die
zwar alle videoüberwacht, aber, wenn nichts Besonderes vorlag, werden die Aufnahmen nach ein paar
Tagen automatisch überspielt!«

»Vielleicht kann sich ja mein junger IT-affiner Kollege mal darum kümmern …«

»Die Dänen sind bereits dabei, zu retten, was vielleicht wider aller Erfahrung zu retten ist. Eine reelle
Chance auf Wiederherstellung besteht anscheinend
eh nur, wenn die Dateien gelöscht und nicht über-
schrieben worden sind! Und bei unserer Kopie soll es
sowieso nicht klappen, weil nur die oberflächlichen
Dateien kopiert werden – oder so ähnlich!«

»Ich bin mir sicher«, sagte Signe, »dass die Ohlsson
sich hat einschließen lassen! Und dass sie alleine war.
Ich glaube allerdings, als Pärchen wären sie sogar weniger auffällig gewesen. Einzelbesucher kommen ja
meist erst ab einem fortgeschrittenen Alter … Jedenfalls wird sie, als alle gegangen waren, den gesamten
Radio- und Fernsehladen ordentlich zusammenge-
packt und dann zur verabredeten Zeit dem oder den
anderen das Tor aufgemacht haben. Und ausgerechnet da gibt es keine Kameras.«

»Ist da in der Nähe ein Tor oder mussten die mit den
Autos und all dem Kram quer durch das Museum
fahren? Mit dem großen Autotransporter werden die

ja wohl kaum reingefahren sein!«

»Doch Melker, genau das sind sie! Wie der Zufall so will, wird wenige Meter vom Laden und von da, wo die Oldtimer stehen, eine alte Kaianlage mit Lagerschuppen nachgebaut. Und direkt da ist auch eine Baustellenzufahrt. Und da gibt es auch keine Kamera. Und da die Baustelle samt Zufahrt an einer stark befahrenen Kreuzung liegt und drumherum überwiegend Bürogebäude stehen, wird auch kein Mensch darauf aufmerksam geworden sein, wenn da ein Lkw rein- oder rausgefahren ist. Und wenn doch, gab es ja noch die Werbefolie für die Oldtimershow am Autotransporter und damit sah es dann zumindest nicht so ganz ungewöhnlich aus.«

»Na, prima! Dann sind wir also wieder genau da, wo wir vorher auch schon mal waren: Wir brauchen sie bloß noch finden und dann zu verhaften …« Melker wirkte sogar für seine Verhältnisse extrem missmutig.

XXII

Signe Berglund genoss diesen Augenblick fast absoluter Ruhe. Alle Geräusche waren weit in den Hintergrund getreten. Sie blickte zum Kalmarer Schloss, das sich in der Sonne mit seinen gedrungenen Türmen hinter den gewaltigen Wallanlagen duckte und ließ den Blick anschließend über den funkelnden Kalmarsund gleiten. Am Horizont, noch weit hinter der Silhouette einer Segelyacht, zeichnete sich tiefgrün die Küste Ölands ab. Signe schloss die Augen und atmete tief ein. Plötzlich straffte sie sich, wippte ein wenig mit den Füßen, neigte sich etwas nach hinten und nahm dann kraftvoll Anlauf, drückte sich am Ende der Plattform ab, riss im selben Augenblick die Arme hoch und schnellte empor. Gleichzeitig mit Erreichen des Zenits ihrer Flugbahn knickte Signe in den Hüften leicht ein und als sie ihren Schwerpunkt verlagernd, den Körper straffte und ihre Arme seitwärts ausstreckte, sah es für einen Moment so aus, als ob sie parallel zur Wasseroberfläche schweben würde. Dann schoss sie kopfüber mit lang ausgestreckten Armen und Beinen und einem vorbildhaft geraden Rücken der Wasseroberfläche entgegen. Beim Eintauchen in den Kalmarsund strömte das Wasser ihren Körper entlang, um, als auch ihre Füße im Wasser verschwanden, eine kleine Fontäne aufspritzen zu lassen. Signe genoss das weiche und erfrischende Nass, tauchte auf und schwamm langsam kraulend in einem weiten Bogen an Land.

Als sie die Leiter ergriff, um sich aus dem Wasser

zu ziehen, ruhten zwar nicht nur, aber dafür fast alle männlichen Augen auf ihr. Betont langsam zog sie sich aus dem Wasser, streckte sich, legte den Kopf in den Nacken und schüttelte ihre Haare, was trotz ihres eher kurzen Bobs seine Wirkung nicht verfehlte. Sie ignorierte die ihr folgenden Blicke, ging direkt zu Ella, die sie bereits umgezogen und kopfschüttelnd etwas abseits bei einer Bank erwartete. Signe umarmte Ella mit einem Arm und gab ihr demonstrativ einen langen Kuss. »Biest!«, zischte Ella und Signe nickte betrübt. Dann ging sie zur Bank, auf der ihre Badetaschen abgestellt waren, nahm ihr Handtuch und begann, wie Ella fand, sich etwas zu lasziv für diese Umgebung abzutrocknen.

Kurz darauf hatte sich Signe ihr ärmelloses hellblaues Sommerkleid und die Badetasche übergeworfen und schlenderte mit Ella Händchen haltend die schmale Landzunge zurück zu dem Parkplatz an dem kleinen Yachthafen.

»Das war eine prima Idee von dir, nach Långviken zum Schwimmen zu fahren!«

»Nicht wahr? Ich dachte mir, dass das eine adäquate Kulisse ist, um dich mal wieder in Szene zu setzen!«

»Und? Zufrieden?«

Ella blieb stehen und musterte Signe von oben bis unten. »Hmm!«, ließ sie dann anerkennend vernehmen, umarmte Signes Hüfte und zog sie an und mit sich.

Sie durchquerten den gut besuchten Kalmarsundpark und kamen zu dem kleinen Yachthafen, sahen einen freien Tisch auf der sonnigen Holzterrasse des Hafencafés und beschlossen spontan etwas zu trinken. Für die paar Meter zum Parkplatz, wo Signe knapp zwei Stunden vorher neben einem Motorrad die letzte Lücke ergattert hatte, brauchten sie anschließend nur wenige Minuten. Schon als sie den Parkplatz betraten, sahen sie bei Signes Scirocco ein Pärchen stehen. Beide waren in schwarzes Leder gehüllt und trugen signalgelbe Motorradhelme. Er lässig schräge auf dem Kopf über einer verspiegelten Sonnenbrille, sie unter dem Arm. Sie beugten sich zum Seitenfenster hinunter, schirmten das Glas mit der freien Hand gegen die Sonne ab und sahen ins Auto hinein. »Ha!«, stellte Signe fest, »Es gibt sie also doch, die jungen Leute mit Geschmack!« Zufrieden und ein wenig stolz kam sie mit Ella zu ihrem Wagen geschlendert.

»Krasse Karre!«, hörten sie die blonde junge Frau sagen.

»Absolut! Sieht alles original aus. Tippitoppi! Muss vor Ende 80 sein, hat den Tittentacho!«

Bei dem Wort Tittentacho merkte Signe, wie es Ella durchzuckte. Ella sah sie aufgebracht an: »Der spinnt wohl! Typisch Chauvinist und Hetero!«, empörte sie sich und blieb die Erklärung dieses Zusammenhanges schuldig. Als Signe ruhig blieb, echauffierte sie sich noch mehr. »Das glaube ich ja jetzt nicht! Findest du das etwa okay?«

Signe grinste Ella an und huschte mit ihrem Blick

auch rüber zu den beiden Motorradfahrern, die nun ihrerseits auf sie aufmerksam geworden waren. »Absolut!«, antwortete Signe dann mit Nachdruck. »Ohne Tittentacho wäre er nicht mehr original!« Während sie ihre Worte kopfschüttelnd unterstrich, stimmten ihr die beiden jungen Leute energisch nickend zu.

Wenige Minuten, eine Erklärung und einige Fachsimpeleien später, fuhren Signe und Ella die Straße zurück Richtung Schloss. Im Rückspiegel sah Signe zwei signalgelbe Punkte über der Straße schweben.

»Sie war ja echt süß!«, sagte Ella. »Diese Stupsnase und die Grübchen in den Wangen ... Ich weiß ja echt nicht, was die von diesem Typen will!«

»Wo die Liebe eben hinfällt! Da kannst du nichts machen – guck dir doch mal mich an ...«

»Stimmt! Aber du hast ja Glück gehabt. Ich liebe dich halt so wie du bist!«

Signe wollte gerade zu einer Retourkutsche ansetzen, als ihr unvermittelt die Erinnerung an ein Foto durch den Kopf schoss. Sie vollführte daraufhin eine Vollbremsung, sodass es sie und Ella mit brachialer Gewalt in die Gurte drückte. Während Ella kreidebleich und mit weit aufgerissenen Augen nach Luft schnappte, kurbelte Signe fluchend am Lenkrad und danach das Seitenfenster herunter. »Da, im Handschuhfach, das Blaulicht, schnell!« Als Ella ihr wortlos das Magnetblaulicht hinüberreichte, nahm sie es ungeduldig entgegen. Einhändig pfropfte sie es aufs Dach und raste hinter dem – nun vor dem Blaulicht flüchtenden – Motorrad in Richtung des Kalmarsundparks zurück. Dabei belegte sie sich lautstark und stakkatohaft mit einer langen Reihe wenig schmeichelhafter Attribute und Ausdrücke, von denen Drummel – Trottel – mit Abstand noch das am wenigsten Ehrabschneidende war. Als sie kurz Luft holen musste, sah Ella sie an und bemerkte trocken: »Gut. Dann ist zu deiner Fahrweise ja alles gesagt!«

*

Signes Scirocco stand quer auf dem Parkplatz. Die Reifen hatten bei der Vollbremsung tiefe Furchen in den sandigen Boden gefräst und als sich die dichte Staubwolke etwas gelegt hatte, starrten Signe und Ella in mehrere entsetzte Gesichter, aus denen jegliche Farbe gewichen schien. Auch erweckten sie den Anschein, plötzlich vor Schreck alle mehr oder weniger ergraut zu sein. Signe wirbelte aus dem Auto, stutzte kurz, als sie sah, dass die Farbe ihres Wagens von leuchtendem Vipperngrün zu einem fast militärischen Graugrün mutiert war, und ging schnellen Schrittes auf die ängstlich zurückweichenden Passanten zu. »Wo ist das Motorrad hin?«, schleuderte Signe ungeduldig der Menge entgegen. Die zeigte eingeschüchtert auf einen Weg, der, bis auf einen schmalen Durchgang für Fußgänger, durch eine massive Metallschranke versperrt war. Signe stieß einen Schrei aus und ließ sich wieder hinters Lenkrad fallen. Dann setzte sie zurück und fuhr im Schritttempo zurück zur Straße. Ella meinte, die Erleichterung der auf dem Parkplatz eng zusammengerückten Menschen im Rückspiegel geradezu spüren zu können.

»Kannst du mir bitte mal sagen, was das eben war?« Ella fragte fast nebenbei und ihre Stimme klang ganz ruhig.

»Die Auswirkungen der Unfähigkeit der blödesten Polizistin von ganz Schweden – ach was, ganz Skandinaviens! Wahrscheinlich sogar Europas!«

»Ja, so was dachte ich mir bereits! Und sonst?«

»Ist mir soeben eine unserer Hauptverdächtigen entwischt. Vielleicht ist sie sogar eine Mörderin!«

»Wer, die süße blonde Motorradfahrerin?« Signe nickte bei Ellas Worten und haute aufs Lenkrad.

»Ich habe sie erst nicht erkannt. Erst als du das mit den Grübchen sagtest …«

»Und? Du hast doch jetzt zwei Möglichkeiten …«

»Das ist für eine so blöde Kuh wie mich ja ungefähr eine zu viel!«, unterbrach Signe düster.

»Okay, ich helfe dir! Die andere Möglichkeit ist nämlich die: Du forderst Verstärkung an!«

»Aber wir suchen ein Motorrad, von dem ich Drummel nicht mal das Nummernschild weiß! Und das schon längst was weiß ich wo sein kann!«

»Ph! Wenn du sagst, dass sie vielleicht eine Mörderin ist, hätte ich einen Helikopter aufsteigen lassen«, sagte Ella leichthin, »Mit den quietschgelben Helmen hätte man aus der Luft doch etwas, wonach man prima suchen könnte!«

Signe bremste abrupt, was das Blut des Kombi

fahrenden Familienvaters hinter ihr nach Monaten das erste Mal wieder in Wallung brachte und ihm Gesprächsstoff für die nächsten zwei Wochen bescherte. Signe drehte sich zu Ella: »Blond, hübsch und intelligent! Ich liebe dich!«, sagte sie und telefonierte dann mit den Kollegen in Kalmar. Kurze Zeit später, Ella hatte Signe gerade mitgeteilt, dass sie nun lieber nicht weiter Räuber und Gendarm mitspielen wolle, setzte Signe Ella an einer Bushaltestelle ab. »Jag är ledsen!«, »Es tut mir Leid! Aber ich kann mich da jetzt nicht ausklinken!«, entschuldigte sich Signe. Ella grinste: »Und ich nicht ein. Passt doch wieder gut zusammen! Ich werde mir dann einfach einen schönen Abend machen. Also, Waidmannsheil!« »Waidmannsdank!«, grinste Signe und trat das Gaspedal durch. Als sie dann nach Stensö fuhr, einem Stadtteil, der sich direkt dem Kalmarsundpark anschloss, hörte sie irgendwo über sich einen Hubschrauber durch die Luft donnern.

*

»Schade, es hätte so schön sein können! Ich würde ja zu gerne wissen, wo die abgeblieben sind.« Viggo Henriksson war in Stensö von einem Streifenwagen zu Signe umgestiegen, saß nun auf dem Beifahrersitz und kratzte sich den Bart. »Lass uns noch mal bei Melker vorbeifahren. Vielleicht hat der ja was gefunden.« Signe sah ihren Kollegen an. »Der ist am Yachthafen, sagtest du?« Viggo nickte.

Minuten später parkte Signe neben dem eleganten Volvo Kombi Melkers und stieg mit Viggo aus. Melker kniete unweit jener Schranke, die vor kurzem die

216

weitere Verfolgung des Motorrades erfolgreich unterbunden hatte und es sah aus, als buddele er im Sand. »Hej Melker, hast du etwas für uns gefunden?« Ohne aufzuschauen antwortete Melker: »Das ist schwierig hier! Alles ist von grauen Staub überzogen, sodass man alt und neu nicht auseinanderhalten kann. Nur weil irgendwelche Drummel Vollbremsungen auf dem Parkplatz gemacht haben …«

Schuldbewusst drehte sich Signe um und betrachtete die beiden tiefen Furchen im Sand, die jeweils in einem aufgeschoben zentimeterhohen Wall mündeten – und schwieg. Viggo, der sie beobachtet hatte, grinste vielsagend. Als sich ihre Blicke trafen zischte ihm Signe »Denk an deinen Urlaubsantrag!« zu. Viggos Grinsen wurde noch breiter: »Hast du den nicht eh schon gestrichen?« Dann wandte sich Viggo an Melker: »Kann man das theoretisch trotzdem irgendwie abgrenzen oder auseinanderdröseln?«

»Wahrscheinlich schon. Wäre aber was für Sisyphus. – Scheiß Staub! Waren wahrscheinlich irgendwelche pickeligen Milchgesichter … Ich müsste den Staub aus den Bremsfurchen und dem Umfeld analysieren und vergleichen. Dann könnte man möglicherweise Anhaltspunkte finden … Ich nehme heute mal alles mit, was von Interesse sein könnte – vielleicht ist dann ja später ausgerechnet das fehlende Puzzleteil für uns dabei!«

Dort, wo Viggo kurz darauf mit dem Zeigefinger über das Dach von Signes Scirocco strich, wurde dessen camouflagefarbenes Graugrün durch eine leuchtend grüne Spur unterbrochen. »Könntest auch mal wieder in einer Waschstraße vorbeischauen!«

*

Obwohl die Nacht relativ kurz gewesen war, saß Signe bereits als erste ihrer Kolleginnen und Kollegen wieder am Schreibtisch. Die anfangs entspannte Haltung, in der sie die Zeugenaussagen der Kalmarsundparkbesucher zu lesen begonnen hatte, veränderte sich schnell. Nach der dritten Aussage nahm sie die Beine vom Schreibtisch und saß jetzt kerzengerade mit ernstem Gesicht da und blätterte sich durch die Aussagen. »Glück gehabt!«, dachte sie, »Wenn das Melker gelesen hätten!« Zuerst glaubte Signe an einen Einzelfall, stellte dann aber betroffen fest, dass wirklich *alle* Personen im vorderen Teil des Parks auf die Frage, ob ihnen zum fraglichen Zeitpunkt etwas Besonderes aufgefallen war, ein giftgrünes Sportcoupé erwähnten, das mit hoher Geschwindigkeit auf den Parkplatz gerast sei, dort durch eine Vollbremsung zum Stehen kam und dabei so viel Staub aufwirbelte, dass es richtig dunkel wurde. So dunkel, dass nicht einmal mehr das Blaulicht richtig erkennbar war! Erst viel später und dann weit weniger echauffiert, wurde von dem Motorrad berichtet, das mit hohem Tempo den Parkplatz gequert und die Schranke umfahren hatte, um auf dem anschließenden Wanderweg weiterzurasen und im Wald zu verschwinden.

»Das ist so ungerecht! Ich mache doch nur meinen Job …«, murmelte Signe halblaut, um dann zeitgleich erschreckt hochzufahren. »Machen wir das nicht alle? Nur dass wir dabei nicht ganz so viel Staub aufwirbeln«, hatte hinter ihr jemand gesagt und ihr die Hand auf die Schulter gelegt. Entgeistert starrte sie Viggo an.

»Zum Teufel, was machst du hier?«

»Meinen Job. Wie wir alle!«

»Und der beginnt in der Frühe damit, dass du die eh schon knappe Belegschaft durch das Auslösen von Herzinfarkten dezimierst?« Viggo sah sie an und wuselte sich nachdenklich und ausgiebig durch den Bart. Dann sagte er bedächtig:

»Ich habe die Stellenbeschreibung nicht mehr so genau im Kopf. Aber ich werde nachsehen ...«

»Tu das! Aber vorher lies dir bitte erst den zweiten Stapel Zeugenaussagen durch ...« Signe zeigte auf einige Papiere und Viggo verzog sich in die Besucherecke. Nach wenigen Minuten sah er auf. »Bis zur ersten großen Liegewiese hat es deine Staubwolke jedenfalls nicht geschafft! Aber dafür sind unsere Biker da gewesen, an die gelben Helme erinnern sich gleich mehrere Personen ... Da war aber noch jemand dabei, sie waren zu dritt!« Er las weiter. »Ach nee! Und hier haben wir eine ziemlich eindeutige Beschreibung von Lars Stein!« Signe stöhnte. »Und ich war die ganze Zeit nur ein paar Hundert Meter weiter!«, dachte sie und knirschte mit den Zähnen.

XXIII

Oscar wachte auf und blinzelte vorsichtig durch die halb geschlossenen Augen. Vor ihm stand Katja, bereits vollständig angezogen, und griente zu ihm hinunter. Sie sah in seinen Augen geradezu verboten munter aus.

»God morgon! Hat der Herr Kommissar endlich ausgeschlafen? Ich war schon in der Redaktion und habe Zeitungen geholt. Und frisches Brot – und zur Feier des Tages gibt's heute zum Frühstück Västkustsallad. Aber den mit echtem Hummerfleisch!« Aufgrund dieses morgendlichen Aktionismus suchte Oscars Blick schuldbewusst den Wecker. Die angezeigte Uhrzeit ließ ihn an seinen Augen zweifeln.

»Acht Uhr dreißig?«, fragte er unsicher. Katja nickte.

»Ich konnte nicht mehr schlafen und dachte, staubsaugen wäre keine Option. Also habe ich erst mal wieder versucht meinen Ring zu finden und als du einfach nicht wach wurdest, bin ich dann irgendwann losgeradelt.«

»So viele Aktivitäten am frühen Morgen! Hoffentlich sind das nicht schon erste Anzeichen für senile Bettflucht …«, stöhnte Oscar und ließ sich nochmal in das Kissen sinken.

»Ich habe dir gesagt, dass ich zu alt für dich bin!« Katja zog ihm die Bettdecke weg. »Aber dafür bin ich klug und schön und werde einen besseren Menschen aus dir machen!« Oscar zog protestierend an der Decke. »Zumindest werde ich es mal versuchen …«

Als Oscar frisch geduscht aber noch nicht vollständig bekleidet in die Küche kam, wollte er sofort Katja zur Hand gehen. Die wehrte kopfschüttelnd ab.

»Ich habe auf dem Balkon gedeckt. Setz dich schon mal raus und lies von mir aus Zeitung!«

»Okay, mach ich!«, sagte Oscar schnell, küsste Katja flüchtig in den Nacken und verschwand freudig Richtung Balkon. »Du kannst nachher ja abräumen!«, rief sie ihm nach und sorgte so dafür, dass sein Hochgefühl einen kleinen Dämpfer erhielt.

Oscar blätterte nur mäßig neugierig durch den *Expressen.* Die *Dagens Nyheter* wollte er sich für nach dem Frühstück aufheben, sie schien ihm so früh am Morgen zu textlastig. Plötzlich blieb er an einer Überschrift hängen: *Mann tritt Elch – Elch tritt zurück.*

Oscar begann zu lesen.

Weil ein Elch ihm hartnäckig den Weg zu seinem mitten auf einer Waldlichtung abgestellten knallroten Sportwagen versperrte, hat ein Urlauber einen Elch getreten. Daraufhin trat dieser zurück. Nur der lautstarken Beschimpfung des Tieres durch seine mit ihrer Handtasche wild um sich schlagenden Partnerin hat der Mann es zu verdanken, dass der Elch von ihm abließ und er zeitnah mit nicht unerheblichen Verletzungen am Unterleib ins Krankenhaus eingeliefert werden konnte. »Ojdå!«, »Oh je!« war dem Vernehmen nach der einzige Kommentar des behandelnden Arztes, als er noch an der Trage kurz die Rettungsdecke anhob, das Gesicht verzog und sich dann abwandte.

Bei einer ersten Befragung durch die örtliche Polizei blieb der Mann bezüglich des Sachverhaltes stumm – Dafür drohte er mehrfach, er würde sich an allerhöchster Stelle über den Umgang mit deutschen Gästen beschweren und darüber hinaus den schwedischen Staat wegen der von dem småländischen Elch zerkauten Designer-Handtasche in Regress nehmen. Der Sportwagen amerikanischen Fabrikats wurde durch die Polizei geborgen und sichergestellt.

Knut Erik Gustaffsson, Leiter der örtlichen Forstbehörde warnt: »Ich rate den Menschen dringend davon ab, durch die Gegend zu laufen und Elche zu treten.«

Oscar gluckste vor Vergnügen, war er sich doch ganz sicher, in den Urlaubern die beiden unbotmäßigen Besucher des Loppis in Nybro wiederzuerkennen. Als Katja herauskam, sah sie ihn irritiert an.

»Der kloppt sich nicht nur mit Elchen, der hat sich auch schon mit Robert angelegt!«, erzählte Oscar, nachdem er den Artikel vorgelesen und auch genüsslich von dem Vorfall vor dem Loppis berichtet hatte. »Ich weiß nicht, wie das damals in Nybro für die beiden ausgegangen ist, ich hoffe aber, dass sie zumindest diesmal ordentlich was zwischen ihre Kiemen kriegen!« Sie lachten gemeinsam und frühstückten darauf lange und ausgiebig in der Sonne. Gegen Mittag fragte Katja plötzlich: »Hast du im *Expressen* eigentlich auch das neue Kunstwerk auf dem Verkehrskreisel in Kalmar gesehen? Haben einige junge Leute entworfen. Also ich finde das ehrlich gesagt etwas schräg!« Sie blätterte und hielt Oscar dann den entsprechenden Artikel unter die Nase.

Oscar betrachtete das große Farbfoto mit leicht zusammengezogenen Augenbrauen. »Was soll das denn sein?«, fragte er und im selben Moment fiel ihm ein, wo er Ähnliches vor Kurzem schon gesehen hatte. »Hast du eine Lupe?«, fragte er aufgeregt und betrachtete einen Augenblick später das Zeitungsfoto aufmerksam durch das Vergrößerungsglas. Die vorhandenen Konturen lösten sich in einzelne Pixel auf. »Fan också!«, »Verdammt!«, murmelte Oscar, legte die Lupe beiseite und sah Katja an. »Entschuldige, ich muss telefonieren!«

Katja wandte sich ab. Sie konnte dem Elend nicht weiter zusehen. »So nicht, mein lieber Freund und Glasbläser!«, dachte Katja, die Oscar beim Abdecken des Frühstückstisches beobachtet hatte und nun den Verdacht hegte, er würde mit seiner zur Show gestellten Umständlichkeit darauf spekulieren, dass sie ihm das Abräumen irgendwann genervt abnehmen würde. Da Oscar in der einen Hand seinen Tablet-PC hielt, hatte er zum Abdecken des Tisches nur eine Hand frei, mit der er auch stets nur ein Teil ergriff. Weil er erwartungsvoll die Augen kaum von seinem Tablet ließ, tappte er vorsichtig und langsam zwischen Küche und Balkon hin und her. Als ein elektronisches Klopfen den Eingang einer Mitteilung meldete, war Oscar gerade mit einem Käseteller auf halbem Weg zum Kühlschrank. Eilig schob er jetzt den Teller ins Bücherregal, drehte ab und ließ sich mit dem Expressen hinter Katjas Schreibtisch nieder. Dort verglich er genauestens das Zeitungsfoto mit den Fotos, die Melker ihm gerade geschickt hatte.

Kopfschüttelnd stand Katja vor ihrem Bücherregal und starrte erschüttert den Käseteller an. Ihr Blick ging von der oberen Käsescheibe, deren Ecken bereits dunkel einzutrocknen begannen, zu dem Buch daneben: Strindbergs *Abschied von Illusionen.* Sie drehte sich um und sah Oscar an ihrem Schreibtisch sitzen. So schnell hatte sie eigentlich nicht in der Realität aufschlagen wollen. In diesem Moment drehte sich Oscar Katja zu und winkte sie hektisch zu sich. Etwas widerwillig setzte sich Katja in Bewegung.

»Siehst du das auch?«, empfing er sie und zeigte erst aufgeregt auf das Zeitungsfoto und dann auf sein Tablet. Katja betrachtete die beiden Bilder.

»Und?«, fragte sie und zeigte auf Oscars Tablet. »Das sieht aus, wie der Schrottwürfel vom Kreisel, nur ohne das Dalarna-Pferd oben drauf!«

»Eben! Und das sieht nicht nur so aus, das ist der Schrottwürfel vom Kreisel!«

»Aha. Und was ist daran so besonders?«

»Das«, sagte Oscar düster, »ist Signes alter Ford Granada – oder besser das, was eine Schrottpresse daraus gemacht hat!«

*

Signe hatte Oscars Nachricht geöffnet und wusste nicht so recht, was sie davon halten sollte. Einerseits fand sie es gut, dass ihr geliebter Ford nicht einfach eingeschmolzen worden war, andererseits konnte sie sich keinen Reim darauf machen, warum Lars Stein und seine Gang sich so in die Öffentlichkeit wagten.

Sie las abermals den Artikel, der über den Wettbewerb zur Gestaltung des Verkehrskreisels am Autobahnzubringer in Kalmar berichtete. Und über die Sieger, ein deutsch-schwedische Künstlerkollektiv namens *GlowingVintage*, für die Preisverleihung vertreten durch Lars Stein, der ausführlich zu Wort kam und stolz erzählte, wie sie das Kunstwerk ersonnen und umgesetzt haben. Besonders das Dalarna-Pferd aus 200.000 original Legosteinen, einzeln wetterfest verklebt, fand immer wieder Erwähnung. Auf die Frage, was denn mit den 50.000 Kronen Preisgeld passieren würde, antwortete Lars Stein: »Da die Stadt unser Werk angekauft hat, können wir davon unsere Kosten decken und so kann das ganze Preisgeld in unser aktuelles Projekt fließen!« Signe schüttelte den Kopf. Dann suchte sie, wie schon befürchtet erfolglos, im Internet nach dem Künstlerkollektiv *GlowingVintage*. »Das wäre ja auch zu schön gewesen …«, dachte sie. »Und zu einfach!« Sie überlegte. Dann hatte sie eine Idee und suchte erst ihr Smartphone und dann in ihrem Telefonbuch Oscars Nummer.

Die Nummer die sie gewählt haben, ist zur Zeit nicht erreichbar! Signe verdrehte die Augen. So ging das nun schon seit einer Stunde. Sie wollte gerade erneut die Wahlwiederholung drücken, da kam ihr ein Gedanke. Sie grinste und wählte Katjas Nummer.

»Hej Katja! Hier ist Signe. Geht es dir gut?«

»Hej! Jahaa, und dir?«

»Ach, soweit alles okay! Aber ich mache mir Sorgen!«

»Sorgen? Was ist los, kann ich was für dich tun?«

»Das wäre schön! Ich kann Oscar nicht auf seinem Handy erreichen – kannst du ihn mir kurz geben?«

»Woher weißt du …«, fing Katja an und biss sich auf die Lippen. Dann rettete sie sich in einen Hustenanfall. Fieberhaft überlegte sie, wie sie diese Situation retten könne. Signe ließ ihr Zeit, war froh, dass Katja ihr feixendes Gesicht nicht sehen konnte. Dann hörte sie im Hintergrund jemanden Katjas Namen rufen. Eindeutig Oscar. »Nun wird es interessant!«, dachte Signe und wartete gespannt, was passieren würde.

Katja zuckte bei ihrem Namen zusammen. Sie ahnte, dass auch Signe Oscar gehört und erkannt hatte. Resigniert reichte sie nun den Hörer weiter: »Für dich!« Dann wurde Katja Zeugin, wie Oscar kurz erschrak, sich geschwind sortierte, um anschließend in ruhigem Tonfall mit seiner Chefin zu reden. »Okay, wenn die Reichspolizei mich selbst während meines Urlaubs nicht entbehren kann …«, vernahm Katja aus seinem Mund. »Ist Arbeitszeit, hänge ich hinten ran. Nee, sonst ist alles gut«, ging es dann weiter, »ich kümmere mich darum. Melde mich dann spätestens morgen wieder!«

Nachdem Oscar aufgelegt hatte, lächelte er Katja an. »Schöne Grüße! – Damit ist das mit uns ja nun fast amtlich. Sozusagen polizeibekannt!« Katja lächelte stumm. Sie horchte in sich hinein. »Warum erschrecke ich jetzt nicht?«, fragte sie sich und erschrak alsdann doch ein bisschen. »Du bist aber trotzdem

viel zu jung für mich! Und außerdem bist du rechts!«
Demonstrativ wandte sie sich ab und der Zeitung zu.

Oscar schluckte. »Älter werde ich von ganz alleine
und an dem anderen arbeitet ihr ja alle!«, sagte er mit
leicht belegter Stimme. Katja tat, als ob sie konzentriert lesen würde. Oscar sah sie an, wartete und als
Katja keine Anstalten machte zu reagieren, nahm er
sein Jackett von der Garderobe, schaltete sein Handy
ein und schlüpfte in seine Sneaker. »Bin dann mal für
Signe unterwegs!«, rief er über die Schulter, wartete
aber lieber nicht ab, ob und was Katja erwidern würde und zog die Haustür hinter sich ins Schloss.

*

Der ältere Mann blickte von seinem Kreuzworträtsel auf und Oscar fragend an. »Hejhej!«, grüßte
Oscar. »Ich bin …«; fieberhaft durchsuchte er seine
Taschen nach dem Dienstausweis. »Moment, ich hab'
ihn gleich!« Der ältere Mann am Empfangstresen des
Zentralamtes für Straßenwesen harrte geduldig der
Dinge, die er gezeigt bekommen sollte und ließ seinen Blick in der Zwischenzeit teilnahmslos durch das
Hier und Jetzt gleiten. »Ahh, da ist er ja!« Erleichtert
fischte Oscar den Dienstausweis aus seinem Jackett
und hielt ihn wortlos dem Pförtner entgegen. Der
nahm den Ausweis und betrachtete ihn ungerührt.

»Jahaa?«

»Ja, Oscar Lind, Reichspolizei!«

»Ja, das sehe ich. Steht da ja. Und was kann ich für
dich tun, Oscar Lind, Reichspolizei?«

»Ich, äh, also ich müsste mal …«, stammelte Oscar, etwas aus dem Konzept gebracht.

»Da, durch die Tür und dann rechts!« Der Pförtner zeigte, verständnisvoll lächelnd den Flur entlang.

»Hä?« Oscar guckte irritiert. Dann verstand er und lachte kurz auf. »Nein! Entschuldige, ich meine, ich müsste jemanden sprechen, der hier für die Planung von übergeordneten Verkehrskreiseln zuständig ist. Speziell für den, für den gestern die Preisverleihung stattgefunden hat. Der mit dem Schrottwürfel und dem Legopferd!«

»Das ist gut, dass die Polizei da endlich einschreitet! Es ist eine Schande, so einen fremdländischen Müll bei uns aufzustellen!«, ereiferte sich der Pförtner aus dem Nichts heraus. »Und das soll auch noch Kunst sein! Die Reiterstatue unseres geliebten Königs Gustav II Adolf* – das nenne ich Kunst! Wahre, große schwedische Kunst!« Pathetisch legte der Pförtner die rechte Hand auf sein Herz. »Und für diesen fremdländischen Mist wurde sogar Preisgeld bezahlt! Aus Steuergeldern! An einen Ausländer! Einen Deutschen – unglaublich! Und wofür? Dafür, dass er deutschen Schrott hier ablädt und irgendwas aus dänischen Spielzeugsteinen daraufstellt! Also ich finde das un-er-träg-lich! Als ob wir keine eigenen Künstler haben!« Der Mann schnaubte aufgebracht. »Wird

---

* 1611 bis 1632 König von Schweden und eine der bedeutsamsten Figuren der schwedischen Geschichte und des Dreißigjährigen Krieges. Er schuf durch innere Reformen und einer ehrgeizigen Außenpolitik die Grundlage der Hegemonialstellung Schwedens im nördlichen Europa, die bis Anfang des 18. Jahrhunderts bestand.

wirklich Zeit, dass sich hier im Land so einiges ändert!« Noch während des Schimpfens hatte der Pförtner hektisch in seinen Computer gehackt. Nun nahm er einen Zettel, auf den er einen Namen und die dazugehörige Zimmernummer notierte. »Das ist der Hauptverantwortliche – oder besser Drahtzieher! Ein Internationalist und Europafreund!«, bellte er dann und zeigte auf den Aufzug. »Vierter Stock, linker Flur!« Er reichte Oscar seinen in der Zwischenzeit kopierten Dienstausweis zurück.

Peinlich berührt betrat Oscar den Fahrstuhl und schüttelte den Kopf. »Wie gut, dass Signe nicht dabei war!«, sagte er sich, »Die hätte wieder einen fiesen Spruch rausgehauen und mich politisch mitverhaftet! Oder Katja. Die hätte mich wahrscheinlich auch gleich in den selben Topf gepackt, wie diesen Idioten! Gerade nach heute morgen …« Er schluckte bei dem Gedanken, wie es wohl werden würde, wenn er nachher zu Katja zurückkäme. Er betätigte neben der *IV* den Knopf und der Aufzug setzte sich sanft und leise surrend in Bewegung. Nach einem Moment und einem kaum spürbaren Ruck öffneten sich die Türen der Kabine und ein leiser Gong ertönte. Aber statt den Flur des vierten Stocks zu betreten, blieb Oscar stehen und drückte den Knopf neben dem Schild *gatuplan* – Erdgeschoss. Dort angekommen stieg er aus und ging zum Empfangstresen. Irritiert blickte der Pförtner, der sich gerade wieder in sein Kreuzworträtsel vertieft hatte, hoch. Oscar beugte sich etwas zu ihm herunter. »Du hast recht. Es muss sich in diesem Land etwas ändern. Wir müssen endlich konsequent eurem dumpfen Nationalismus und eurem erbärmlichen Hass entgegentreten! Vielfalt und Toleranz sind heutzutage keine Option mehr, sondern gesellschaftliche Existenzgrundlage!« Damit drehte sich Oscar um, sah noch aus den Augenwinkeln, wie der Pförtner Schnappatmung bekam und schritt beschwingt Richtung Fahrstuhl. Er fühlte sich gut, fast ein wenig befreit. Jetzt fand er es doch bedauerlich, dass Signe und Katja nicht dabei gewesen waren. Als er den Pförtner nun schimpfen hörte und entfernt die Worte *Unverschämtheit* und *beschweren* wahrnahm, lächelte er zufrieden.

*

Als Oscar Signe berichtete, dass man das Preisgeld auf ein deutsches Online-Konto überwiesen hatte, das erst kurz vorher und anscheinend nur zu diesem Zweck auf den Namen des Künstlerkollektivs eingerichtet worden war, fluchte sie. Als er anschließend von seinem Versuch erzählte, eine Krone zu überweisen und feststellen musste, dass das Konto bereits wieder gelöscht sei, fluchte sie erneut. Als sie dann noch vernahm, dass die Kontaktaufnahme mit dem Künstlerkollektiv *GlowingVintage* seitens der schwedischen Behörde nur über die deutsche Mobilnummer von Lars Stein erfolgte und somit keine schwedischen Kontaktdaten vorhanden wären, fluchte sie ein drittes Mal. Oscar fand es beruhigend zu wissen, dass die Überbringer nicht genehmer Nachrichten heutzutage kaum mehr befürchten mussten, zu Tode gebracht zu werden. Dann machte er sich, gleichermaßen sorgen- wie hoffnungsvoll, auf den Weg zu Katja.

XXIV

Robert gähnte. Er wusste nicht so recht, ob dies die Folge des ungemütlichen und in jede Richtung unentschlossenen Wetters oder seiner heutigen Bettflucht war, weil er kurz nach Sonnenaufgang einfach nicht mehr schlafen konnte. Er hatte zu nichts Lust, wusste heute so gar nichts mit sich anzufangen. »Ich bin ja noch nicht mal richtig schlecht gelaunt«, dachte er und horchte in sich hinein. Aber da war einfach nichts. Er konnte nicht mal Jonte auf die Nerven gehen, war der doch schon seit Tagen wieder bei seiner Ex-Exfrau in Malmö. »Wahrscheinlich glotzt der sowieso nur die ganze Zeit auf sein Smartphone und überwacht mit seinen ganzen Kontroll- und Sicherheits-Apps Haus und Hof«, dachte er gelangweilt.

Lustlos sah er aus dem Fenster. Der fette Kater des Nachbarn missbrauchte gerade sein Rosenbeet, das er erst vergangenes Jahr mit Hilfe seines Sohnes und dessen Freundin Britta angelegt hatte, als Toilette. »Scheißvieh!«, fluchte Robert und riss das Fenster auf. Sein zeitgleich gebrülltes »Wirst du wohl abhauen!« verschmolz mit dem Geräusch zerspringenden Glases. Noch im Umdrehen sah Robert, wie der fette Kater vor dieser Kakofonie erstaunlich flink Reißaus nahm. Dann blickte er auf die Scherben des gläsernen Lampenschirms, der eben noch die Tischlampe gekrönt hatte. »Wieso das denn?«, fragte er laut und machte einen Schritt auf den Tisch zu. Etwas spannte an seinem Fuß, die Tischlampe machte einen Satz und landete polternd auf dem Boden. Robert stöhnte genervt auf, wickelte das Kabel von seinem Fuß, schloss das Fenster und hob die Lampe wieder auf den Tisch. Er besah sich die nackte, schirmlose Leuchte, legte kritisch den Kopf schief und verzog den Mund. »Nee, geht nicht, sieht scheiße aus!«, stellte er dann ebenso entschieden wie drastisch fest. »Da muss was neues her!« Zufrieden, für diesen merkwürdigen Tag doch noch eine Aufgabe gefunden zu haben, kehrte er die Scherben zusammen, zog die unvermeidliche Drillichjacke über, die Schuhe an und verließ das Haus.

Vielleicht das erste Mal überhaupt, kam Robert mit leeren Händen aus dem Loppis in Nybro. Alles was er an Lampenschirmen gesehen hatte, passte weder von der Größe, noch von der Farbe oder dem Material. Geschweige denn, dass er einen Lampenschirm gefunden hätte, der ihm auch nur ansatzweise gefallen hätte. Im Auto durchwühlte er dann die zahlreichen Ablagen. Irgendwo hatte er die Broschüre *Trödel- und Antikmärkte in Småland* deponiert und tatsächlich fand er sie zwischen der fast fingerdicken Bedienungsanleitung des Radios und dem Serviceheft. Er blätterte darin, fütterte dann sein Navigationsgerät schwedenüblich mit den Geodaten seines Zieles und fuhr los.

Robert Ekkheim fuhr langsam und suchend durch den kleinen Ort Moheda, ungefähr 20 Kilometer nördlich von Växjö, folgte mal seinem Navi und mal den Hinweisschildern zum Loppis und bog auf einen gut besuchten Parkplatz ein. Einen Moment später schlenderte Robert über den großen ehemaligen Bauernhof und war ob des immensen Angebots sprachlos. Alles war gut sortiert und nach kurzem Suchen fand er mehrere Ausstellungsmeter, auf denen ausschließlich gläserne Lampenschirme auslagen. Schon nach wenigen Minuten wurde er fündig, bummelte anschließend zufrieden durch drei großen Scheunen, vorbei an allerlei Möbeln, Teppichen, Geschirr und Besteck, stöberte bei Ersatzteilen für Rasenmäher, Waschmaschinen und Fahrrädern, begutachtete Werkzeug, Bücher und Schallplatten – »Eigentlich gibt es hier wirklich nichts, was es nicht gibt«, stellte er schwer beeindruckt fest.

Robert entdeckte eine traditionelle Glaskolbenkaffeekanne, wie sie im frühen zwanzigsten Jahrhundert weit verbreitet war. Aber bei dieser steckte der Kolben nicht, wie meist in Skandinavien üblich, in einem Futteral aus Birkenrinde, sondern in einer mit Filz ausgeschlagenen blanken Silberblechhülle. Mit vergoldeten Scharniergelenken, Riegeln und Standfüßchen. Mit einem gemurmelten »Nobel geht die Welt zugrunde!«, nahm Robert die Kanne in die Hand. Als er den Preis von umgerechnet sechzehn Euro sah, war ihr weiteres Schicksal besiegelt. Sie würde zukünftig in Hultebräanby ihren Dienst verrichten.

»Obs!« – »Vorsicht!«, tönte es schräg neben ihm, als er gerade auf dem Weg zu seinem Auto war. »Skärp dig!« – »Konzentriere dich!« Robert wurde auf zwei Männer aufmerksam, die einen deckenhohen Küchenschrank aus Resopal mit mangogrüner Fronttür auf einen amerikanischen Pick-up bugsierten, wo bereits diverse andere Teile dieser geschmacklich polarisierenden Einbauküche Platz gefunden hatten. Der daneben stehende dunkel gekleidete Mann hatte im Gegensatz zu seinem auffallend farbenfroh herumlaufenden Kompagnon offensichtlich klare Vorstellungen davon, wie der Schrank unbeschadet und in vertretbarer Zeit auf die Ladefläche zu kommen hatte. Er tat dies auch immer wieder lautstark kund. Als Robert sah, wie planlos der unten stehende Kompagnon den Schrank mal rechts, mal links anhob, ihn zu schieben und zu kippen versuchte, konnte Robert Ungeduld und Ärger des anderen Mannes verstehen.

Kopfschüttelnd schloss er sein Auto auf, legte Schlüssel und Handy beiseite und verstaute seine neu erworbenen Schätze. Wieder gab der Mann auf der Ladefläche irgendwelche Anweisungen und es war seiner Stimme anzumerken, dass sich seine Geduld dem Ende näherte. Robert sah sich um. »Och nee!«, entfuhr es ihm halblaut, während er Zeuge wurde, wie der Mann im bunten Outfit mit weit hinter den Kopf ausgestreckten Armen versuchte, das sich verkantende Möbel auf die Ladefläche zu schieben. Gebannt und kopfschüttelnd beobachtete Robert dieses aussichtslose Unterfangen. Der Mann auf dem Pickup wandte sich seufzend ab und schloss die Augen. Als er sie wieder öffnete, blickten er und Robert sich für einen Moment an. Für den Bruchteil einer Sekunde blitzte Erkennen im Blick des Mannes auf. Und auch Robert hatte ihn längst erkannt. Es war der Mann aus Smålands Museum in Växjö.

Robert war innerlich zusammengezuckt. Er hoffte inständig, dass er nur innerlich zusammengezuckt sei. »Bloß nicht auffallen oder hektisch werden!«, sagte er sich, schnappte sich den Autoschlüssel und bewegte sich dann so betont langsam, dass die ältere Dame, die, ihren Mann stützend, gerade zu dem Saab neben ihm ging, sich fragte, ob Robert sich über die Gehbehinderung ihres Mannes lustig machte. Da Robert ihren Gesichtsausdruck nicht zu deuten wusste, nickte er nur etwas unsicher, murmelte hastig im Vorbeigehen »Hejhej!« und eilte schnellen Schrittes zurück zu den Verkaufsständen. Er meinte geradewegs zu spüren, wie sich die Blicke des Mannes aus Växjö in seinen Rücken bohrten. Auch die alte Dame sah ihm nach. »Knöl!«, sagte sie halblaut, »Rabauke!« Dann sah sie kopfschüttelnd Roberts Autokennzeichen, murmelte leise vor sich hin und half ihrem irritiert guckenden Mann ins Auto.

Robert sah sich suchend um. Eine Stellage mit allerlei kleinen Teppichen schien ihm ideale Deckung zu gewährleisten und gleichzeitig einen guten Blick auf den Parkplatz zu garantieren. Tatsächlich sah er zwischen all den Teppichen den schwarzen Pick-up, auf dessen Ladefläche inzwischen die gesamte Einbauküche stand, wobei der große Schrank schräg an die anderen Teile gelehnt und als einziger ungesichert war. Neben dem Wagen stritten lautstark die beiden Männer. Und auch wenn Robert durch die Entfernung nichts verstehen konnte war klar, dass der papageienhaft gekleidete Mann etwas getan oder gelassen hatte, was den anderen auf die Palme brachte. Mehrmals fauchte der ihn an, haute sich erst mit der flachen Hand mehrmals auf die Stirn und deutete dann mit beiden Händen immer wieder auf die Einbauküche. »Da hat wohl jemand nicht genug Spannriemen mitgenommen!«, mutmaßte Robert grinsend. Dann wollte er Signe benachrichtigen, suchte in den Taschen nach seinem Handy und fluchte als ihm einfiel, dass er das im Wagen vergessen hatte. »Und nun?«, fragte er sich, als er sah, wie der Pick-up eher gemächlich und vorsichtig in Bewegung gesetzt wurde. Robert duckte sich instinktiv, lief gebückt und im Zickzack, irritierte Blicke auf sich ziehend, zwischen den Warentischen und Besuchern Richtung Parkplatz und konnte dann gerade noch sehen, wie die Einbauküche ganz langsam um eine Ecke verschwand. So schnell er konnte rannte Robert nun zu seinem Wagen. Als er die Straße erreichte, war von dem Pick-up natürlich nichts mehr zu sehen. Robert nahm die Richtung, in der er die Einbauküche eben entschwinden sah, folgte erst einmal der Straße und hoffte, dass der Pick-up nicht irgendwo in eine kleine Seitenstraße abgebogen war. Dann ließ er Moheda hinter sich und trat das Gaspedal durch.

Fest darauf vertrauend, dass die Personaldecke der Polizei auch hier inzwischen so dünngespart worden war, dass die Überwachung der Geschwindigkeit weitestgehend den fest installierten und stets rechtzeitig angekündigten Radaranlagen oblag, raste Robert die Landstraße entlang. Hinter einer engen Kurve schloss er plötzlich auf den schwarzen Pick-up auf, der offensichtlich deutlich langsamer unterwegs war als er.

Sofort ließ er seinen Wagen zurückfallen und hoffte, nicht bemerkt worden zu sein. Die nächsten Kilometer fuhr Robert die mittlerweile bergauf und bergab führende Landstraße mit deutlich verringerter Geschwindigkeit und nutzte dies, um endlich Signe anzurufen.

In einer langen bergauf führenden Kurve fingerte Robert an seinem Navigationsgerät. »Dann sehe ich den Straßenverlauf im Vorwege und kann schneller reagieren!«, dachte er, ein wenig stolz auf seine Idee. Als er zwischendurch kurz hochschaute, war der schwarze Pick-up direkt vor ihm. Robert trat mit aller Macht auf die Bremse und kam nur Zentimeter vor dem schwarzem Heck zum Stehen. Entgeistert starrte Robert auf die Einbauküche, die sich wie eine Wand vor ihm auftürmte. In diesem Moment brüllte der Motor des Pick-ups auf und der schwere Wagen machte einen Satz nach vorn, um gleich darauf wieder zum Stehen zu kommen. Wie in Zeitlupe neigte sich der hintere Küchenschrank jetzt zu Robert, kippte halb über die Bordwand und drückte mit einem hässlichen Knirschen die Frontscheibe ein. Als der Pick-up dann langsam wieder anfuhr, rutschte der Schrank endgültig von der Ladefläche und krachte nun auch auf Roberts Motorhaube. Robert drückte sich, noch immer vor Schreck gelähmt, mit beiden Beinen in die Sitzlehne und glotzte konsterniert aus der demolierten Frontscheibe. Ohne Eile setzte sich der Pick-up nun erneut in Bewegung, hielt, wie zum Hohn, nochmals oben auf der Straßenkuppe, um dann hinter ihr zu verschwinden.

*

Signe stieg aus ihrem Scirocco, ging ein paar Schritte und drehte sich um. Sie fand ihren viperngrünen Wagen mit dem zuckenden Magnetblaulicht auf dem Dach ziemlich cool. »Hat sich gelohnt, den durch die Waschstraße zu jagen!«, dachte sie befriedigt und wandte sich dann wieder dem etwas verloren dastehenden Robert zu. »Hoppsan!« »Oha!« Sie legte ihren Kopf schief und begutachtete die arg ramponierte Front von Roberts Wagen. Robert mochte gar nicht mehr hinsehen. Dafür sah er jetzt Signes Kollegen Viggo aus dem Scirocco steigen. »Die Bergung kommt!«, rief der auf dem Weg zu ihnen. Dann stand auch er vor Roberts Auto. »Oscar hat recht. Was dem passiert, passiert sonst keinem!«, dachte er und sah Robert aus den Augenwinkeln an. »Kein Unfall zwischen Fahrzeugen, weder gegen einen Baum gebrettert, noch einen Elch oder ein Wildschwein zusammengefahren – nein, ein Besenschrank muss es sein! Und ein so ein hässlicher dazu – und das noch mitten im Wald!« Viggo legte Robert tröstend die Hand auf die Schulter. »Gleich kommt der Abschlepper und ich habe schon eine Idee, wie dein Wagen auch nach Kalmar und nicht bloß zur nächstgelegenen Werkstatt gebracht wird!« Robert sah ihn dankbar an, Signe eher zweifelnd. Schließlich galt bei der Fahrzeugbergung fast immer das Primat der kürzesten Entfernung ...

Während sie auf den Abschleppwagen warteten, erzählte Robert minutiös, was und wie sich alles zugetragen hatte. Viggo hatte derweil seinen kleinen

Schreibblock hervorgeholt und machte sich hin und wieder Notizen. Er lächelte, als Robert sich darüber empörte, dass zwei Polizeiwagen mit Blaulicht an ihm vorbeigerast waren, ohne anzuhalten und zu helfen. »Die hatten den Auftrag, dem Pick-up hinterherzufahren«, klärte Signe ihn auf. »Sie wussten auch, dass wir schon auf dem Weg zu dir sind und du außer einem ordentlichen Schrecken nicht viel abbekommen hast!« »Aber mein Auto …« »Kann problemlos repariert oder ersetzt werden!«, unterbrach Signe ihn. Als Robert gerade etwas erwidern wollte, kam ein Streifenwagen angefahren, hielt an und zwei Beamte stiegen aus. Neugierig beäugten sie Roberts Wagen. Viggo hüstelte. Sofort sahen sie auf und meldeten dann, dass sie der Straße auftragsgemäß bis Rydaholm gefolgt und dann Richtung Süden abgebogen seien, während ihre Kollegen weiter bis Ljungby gefahren waren. Leider beides ohne Ergebnis. »Der muss irgendwo abgebogen sein. Gesehen haben wir jedenfalls nichts!«, beendete der ältere der beiden Polizisten ihren Bericht. Gerade rechtzeitig zum Eintreffen eines Bergungsfahrzeugs der schwedischen Pannenhilfe.

*

»Chapeau!«, sagte Signe anerkennend und sah dem Abschleppwagen hinterher. »Was hast du denen erzählt?«

»Dass meine Chefin gerade unheimlich sauer auf mich ist und mir schon den Urlaub gestrichen hat und ich jetzt auch noch das Problem hätte, dass ich einfach nicht wüsste, wie ich den vermaledeiten Wagen heute noch nach Kalmar kriegen soll, um ihn kriminaltechnisch untersuchen zu lassen. Und dass das aber so wichtig wäre, weil der Unfall hier im Zusammenhang mit dem toten Verkäufer aus Nybro steht und sie ja bestimmt wüssten, wie entscheidend die ersten Stunden nach einer Tat für ihre Aufklärung sind. – Und als unsere uniformierten Kollegen dann losfuhren und du mir was zugebrüllt hast, musste ich nur ordentlich zusammenzucken und sie mit großen Augen erschreckt anstarren.«

»Und dann?«

»Haben sie gefragt, ob du immer so einen Ton hast.«

»Und?«

»Ich habe gesagt, dass du manchmal auch *richtig* sauer bist ... Dann hat der Fahrer gesagt, sie könnten es wohl vertreten, den Wagen aufgrund der außerordentlichen Umstände ausnahmsweise nach Kalmar zu bringen. Und ich war natürlich total erleichtert, habe mich bedankt und ihm meine Karte gegeben – falls mal was wäre.«

»Aha. Falls mal was wäre. Und Robert?«

»Den haben sie gefragt, ob er *etwa* noch hier bleiben wolle oder müsse oder nicht auch lieber nach Kalmar mitkommt.«

»Hm. Sag mal, ist deine Chefin wirklich so schlimm?«

»Schlimmer«, sagte Viggo düster. »Viel schlimmer!«

XXV

Oscar stand vor Katjas Hauseingang und grübelte. »Einfach so tun, als ob nichts gewesen sei und wie selbstverständlich den Schlüssel benutzen? Aber den hat sie mir eigentlich gegeben, falls sie ad hoc in die Redaktion müsste. Möglicherweise keine so gute Idee bei Katja!«, dachte er und schüttelte den Kopf. »Bei der geht es schnell ums Prinzip!« Also drückte er den Klingelknopf. Erst unten an der Straße, dann oben vor Katjas Wohnung. Als Katja ihm öffnete, verdrehte sie die Augen und winkte ihn hektisch mit der freien Hand hinein. In der anderen Hand hielt sie ihr Telefon. Oscar setzte sich an den Küchentisch. Kurz darauf folgte Katja und lehnte sich neben ihn an den Tisch. Sie zeigte auf den Schlüssel, den Oscar auf den Tisch gelegt hatte. »Hattest du den vergessen oder warum klingelst du?« Dabei wuschelte sie durch seine Haare. »Egal wie man es macht, man macht's bei dieser Frau verkehrt!«, dachte er und reckte seinen Kopf Katjas kraulender Hand entgegen.

»Das war übrigens deine Chefin, schöne Grüße. Robert hat heute zufällig diesen Typen getroffen, dem er blöderweise geholfen hatte, die Glassachen aus dem Museum in Växjö zu geklauten. Als Robert ihm dann hinterhergefahren ist, hatte er einen Unfall …«

»Oh – schlimm?«, unterbrach Oscar alarmiert.

»Nee, ihm geht es zum Glück gut, aber sein Wagen ist ziemlich lädiert. Musste abgeschleppt werden.«

»Ärgerlich, aber solange es ihm gut geht ... Was ist mit Unfallgegnern?«

»Unfallgegner? Robert ist, sofern ich Signe richtig verstanden habe, mit einem Besenschrank zusammengerasselt! Im Wald.«

»Ich habe eben Besenschrank verstanden. Und Wald ...« Oscar musste grinsen. Und wunderte sich nicht wirklich. Irgendwie war das mal wieder ein typischer Robert. Er sagte das aber lieber nicht, wusste er doch nicht, wie Katja reagieren würde. Aber die lachte.

»Ja, das habe ich auch gedacht, Besenschrank und Wald. Ich finde, das passt irgendwie zu Robert. Seit ich ihn kenne, ist da wo er ist, öfter mal etwas anders, als es bei anderen Menschen wäre!«

»Stimmt! Ich hatte ja zuerst auch das Gefühl, er ist überall, aber dann habe ich gemerkt, er ist nur überall da, wo irgendetwas anders ist.« Sie sahen sich an und fingen beide an zu lachen.

»Übrigens, Signe sagt, über dich hat sich jemand bitterlich beschwert. Der ist wohl richtig sauer auf dich gewesen. Aber wir finden, du hast das goldrichtig gemacht!« Katja gab Oscar einen Kuss. »Aber bilde dir jetzt bloß keine Schwachheiten ein! Auch wenn du die Vorzüge von Klugheit und Empathie entdeckst und vielleicht deshalb nicht mehr jedem Vollidioten hinterherrennen magst, bin ich immer noch zu alt für dich!«

»Logisch, ich bin ja auch Polizist und kein Altenpfleger!«, versuchte Oscar locker zu parieren und dachte doch: »Warum küsst sie mich erst, um dann alles gleich wieder zu relativieren? Was will die eigentlich?«

*

»Wie habt ihr euch eigentlich kennengelernt, du und Katja?«, fragte der große blonde Mann mit dem üppigen, aber akkurat in Form gestutzten Hipsterbart und sah Oscar neugierig an. Obwohl Oscar sich ein bisschen wie in einem Verhör fühlte, erzählte er die Kurzversion von Katjas Praktikum bei der Polizei und wie sie sich durch die Arbeit dann vorsichtig etwas angenähert und dann doch noch ein gutes Jahr gebraucht hatten. »Um jetzt was zu sein?«, fragte sich Oscar, »Sind wir denn nun eigentlich zusammen oder …« Er dachte den Satz lieber nicht zu Ende.

Der Vollbart prostete Oscar mit seinem alkoholfreien Cider zu. Sie standen auf der Terrasse des alten Holzhauses, hoch über den Schiffsanlegern und blickten auf die sonnenbeschienenen Inseln hinüber, auf denen sich die Stockholmer Innenstadt ausbreitete. »Ist jedenfalls nett, dass ihr uns helft!«, sagte er dann. Oscar nickte. »Ist doch klar!« Er biss sich auf die Lippen. Fast hätte er noch *Katjas Freunde sind auch meine Freunde* gesagt. Dann hätte bloß noch ein *Hugh* und irgendetwas wie *mein bärtiger weißer Bruder* gefehlt. Oscar lächelte etwas. »Und was machst du jetzt mit dem Haus?« Der Vollbart zuckte die Schultern. »Ich werde umfassend renovieren und auch modernisieren müssen. Und dann mal sehen, ob wir vielleicht selbst hier einziehen … Stockholm wäre schon klasse … Aber wir haben uns noch keine Gedanken gemacht.

Es ging dann doch alles auf einmal so schnell ...«
Oscar legte ihm tröstend die Hand auf die Schulter,
als Katja und ihre Freundin sich zu ihnen gesellten.

»Klar, wir ackern uns einen Wolf und die Herren
parlieren bei Kaltgetränken, genießen die Sonne und
die schöne Aussicht auf Stockholm!«, lästerte Katja
los, nahm Oscar erst seinen Cider ab und dann einen
tiefen Schluck. »Ich glaube, wir sind mit dem Haus
durch. Alle persönlichen und familiären Sachen sind
in den Kartons. Du solltest aber nochmal bei den Bü-
chern und Schallplatten gucken!« Der Vollbart nickte.
»Bleibt also nur noch die Garage! Hast du eigentlich
den Schlüssel inzwischen gefunden?« Erwartungsvoll
sah Katja den Vollbart an. Der wühlte in seinen Taschen und hielt den beiden Frauen zwei Schlüssel-
bunde hin. »Einer von denen – hoffentlich!« Kopfschüttelnd gingen die beiden Frauen zur Garage. Die
Männer sahen ihnen nach. »Vielleicht sollten wir wenigstens ...«, schlug Oscar vor. »Stimmt!«, brummelte
der Vollbart in den selbigen.

Das Ziehen und Zerren an der alten hölzernen
Garagentür ging mit einem hässlichen Knirschen und
Knartschen der Scharniere einher. Ruckartig öffnete
sich die alte Tür einen Spalt und gab den Blick auf
dicke Spinnweben frei. Mit einem an ein Stöhnen er-
innerndes Geräusch ergab sich die Tür dann vollends
den auf sie wirkenden Kräfte. Vier Augenpaare starrten nun angestrengt in das Dunkel der Garage.

Langsam schälten sich aus dem Dunkel die Konturen eines Autos heraus. »Nein, ich glaub's ja nicht,

das ist ja ... dass es den noch gibt!«, flüsterte der Vollbart andächtig und tastete nach dem Lichtschalter. Es blieb dunkel. Dann leuchtete die LED-Lampe von Oscars Smartphone auf. Der Lichtkegel fiel auf ein buckelig anmutendes Autoheck, das unter einer fingerdicken Staubschicht begraben war. »Was ist das? Ein Buckelvolvo?« »Nein!«, lachte der Vollbart fast euphorisch, »Das ist unser alte VW! Ein 1600 TL. Mit Fließheck und unglaublichen 54 PS! Ich wusste gar nicht, dass der noch existiert! Mein Vater ist schon seit – äh – fast 25 Jahren tot, ist die letzten Jahre davor auch schon nicht mehr gefahren, meine Mutter hatte keinen Führerschein und ich ging ja noch zur Schule. Ich dachte, den hätten sie damals verkauft – und nun steht der hier, sorgsam aufgebockt, in der Garage!« Vorsichtig berührte er mit dem Fuß einen der porösen Winterreifen. »Da mache ich gleich Luft rein, mal sehen, ob da noch was geht!«, lächelte er und strich Andächtig über das staubige Blech. Da wo er seine Hand wegnahm, leuchtete es orange. »Ups!«, schoss es Oscar durch den Kopf. »Der passt ja prima zu diesen komischen bunten Möbeln aus Signes und Viggos Jugend – und zu Signes Scirocco!«

Nachdem sie die wenigen Habseligkeiten, die nach einem langen Leben von den Zurückgebliebenen als aufbewahrungswürdig eingestuft worden waren, in die Kartons verteilt und in dem gemieteten Lieferwagen verstaut hatten, gingen sie nochmals durch das Haus. »Schon eigenartig, wie fremd einem Vertrautes wird, wenn das Leben fehlt!«, murmelte der Vollbart leise und wurde daraufhin von seiner Frau tröstend untergehakt. »Und was machen wir jetzt mit dem Rest? Entrümpeln lassen?« Die beiden Frauen sahen den Vollbart an und schüttelten energisch ihre Köpfe. »Nee, besser, wir machen eine Auktion!« »Genau!«, ergänzte Katja, »Und was dabei nicht weggeht, kann immer noch entrümpelt werden! Und die Einnahmen könnt ihr für's Renovieren nehmen. Wir müssen dafür nur noch Kleinkramkisten packen, mit Geschirr, Besteck, Vasen und so. Einzeln würde das zu mühsam.« Zweifelnd sah Oscar Katja an.

»Und das geht?«

»Das Kistenpacken? Wenn du dich ein bisschen anstrengst, schaffst du das schon!«

»Pfft! Ich meine, dass da überhaupt Leute kommen!«

»Und ob! Stell den Termin einfach bei den sozialen Medien rein und die Hütte ist rappelvoll! Mit Hashtag Haushaltsauflösung und Hashtag Auktion. Die Meute kommt doch schon, weil Auktionen immer spannend sind. Die nehmen sich vor nur zu gucken und gehen dann mit einer 25-Kronen-Kleinkramkiste und einer Frisierkommode weg, für die sie zu Hause gar keinen Platz haben.«

»Das ist gut! Aber wo kriegen wir einen Auktionator her?«

»Das ist doch deine Auktion; das machst du! Wir unterstützen dich auch. Du musst ja von den Sachen nur irgendwas aufrufen, zum Beispiel diese Anrichte hier. Dann preist du sie an, machst Schubladen und

Türen auf und zeigst, wie viel Platz darin ist. Dann nennst du das Mindestgebot, jemand bestätigt, ein anderer nennt ein höheres Gebot und schon ist die Sache in Gang. Du kannst eigentlich fast nichts falsch machen, außer zu früh den Zuschlag zu geben.«

Oscar betrachtete nachdenklich besagte Anrichte. Nussbaum hochglanzpoliert, konisch zulaufende Beine, die in Schuhen aus Messingblech steckten. Er hatte keine Ahnung, schätzte mutig auf die 1960er Jahre. Irgendetwas arbeitete in ihm. Dann grinste er. »Ich habe da so eine Idee!«, sagte er vage. »Ich sag's euch gleich, aber ich würde vorher gerne wissen, ob das mit der Auktion ernst gemeint ist!« Erwartungsvoll sah er den Vollbart und seine Frau an. Während sie sofort nickte, brauchte er für seine Zustimmung einen aufmunternden Knuff in die Seite.

*

Viggo nickte anerkennend. Auch Signe nickte. »Die schweren Möbel tragen aber die Jungs!« Nun nickte auch Oscar. »Ich denke, es ist eh gut, wenn ihr euch als Greifer unter das Publikum mischt. Wir anderen machen dann die Auktion – zwei befreundete Paare, das eine hilft dem anderen, das wirkt völlig unverdächtig! Und wenn Stein und Ohlsson kommen, schnappt ihr sie euch!«

»Meinst du, dass sie kommen?«

»Wenn die Auktion mit entsprechenden Schlagworten beworben wird, zum Beispiel … äh … *Haushaltsauflösung 1960er und 1970er Jahre* und auch der alte VW erwähnt wird, müsste das doch interessant genug sein

– vorausgesetzt, wir liegen mit der Vermutung richtig, dass das wirklich in die von ihnen bevorzugte Zeit fällt. Und natürlich muss der Tag stimmen, ein Samstag zum Beispiel. Da haben auch genug Leute Zeit. Auktionen sind doch oft am Samstag – Sonntag ist ja meist für die Familie reserviert…«

»Soll denn der Wagen auch weg?«

»Keine Ahnung, aber das ist ja auch egal. Ein guter Köder ist er allemal, zumal sie nicht wählerisch sind. Wenn ich daran denke, dass sie auch bürgerlich-barocke Schlachtschiffe eingesackt haben …«

»Bürgerlich-barocke Schlachtschiffe?« Signe sah irritiert zu Oscar. Der griente zurück.

*

Robert stand auf dem Parkplatz vor dem Supermarkt und kratzte sich am Kopf. »Das gibt es doch nicht! Mein Auto? Mein Auto ist weg!« Er sah sich ungläubig um, aber so sehr er auch suchte, konnte er seinen Škoda zwischen all den fremden Autos einfach nicht entdecken. Dafür sah er einige Meter entfernt ein Wohnmobil stehen. Die beiden Einkaufswagen davor ließen ihn vermuten, dass die Besitzer dieses dreiachsigen Palastes schon einen Augenblick länger beim Verräumen ihrer Einkäufe zugebracht hatten. »Vielleicht haben die ja was gesehen!«, dachte Robert. Er ging auf sie zu, sah das deutsche Nummernschild, lächelte und fragte seine erstaunten Landsleute, ob sie einen silberfarbenen Škoda mit Hamburger Kennzeichen haben vom Parkplatz fahren sehen. Als er erklärend hinzufügte, was es mit seiner Frage auf sich hatte, waren seine Gegenüber bleich vor Entsetzen.

»Was? Geklaut? Herrjemine! Bärchen, hast du das gehört? Das Auto, geklaut! Bärchen, mach doch was!« Das Bärchen guckte etwas hilflos. »Bärchen! Du hast gesagt, in Schweden machen die so was nicht! Dann hätten wir ja auch an den Gardasee fahren können!« Das Bärchen zuckte zusammen und guckte alarmiert. »Aber Schatzi!« Nun zuckte Robert zusammen. Den Partner mit einem tierischen Kosenamen zu bedenken, und dann auch noch in der Verkleinerungsform, fand Robert schon arg grenzwertig; die Bezeichnung Schatzi, für ihn eine Mischung aus Schatz und Ziege, stellte dies für ihn aber noch in den Schatten.

Schatzi ließ sich vom Bärchen nicht beruhigen. »Oh Gott, hoffentlich geht das gut aus!«, zeterte Schatzi, »Gott o Gott, hoffentlich geht das gut aus!« Fasziniert guckte Robert von einem zum anderen und wenn er das Mienenspiel des Mannes richtig zu deuten wusste, explodierte gerade beim Schatzi der Ziegenanteil auf weit über fünfzig Prozent. Intuitiv begann Robert *Its time to say goodby* zu summen, was immerhin dazu führte, dass Schatzi irritiert zu zetern aufhörte. In dem Moment schoss es Robert durch den Kopf, dass er ja gar nicht mit seinem Škoda hier war – der stand ja in der Werkstatt und wurde hoffentlich gerade repariert! Er verabschiedete sich aufatmend, wollte gerade gehen, da fragte der Mann: »Und ihr Auto? Was machen sie jetzt?« Robert sah in seinem Gesicht eine Mischung aus Neu- und Sensationsgier und Zufriedenheit, dass sie nicht betroffen waren und zuckte die Schultern. »Och, ich nehme mir einfach irgendein anderes, sind ja noch genug da!« Damit ergriff Robert seine Einkaufstasche und während der Mann sich jetzt vorsichtshalber mit verschränkten Armen und wild entschlossenem Blick vor der Tür seines Wohnmobils aufbaute, steuerte Robert gutgelaunt seinen Mietwagen an. Als er vom Parkplatz fuhr, starrte ihm ein Rentnerpaar kopflos hinterher. »Jetzt flippt Schatzi aus und macht Bärchen das Leben zur Hölle!«, dachte er grinsend und verließ den Kreisel Richtung Påryd.

Drei Stunden später starrte Robert missmutig das Telefon an. »Spaßbremse!«, dachte er. Er hatte gerade mit Renate telefoniert und belustigt von der Aktion mit den Wohnmobilbesitzern berichtet. Würde er Renate Schatzi nennen, hätte sich der diesem zweifelhaften Kosewort für ihn innewohnende Ziegenanteil nach ihrem Kommentar geradezu dramatisch erhöht. Zur Wiederherstellung seiner persönlichen Komfortzone rief er nun seinen Sohn Markus an. Als er dann dessen »Warum machst du denn so was? Hast du Langeweile?« hörte, beschloss Robert, der Welt noch eine letzte Chance zu geben. Jonte oder Signe und Ella? Da er befürchtete, dass Signe ihn unweigerlich erneut über sein letztes Zusammentreffen mit Lars Stein ausfragen würde, entschied er sich lieber für Jonte.

Offensichtlich weilte Jonte noch immer bei Mia in Malmö und hatte seinen Sicherheits- und Kontrollwahn weiter ausgebaut. Als Robert nun von seinem

Erlebnis auf dem Supermarktparkplatz zu erzählen begann, referierte Jonte sofort über seine neueste Smartphone-App, die ihm nicht nur ohne Zeitverzug eine Benachrichtigung zukommen ließ, wenn sein Wagen unrechtmäßig bewegt werden würde, sondern auch die Möglichkeit eröffnete, diesen weltweit wieder aufzuspüren. Robert legte auf.

Mit düsteren Gedanken und einer Flasche Rotwein – zum Trost für das erlittene Unbill hatte er sich einen 2009er Rioja Reserva geöffnet – wollte Robert diesen Tag vor dem Fernseher beschließen. Die Schweden brachten einen ihm schon bekannten amerikanischen Spielfilm, einen noch in schwarz-weiß gedrehten Tatort aus Österreich mit englischen Untertiteln, den Mitschnitt eines Konzerts des *Kungliga Filharmoniska Orkestern* aus den frühen 1980er Jahren und Sport. Als er auf deutsche Programme umschaltete, empfing ihn eine mit einem penetranten Dauergrinsen moderierte Schlagershow. Dann kam ein Technikmagazin mit dem Titel *Safety-related Homecontrol mit Smartphone oder Tablet.* »Ihr könnt' mich doch alle mal!«, dachte er, schaltete aus, das Telefon ab, schnappte die Flasche Wein und ließ sich ein Bad ein.

XXVI

Die Auktion war in vollem Gange. Viel mehr Interessenten und Neugierige als erwartet bevölkerten das Grundstück an der Stigbergsgata und wenn jemand ging, kam kurz darauf stets wieder jemand neu hinzu. Es lief gut und der Vollbart und seine Frau strahlten mit dem Sommerwetter um die Wette. Während Oscar und Robert alle Hände voll zu tun hatten, alles Tragbare aus den Tiefen des Hauses nach vorne zu holen, reichte Katja die Sachen – gegebenenfalls zusammen mit Oscar – anschließend dem Auktionatorenpaar an. Robert hatte sehr für seine Teilnahme an der Auktion geworben: »Ich bin ja schließlich der einzige, der den Stein zweimal ganz aus der Nähe gesehen hat! Und wenn ich ihn entdecke, sage ich es euch – ihr braucht ihn dann bloß noch festzunehmen!«, war Robert nicht müde geworden, erst Signe, dann Oscar und Viggo und zum Schluss Katja von den Vorzügen seines kongenialen Plans zu überzeugen. Woraufhin Signe und Viggo eher gottergeben genickt, Oscar gegrinst und Katja mit ihrem »Ja, das ist gut!« in seinen Augen als einzige wenigstens ein klein wenig Enthusiasmus und Anerkennung ausgestrahlt hatte. »Meine Tochter!«, hatte er stolz gedacht und sie ebenso angesehen, wie sie da mit ihrer roten Mähne stand und lächelte. Dass dabei ihr Arm locker um Oscars Hüften lag, fand er allerdings etwas befremdend.

Signe und Viggo mischten sich mal alleine, mal gemeinsam unter die vielen Besucher der Auktion.

Sie bauten darauf, dass alle so sehr auf die Auktion fixiert wären, dass niemandem auffallen würde, dass sie schon seit Stunden anwesend waren, nichts ersteigerten, aber die Auktion eben auch nicht verließen. Zudem begannen sie langsam an ihrem Einsatz zu zweifeln. Bisher hatten sich weder Lars Stein noch Agnes Ohlsson hier sehen lassen und auch niemand, auf den Roberts Beschreibung von dem etwas vertrottelten Helfer von Stein zutraf. Ungeduldig sahen sie sich immer wieder um, bis Viggo Signes Arm ergriff. »Wir benehmen uns gerade, wie blutige Anfänger. Fehlt eigentlich nur noch, dass wir ein Schild mit *Polis* hochhalten!«, sagte er und reckte wie zur Demonstration einen Arm hoch. Daraufhin bekam er den Zuschlag für einen beige-geblümten Stockschirm zum Einstiegsgebot von lumpigen zehn Kronen.

Nachdem Viggo mit konsterniertem Gesicht das Geld mit seinem Smartphone auf das Konto des Vollbartes geswisht und seinen Schirm entgegengenommen hatte, platzte Signe fast vor mühsam unterdrücktem Lachen. Dann lobte sie ihren Freund und Kollegen: »Super Tarnung! Und dabei die Staatskasse geschont! Und gleich noch ein Mitbringsel für die Daheimgebliebenen besorgt – alle Achtung!« Als der gerade etwas erwidern wollte, zerriss ein ohrenbetäubender Donnerschlag die sonst friedliche Stimmung. Mit einem lauten Zischen und Pfeifen schossen alsdann bunte Leuchtkugeln in den blauen Himmel, die an ihrem Zenit mit einem Knall zerplatzten und als silberner Sternenregen knisternd zu Boden schwebten. Alle Besucher strebten nach einer Schrecksekunde dem bunten Spektakel hinter dem Haus zu. Dort, wo die terrassierte Treppenanlage den Berghang zur Stigbergsgata heraufführte und gegenüber dem Haus in einen kleinen Platz mündete, stand eine gewaltige Feuerwerksbatterie und spie geräuschvoll ihr leuchtendes Innenleben in den tiefblauen Himmel. Auch Signe und Viggo standen staunend am Zaun, als sich Oscar schweigend zu ihnen gesellte. »Eure Idee?« Oscar sah seine Chefin an und schüttelte energisch den Kopf. Dann stieß Signe laut ein »Satan också!« aus. »Scheiße! Los kommt!« Damit rannte sie, gefolgt von ihren Kollegen, ums Haus herum. Als sie die offene Garage sah, fluchte sie noch einmal und sprintete auf die Straße hinaus. Sie blickten die Stigbergsgata hinunter und konnte gerade noch sehen, wie ein alter orangefarbener VW um die Kurve bog.

Signe wirbelte herum, verpasste Viggo dabei versehentlich einen kräftigen Bodycheck, der ihn trotz seiner Größe und Masse taumeln ließ und hastete zu ihrem Wagens. Ihr »Los, kommt schon! Hinterher!« ging, als sie ihrem Wagen näher kam, nahtlos in ein schmerzliches Jaulen über. Dann stand Signe vor den zerstochenen Reifen. In diesem Moment verschoss die Feuerwerksbatterie mit einem grellen Pfeifen ihre letzte Munition, die dann mit einem abschließenden großen Donnerhall zerplatzte – die anschließende Stille war fast unheimlich. »Gut!«, sagte Signe zum Erstaunen ihrer Kollegen dann ganz ruhig, »Das verlängert die Strafe noch um ein paar Wochen!« Dann telefonierte sie mit *Motormännens Riksförbund*, dem schwedischen Automobilclub.

*

Zweieinhalb Stunden später war die Auktion beendet und das Haus fast leer. Nur der wackelige Kleiderschrank, das alte durchgesessene Sofa und einige abgelaufene Teppiche hatten keine neue Bleibe gefunden. Leider war auch die Garage fast leer. Nur ein Satz poröser Winterreifen stand verloren auf einem rostigen Felgenbaum in einer Ecke. Trotz seiner auffälligen Farbe und einer sofort eingeleiteten Ringfahndung war der alte VW unauffindbar geblieben.

Schwer beeindruckt davon, wie viel Geld die Auktion eingebracht hatte, war dem Vollbart der Verlust des VWs noch gar nicht ins Bewusstsein gedrungen. Dementsprechend verwirrt reagierte er auf Signes Frage: »Wie? Was für Papiere und was für Schlüssel?«

»Na, die von dem alten VW. Wo waren die?«

»Die hatte ich ins Handschuhfach gelegt, damit sie aus dem Haus raus sind und in dem Trubel nicht in die Grabbel kommen.«

»Beide Schlüssel? Oder hattest du den Wagen mit dem Zweitschlüssel abgeschlossen?«

»Ging ja nicht. Der war ja auch im Handschuhfach!«

»Und die Garage? War die wenigstens ordentlich abgeschlossen?«

»Wieso? Sollte sie das? Wir waren doch da und was gibt es in einer alten Garage schon groß zu klauen?«

»Ein Auto zum Beispiel! Dem du sogar neue Reifen und Zündkerzen spendiert hast!« Signe klang müde und resigniert. »Wenn Leichtsinn und Sorglosigkeit auf bestorganisierte Kriminalität treffen ...«, dachte sie und schüttelte den Kopf.

*

Während Oscar das restliche Wochenende noch bei Katja verbringen wollte, Robert gleich nach Ende der Auktion nach Hultebräanby gestartet war, waren Signe und Viggo gerade erst losgefahren. Nach anfänglichen und wortgewaltigen Unmutsbekundungen über die missglückte Aktion schwiegen sie eine ganze Weile. »Doof sind die nicht. Das mit dem Feuerwerk war doppelt genial!« Viggo wuselte sich durch den Bart. Als er Signe ansah, ergänzte er: »Erstens haben sie damit die Aufmerksamkeit hinter das Haus gelenkt, zweitens hätte das Getöse das Aufbrechen der Garage und auch eventuellen Fehlzündungen des Motors überdeckt. Die konnten ja nicht wissen, dass ihnen der Wagen bestens gewartet und auf einem Silbertablett präsentiert wird!« Signe schnaubte und sie schwiegen wieder. Kurz vor Nyköping fragte Viggo plötzlich: »Wieso hat das am Samstag Nachmittag überhaupt noch mit neuen Reifen geklappt?« Signe zuckte die Schultern und kicherte:

»Katja. Sie hat gesagt, ich soll sie mal machen lassen.«

»Und?«, fragte Viggo nach einigen Minuten.

»Sie hätte bei jemanden noch was gut und damit seien sie endlich quitt. Mehr will ich gar nicht wissen, sagt sie.«

»Aha! – Und war's teuer?«

»Ich habe ihr keine 1.500,- Kronen geswisht!«

»Ihr?«

»Ja, Katja hatte alles abgewickelt und ausgelegt.«

Viggo nickte und lächelte. »Ich finde es interessant, wie sich das mit Katja entwickelt hat. – Wie das wohl weitergeht mit ihr und Oscar? Ich glaube, sie wäre gut für ihn! Aber Katja ist eher links – aber gegen die SD sind ja sowieso alle links!«

Diesmal war es Signe die nickte und lächelte. Dann erzählte sie von der Beschwerde, die durch einen Pförtner des Zentralamtes für Straßenwesen über Oscar eingereicht worden war.

»Kul!«, »Klasse!« Viggo klang zufrieden. »Der macht sich! 'n guter Snut war er ja schon und wenn er so weitermacht, wird er auch noch ein richtig netter Mensch. Pass auf, Katja gibt ihm jetzt den letzten Schliff und dann schwört er auch diesen politischen Hasardeuren ab!«

»Ich glaube, das hat er innerlich schon. Ich habe ihn ewig nichts mehr in diese Richtung sagen hören. Der traut sich nur noch nicht, den letzten Schritt zu machen und ihnen das Parteibuch vor ihre Stiefel oder ihre blank gewichsten Sneaker zu schmeißen …«

Sie schwiegen wieder eine Weile. Als Oskarshamn angezeigt wurde, grunzte Signe. »Wollen wir kurz raus auf einen Kaffee?« Viggo nickte heftig.

Mitten in Oskarshamn fanden sie einen Parkplatz am Lille Torget, dem Kleinen Platz, direkt gegenüber einer modernen Caféhauskette. Kurze Zeit später saßen sie in bequemen Lounge-Sesseln und genossen den Kaffeeduft und die dezente Barmusik im Hintergrund. Plötzlich stieß Viggo Signe an, die mit dem Rücken halb zum Tresen saß. Sie drehte sich um. Ein nicht mehr ganz junges Paar, sowohl der schwedischen wie auch der englischen Sprache offensichtlich nur rudimentär mächtig, hielt der freundlichen, aber, was die unerwünschte Barzahlung anging, resoluten Verkäuferin, wedelnd einen nagelneuen 100-Kronen-Schein hin. Die schüttelte freundlich den Kopf, zeigte auf ein Schild, das auf schwedisch und englisch darauf hinwies, dass nur bargeldloses Zahlen möglich sei. Wieder wedelte das Paar erfolglos mit dem Schein vor dem Gesicht der Verkäuferin. Ratlos sahen sie sich nun an und sprachen miteinander. Signe meinte, Deutsch zu erkennen. Nun legte das Paar noch einen 50-Kronenschein dazu und wedelten mit beiden Scheinen in der Luft herum. Eine Kollegin kam hinzu und zeigte lächelnd ihre Kreditkarte und tippte energisch mit ihrem Zeigefinger darauf. Dazu nickte sie bekräftigend mit dem Kopf. In den Augen des Paares flackerte es unsicher.

»Vielleicht müssen wir uns wirklich was einfallen lassen!«, sagte Signe und dachte an das anvisierte Ziel des schwedischen Fremdenverkehrsverbandes, das vor einem Jahr unfreiwillig Teil des Motivs in einem etwas sonderbaren Fall war. »Wenn schon mehr deutsche Urlauber kommen sollen, müssen wir vielleicht auch deren Vorliebe für Bargeld Rechnung tragen, so antiquiert uns das auch anmuten mag …«

»Zumindest muss es Alternativen zu Swish und Kreditkarte geben!«, sagte Viggo und stand auf. »Ich kann ja schließlich nicht überall sein!« Damit ging er an den Tresen und zahlte die beiden großen Cappuccini des Paares mit einem Swisch.

Das »Tack! Tack! Tack!« des Paares klang wie eine Maschinengewehrsalve. Dazu ruderten ihre Arme mit den Scheinen vor Viggos Gesicht herum. Der lächelte, nahm die 100 Kronen und steckte sie ein. »Ich kann leider nicht herausgeben!«, lächelte er bedauernd, wohl wissend, dass das Paar ihn eh nicht verstand. Plötzlich wurde ihm von einer Frau ein 5-Kronenstück gereicht. »Das trage ich seit Wochen nutzlos mit mir rum!«, sagte sie lächelnd. »Finde ich echt gut, deine Aktion!« Viggo zuckte die Schultern und gab das Geldstück an das Paar weiter. »Ach«, sagte er dann wieder an die Frau gewandt, »Kaffee ist ein Menschenrecht, das auch für unsere Touristen gilt – zumindest solange genug davon da ist!« Sie lachten und gingen zurück an ihre Tische.

Als Signe ihren Scirocco wieder in Richtung Autobahn steuerte, sagte sie: »Robert ist genauso.« Und als sie Viggos fragendes Gesicht sah: »Mit dem bargeldlosen Zahlungsverkehr hier und der Digitalisierung des Alltags hat er auch so seine Schwierigkeiten. Aber der kann sich ja wenigstens gut verständigen!«

»Mal abgesehen davon, dass er in unseren Wäldern Besenschränken nachstellt, dachte ich immer, dass er hier ziemlich integriert ist.«

»Eigentlich ja. Aber es beginnt ja schon damit, dass

er ohne echte Personennummer nur ein Konto ohne Kreditkarte eröffnen konnte. Und das auch nur mit Glück. Und Online-Banking oder Swishen geht damit nicht. Und wenn er mit seinen deutschen Karten bezahlt, fallen wohl ziemliche Gebühren an.« Signe lachte. »Weißt du, was er macht, wenn die Parkgebühren deutlich günstiger sind als die für ihn zusätzlich anfallenden Bankgebühren? Er stellt ein Schild ins Auto: Bilen är skadad, kommer hämta!«

»Wagen defekt, wird abgeholt?« Viggo grinste. »Meine Mutter hatte doch recht, mit Fremdsprachen *kommt* man weiter! Und ich nehme an, dass das funktioniert …« Signe nickte. »Aber warum zahlt er nicht mit einer unserer Park-Apps?«

»Dazu bräuchte er zuerst einmal ein Smartphone und meist auch ein Paypal-Konto, am Besten ein schwedisches, wegen der Gebühren. Aber das geht mit seinem Konto ja nicht!«

»Und er hat tatsächlich beides nicht?« Viggo klang ungläubig. »Dann kriegt er ja echt Probleme hier!«

»Ja. Und die Luft wird immer dünner. Neulich hat er sich auf einem Stadtfest ein Shirt kaufen wollen. Barzahlung ging nicht, nur Swish oder Kreditkarte. Nicht mal seine EC-Karte haben sie angenommen. Haben entschuldigend gesagt, dass sie so alte Lesegeräte gar nicht dabei hätten!«

»Aber warum macht er nichts dagegen? Das muss doch absolut nervig sein…«

»Er würde ja gerne ein vollwertiges Konto haben,

aber das wird ihm ja wegen der fehlenden Personennummer verwehrt. Und die kriegt er nicht, ohne dauerhaften Wohnsitz und einen Arbeitsvertrag. Seine Schriftstellerei für einen deutschen Verlag gilt nicht …«

»Aber er könnte sich wenigstens ein Smartphone anschaffen! Und einige der obligatorischen Apps. Und ein Paypal-Konto! Er muss ja nicht gleich jeden Mist hier mitmachen; einen Chip setzen lassen würde ich mir ja auch nicht. Aber er könnte dann wenigstens einigermaßen problemlos am Alltag teilhaben.«

»Ja, einerseits bestimmt. Aber andererseits will er wenigstens die Wahl haben, wie er was bezahlt und dass das sowieso niemanden was angeht, wann er was wo und wie bezahlt. Und er will sich auch nicht vorschreiben lassen, ob er ein Smartphone nutzt oder eben nicht. Und dann hadert er auch mit den ganzen Überwachungsmöglichkeiten dieser Techniken – er hat all die Bedenken der deutschen Bildungsbürger der Generation 50 plus.«

»Ja, davon habe ich gehört …«, sagte Viggo. »Die sind zum Teil wohl ziemlich schräg drauf! Ich hätte jedenfalls keine Lust auf all die Annehmlichkeiten zu verzichten und mir mein Lebensgefühl durch permanentes Misstrauen und Angst zu versauen. Und wer sollte schon gesteigertes Interesse an dem Kram haben, den ich täglich mache? So wichtig bin ich ja nun wirklich nicht – außer natürlich für eine effiziente Aufklärungsarbeit der Reichspolizei …«

»Wer behauptet denn so was?« Signe tat erstaunt und

riss die Augen auf. Dann fuhr sie ernst fort: »Die haben in ihrer Geschichte andere Erfahrungen gemacht als wir und daraus ist eine ganz andere Kultur erwachsen. Ich hatte mit Robert mal darüber geredet. Die Skepsis gegenüber dem Staat und der Politik, aber auch, mit Abstrichen, den anderen Menschen ist allgegenwärtig. Robert hat immer wieder das Gefühl, dass der Staatsapparat nicht für die Gesellschaft da ist sondern eher umgekehrt. Immer neue Gesetze lassen ihn in seinen Augen immer gläserner erscheinen, während die Politik sich selbst davor schützt. Unser Wirgefühl und unser Gleichheitsgrundsatz ist denen fremd. Bei denen wird zum Beispiel der Verdienst als höchste Privatsphäre eingestuft und dass man das bei uns öffentlich einsehen kann, auch bei Politikern, ist in Deutschland undenkbar und verursacht auch bei Robert Grausen!« Signe sah kurz zu Viggo rüber, der kopfschüttelnd neben ihr saß.

»Die armen Schweine! Überall Ärger oder Schlimmeres von seinen Mitmenschen zu erwarten, muss ja grauenhaft sein! Dann bin ich ja doppelt froh, hier zu leben!«

»Aber das erklärt vielleicht auch, warum so viele von ihnen bei uns ihrem Urlaub verbringen wollen – die wollen wenigstens einmal im Jahr an unserem guten Gefühl teilhaben!«, lachte Signe.

»Kann man ihnen ja auch echt nicht verdenken! Aber wenn sie kommen, dann sollen sie auch ihr Geld hier lassen! Aber dazu müssen wir ihnen das leichter machen! Zum Beispiel durch die e-Krone, von der nun schon so lange geredet wird! Wenn das Bezahlen für sie kompliziert wird, wird es wieder wie früher, als sie mit wenig Klamotten, dafür aber mit einem ganzen Kofferraum voll Konservendosen, Tütensuppen und Schwarzbrot hier eingefallen sind! Und mit als Apfelsaft getarnten Bierflaschen …« Viggo grinste bei der Erinnerung an den Sommer, den er mit seinen Großeltern als Kind auf Ökno verbracht und er einen gleichaltrigen Jungen aus Deutschland kennengelernt hatte, der mit seinen Eltern das Ferienhaus direkt neben ihnen bewohnte. Er war öfter mal bei ihm zum Mittagessen geblieben und es gab mehrmals dieses herrlich weich-faserige Gulasch aus der Dose. Mal mit Nudeln, deren Konsistenz nahe legte, ebenso lange gekocht zu haben wie das Gulasch selbst, mal mit Kartoffeln – neben Milch, Butter und einem gelegentlichen Eis das einzige von ihnen hier gekaufte Lebensmittel. Viggo verfing sich in seinen Erinnerungen und auch sein starrer Blick schien direkt in die Vergangenheit gerichtet zu sein. Er lächelte, als er an den Jungen dachte, der genau soviel schwedisch konnte, wie er deutsch und mit dem die Verständigung trotz dieser Widrigkeit prima funktioniert hatte. »Was aus ihm wohl geworden ist?«, fragte sich Viggo.

Signe sah ihren entrückt wirkenden Kollegen an, wollte etwas sagen und ließ es dann doch. Und während Viggo noch immer in Kindheitserinnerungen schwelgte, bremste Signe direkt vor dem Haus, in dem Viggo Henriksson hinter einem frischgestrichenen schneeweißen Zaun mit seiner Frau wohnte.

XXVII

Robert Ekkheim starrte gebannt auf seinen Fernseher, in dem ein von Wind und Regen zerzauster Reporter zu sehen war, der, an einer stark befahrenen Straße am Schlosspark in Göteborg stehend, von den Vorbereitungen zum *Way Out West-Festival* berichtete. »Ein Muss für alle«, wie er gerade sagte, »die Musik und Kultur lieben und im Herzen jung sind.« Aber nicht der Reporter fesselte Roberts Aufmerksamkeit, sondern ein Auto im Hintergrund: Ein schwarzer amerikanischer Pick-up mit einem Transportanhänger, auf dem ein orangener VW mit Fließheck stand, bremste offensichtlich langsam vor einer roten Ampel. Geistesgegenwärtig setzte Robert seinen alten Videorecorder in Gang. Surrend richtete sich die Mechanik aus und begann dann mit der Aufzeichnung.

*

Als Robert das moderne Polizeigebäude in Kalmar betrat, freundlich grüßend am Empfangstresen vorbeiging, wie er es schon so viele Male getan hatte, tauchte wie aus dem Nichts vor ihm eine junge Polizistin auf. Freundlich aber unmissverständlich deutlich machend, dass man hier nicht einfach herumspazieren könne, versperrte sie ihm den Weg. Nach Roberts Erklärung und einem Telefonat geleitete sie Robert dann schweigend zu Signes Büro.

»Danke Stina! Aber Robert kannst du nächstes Mal einfach durchlassen, der ist so was wie ein Freund des Hauses und sorgt immer wieder dafür, dass uns nicht allzu langweilig wird!« Signe lächelte ihrer Kollegin zu. Auch Oscar lächelte und begrüßte dann Robert.

»Du sagtest am Telefon, du hättest was für uns?« Robert nickte und kramte in seiner Tasche. Dann holte er die Videokassette heraus und reichte sie Oscar. Der sah ihn fragend an.

»Was ist das?«

»Ein Anachronismus!«, lachte Signe, »Ein analoger dazu!« und dann rief sie die Kriminaltechnik an.

Einige Minuten später stöpselte der neue junge IT-Experte Benjamin, in sein unvermeidliches unförmiges und farblich undefinierbares Sweatshirt gehüllt, behände einen alten Videorecorder an diverse Kabel an. Diese verband er nun über irgendwelche anderen Stecker und Adapter mit Signes Computer. Er lud schnell etwas von einem USB-Stick herunter – auf Signes Bildschirm erweiterte sich ein bunter Balken in Sekundenschnelle Block für Block, zerplatzte dann und fügte sich daraufhin zu einem Firmenlogo neu zusammen. Benjamin nickte zufrieden und schob nun Roberts Videokassette ein. Wieder erschien ein Balken, der sich diesmal immer schneller zu drehen begann, bis er zu einer Kugel mutierte.

»So, nun könnt ihr weitermachen. Ist jetzt alles digitalisiert, ihr könnt die Bildgröße verändern und auch was an der Geschwindigkeit machen. Und damit es auch klappt, hört einfach zu, was ich euch jetzt erkläre, ich mach's auch extra langsam: Also, einfach nur auf diesen Button hier drücken. Ist babyeiereinfach, ihr könnt da gar nichts falsch machen!«

Signe sah ihren jungen Kollegen an. »Der hat schon jetzt fast so eine Kodderschnauze wie Melker!«, dachte sie, halb genervt, halb belustigt. »Puh, da bin ich aber beruhigt, das mit dem Button schaffen wir gerade noch! Hast du gut gemacht, schönen Dank und Grüße an den Meister!«

Benjamin sah Signe irritiert an und flüchtete sich in seine Arbeit. Nachdem er alles ab- und ausgestöpselt hatte, packte er sein Equipment wieder in eine Kiste, legte noch Roberts alte Videokassette auf den Tisch, brummelte irgendwas in seinen Bart und verschwand. Man sah ihm nach und schüttelte leicht die Köpfe.

»Nun macht er wieder rüber!«, sagte Oscar in Anspielung an Melkers aushäusige Räumlichkeiten.

»Ja, besser is. Aber er hat uns fersehnmachen!«, sagte Signe trocken, stand auf und ging zur Kaffeemaschine. Als sie sich wieder ihrem Platz zuwandte, hatten sich Oscar, Robert und Viggo, den Oscar schnell benachrichtigt hatte, bereits um ihren PC versammelt. Skeptisch beobachtete Signe nun aus der Ferne das Treiben um ihren Schreibtisch. Zwar hatte sich niemand getraut ihren Sessel zu entern, ihn dafür aber bis zur Lehne unter den Tisch geschoben. Platz für sie war jedenfalls nicht mehr.

»Meint ihr, ich kann mich vielleicht auch noch zu euch gesellen? So rein räumlich gesehen?«

»Logisch!«, nickte Oscar abgelenkt, ohne dass jemand Anstalten machte, zusammenzurücken.

»So, nun aber mal Platz da!«, drängelte sich Signe zwischen die Männer, schob ihren Bürosessel zurück und ließ sich hineinfallen. »So, lasst uns anfangen!«

Gespannt starrten jetzt vier Augenpaare auf den Computerbildschirm. Nach einigen obligatorischen Streifen erschien eine Kugel, die sich rasend schnell zu drehen schien. Dann zerplatzte die Kugel und der Bildschirm wurde schwarz. Als Nächstes erschien ein Reporter und berichtete wind- und regenzerzaust vom *Way Out West-Festival* in Göteborg.

»Da! Das müsste er doch sein …« aufgeregt zeigt Robert auf das sich allmählich ins Bild schiebende Fahrzeuggespann im Hintergrund. Dann stand es da, wahrscheinlich an einer von der Kamera nicht erfassten Ampel. Leider war die ganze Szenerie durch den äußerst agilen Reporter meist mehr, selten weniger verdeckt.

»Herrschaftszeiten, kann der nicht mal einen Moment still stehen?«, fauchte Signe, als der Reporter zum wiederholten Mal seinen Bericht lebendiger zu gestalten suchte, in dem er sich mal hierhin, mal dorthin drehte, um anschließend ausladend irgendwo ins Off zu zeigen. Just als der schwarze Pick-up wieder anfuhr, machte der Reporter einen Schritt zur Seite und mit dem Arm eine weit ausholende Geste. Dadurch erfasste die Kamera zwar die Ampel aber der Arm verdeckte das Nummernschild, das man sonst vielleicht hätte heranzoomen können. Als der Reporter endlich wieder ungehinderte Sicht freigab, war das Fahrzeuggespann längst aus dem Bild entschwunden.

»Schade, ich hätte zu gerne Gewissheit gehabt, auf wen diese Kiste zugelassen ist!«, bemerkte Signe nachdenklich und griff zum Telefon.

»Dieser Stein kann es ja wohl kaum sein«, sagte Robert in vager Erinnerung an sein letztes Zusammentreffen im Wald, »Das Nummernschild war ziemlich sicher schwedisch!«

»Doch, doch, das kann auch auf Lars Stein zugelassen sein!«, stellte Signe richtig. Wir haben immer mehr … Ja, hej, Signe Berglund hier, Rikspolisen«, unterbrach sich Signe, als sich am anderen Ende der Leitung jemand meldete. »Wir suchen dringend einen schwarzen amerikanischen Pick-up … nein, leider nicht … eventuell auf einen Deutschen, einen Lars Stein … ja danke, soll ich warten? Okay, hejdå!« Dann legte sie auf. »Sie melden sich.«

Während die anderen mit ihren Blicken gespannt das Telefon fixierten, stand Robert auf, holte sich einen Kaffee, ging zum Fenster und sah hinaus. Dann drehte er sich abrupt um.

»Wisst ihr, was ich auffallend finde?« Alle Augen waren jetzt auf Robert gerichtet. »Fast alles, was bisher mit diesem Stein zu tun hat, hat auch irgendwie mit Göteborg zu tun.« Sie sahen ihn fragend an. »Na, es werden Autos geklaut und auf dem Transporter ist ein – wenn auch falsches – Werbeschild für eine Ausstellung in Göteborg …«

»Das kann ja auch eine geschickte Ablenkung sein!«, warf Oscar ein.

»Dann wäre das aber ziemlich doof, damit an Göteborg vorbeizufahren. In und um Göteborg fällt das jedoch gar nicht weiter auf, sieht aus, wie eine Anlieferung zur Ausstellung. Und in Stockholm wird dieser orangene VW geklaut und dann durch Göteborg kutschiert. Und diese Küchenmöbel waren ja von Moheda aus auch gen Südwesten unterwegs und nicht nach Norden.«

»Der Lieferwagen, mit dem sie das Jugendzimmer ausgeräumt haben, wurde aber in Östersund gefunden!«, beharrte Oscar.

»Wohnt und studiert da nicht die Schwester von dem toten Jungen, dessen Zimmer sie ausgeräumt haben? Wahrscheinlich ist sie bequemerweise einfach damit nach Hause gefahren. Und die Gefahr, unterwegs kontrolliert zu werden ...« Robert machte eine abfällige Handbewegung.

»Aber ...«, begann Oscar wieder, wurde aber von Robert unterbrochen:

»Und als ich vor ein paar Wochen hergekommen bin, kam mir auf der Autobahn bei Ronneby ein blaues Ford Granada Coupé entgegen, das dann die Abfahrt Richtung Göteborg genommen hat. Ein bisschen viele Zufälle, finde ich.«

»Aber verschrottet wurde der in Kalmar! Wenn der Wagen in Göteborg gewesen wäre, hätten sie ihn ja auch dort verschrotten können!«

»Ja, aber das wäre ungleich schwieriger gewesen! Dieser Stein hatte ja bei – Knuts bilskrot? – gejobbt und kannte sich da aus. Er wusste also von der dortigen Schrottpresse und wie die zu bedienen ist. Und so weit weg ist das nun auch nicht; ich denke rund vier Stunden – vielleicht haben die ja auch noch irgendetwas anderes in der Gegend zu tun gehabt. Und eine Fahrzeugkontrolle ist, wenn man nicht rast und die Scheinwerfer okay sind, eher unwahrscheinlich. Darüber hinaus gibt es öfter mal irgendwelche automobile Fossilien, deren optischer Zustand geradezu nach einer Generalüberholung schreit!«

»Insgesamt acht Stunden Fahrt für zwei Verschrottungen? Glaube ich nicht. Und der Rest: bestenfalls Indizien! Zu viele Annahmen und Spekulationen ...«

Signe hatte teils beeindruckt, teils amüsiert die Diskussion zwischen Robert und Oscar verfolgt. Beeindruckt, weil Robert eine Reihe von Dinge benannt und auf den Punkt gebracht hatte, die ihr gar nicht so präsent waren. Amüsiert, weil ihr Kollege in seiner Argumentation eher trotzig, wenn nicht sogar rechthaberisch wirkte.

In dem Augenblick klingelte Signes Telefon. Sie nahm ab und lauschte. Dann nickte sie zufrieden, bedankte sich und legte auf. Sie drehte ihren Stuhl zu den Kollegen und sagte triumphierend: »Es sind genau 179 schwarze amerikanische Pick-up in Schweden zugelassen – einer davon läuft auf den Namen von Lars Stein! Und wisst ihr, wo der zugelassen ist? In Göteborg! Jetzt haben wir auch eine Adresse von ihm!«

»Also für mich ist das mit Göteborg immer noch

ein Ablenkungsmanöver. Und wir fallen da auch noch drauf rein. Und Stein zieht irgendwo feixend weiter sein Ding durch! Zu Verschleierungstaktiken der organisierten Kriminalität habe ich schließlich mal eine einwöchige Fortbildung gemacht!«

Signe sah Oscar nachdenklich an und schüttelte dann den Kopf. Ihr war gerade eingefallen, was Ella vor ein paar Tagen als Fazit einiger psychologischer Experimente eines Harvard-Professors erzählt hatte. »Stimmt!«, dachte sie und sagte grinsend: »Der Hang zur Rechthaberei nimmt tatsächlich mit dem Grad der Bildung zu!«, woraufhin Oscar Signe beleidigt ansah und seine Chefin demonstrativ doof fand. Auch Viggo grinste, wenn auch deutlich verhaltener, war er doch seinen Verpflichtungen zu Fort- und Weiterbildungen schon verdammt lange nicht mehr nachgekommen. Einen Moment später, war Signes »Na denn!« der Auftakt zu emsiger Betriebsamkeit.

*

»Und nun soll ich hier in Ruhe abwarten, bis die Kollegen aus Göteborg früher oder später Vollzug melden?« Signe trommelte genervt mit ihren Fingern auf der Tischplatte herum. Viggo lehnte an der Wand vor ihr.

»Du kannst natürlich auch hinfahren …«

»Das wäre 'ne Option!«, wurde Viggo unterbrochen.

»… um den Kolleginnen und Kollegen dann dekorativ auf den Füßen herumzustehen!«, vervollständigte der dann seinen Satz. »Mach es besser wie ich. Ich mach jetzt Feierabend und fahre zu meiner Frau! Wir gehen heute zusammen ins Kino.«

Signe verdrehte die Augen. »Echt? Also dazu hätte ich jetzt wirklich keine Ruhe! – Ich bin da auch viel zu sehr Snut. Mit Haut und Haar! Und Ella kennt mich und versteht das auch!«

»Ach ja? Tatsächlich?« Viggo hob Stimme und eine Augenbraue. »Mit Haut und Haar Snut? Du arme! Ich nicht.« Demonstrativ schüttelte er den Kopf. »Ich bin Mensch, Partner und Freund. Und dann Bulle. Und das exakt in der Reihenfolge. Und ich habe auch Vertrauen in die Kolleginnen und Kollegen, dass die ihren Job genauso gut machen wie ich – deshalb muss ich meine Nase auch nicht überall reinstecken! Und ich habe mit den Jahren gelernt, dass Beziehungen gepflegt werden wollen – also nehme ich mir auch die Zeit dazu!« Damit legte er zwei Finger lässig grüßend an die Stirn und verließ das Büro. Zurück blieb eine sichtlich getroffene Signe, die ihm sprachlos hinterher starrte.

»Aber ich war doch gerade erst mit Ella in Långviken zum Schwimmen!«, begehrte sie innerlich auf und musste sich dann eingestehen, dass das erstens Ellas Idee gewesen und zweitens nicht in einen gemütlichen Abend gemündet war, sondern sie den lauen Sommerabend auf Verbrecherjagd verbrachte, während Ella alleine auf dem Balkon gesessen und Wein und Ausblick genossen hatte. Als sie dann daran dachte, dass sie auch noch das Wochenende ohne Rücksprache zu der Auktion nach Stockholm abgerauscht war, musste sie schlucken. Sie fühlte sich mit einem Mal selbst ziemlich unerträglich und obwohl sie natürlich wusste, dass sie in dem großen Polizeigebäude nicht alleine war, auch ziemlich einsam und verlassen. Sie lauschte. Kein Geräusch drang an ihr Ohr und diese unheimliche Stille verstärkte ihr Gefühl der Trostlosigkeit.

Signe schüttelte sich – das Gefühl blieb. »Komm, jetzt reiß dich aber mal zusammen!«, forderte sie sich auf und zog eine Akte zu sich heran, schlug sie auf und begann zu lesen. Aber während ihre Augen über die einzelnen Worte flogen, war sie in Gedanken bei Ella. Signe blätterte die Seite um und als ihre Augen begannen neue Worte zu erfassen, fragte sie sich, ob sie nicht gerade wieder einmal leichtfertig die Axt an die Wurzeln ihre Beziehung legte. Sie schluckte und wischte mit einer energischen Bewegung die Akte vom Tisch. Dann griff sie nach dem Telefon und wählte. Sie ließ es lange klingeln und schmiss den Hörer erst auf die Gabel, als der Anrufbeantworter aktiv wurde. Abrupt verließ sie darauf ihr Büro.

*

Hatte einen Scheißtag und muss noch mal unter normale Menschen.
Gruß E

Signe ließ den Zettel zurück auf den Küchentisch sinken. Ellas Nachricht schnürte ihr die Kehle zu. »Sie hätte mich gebraucht und ich blöde Kuh war wieder einmal nicht da!«, schalt sie sich. Sie blickte in den Spiegel und suchte dann sofort das Bad auf.

Fünfzehn Minuten später begutachtete sie erneut ihr Spiegelbild und hoffte, dass der Eindruck etwas erträglicher auszusehen nicht nur ihrem Wunschdenken entsprang. Nachdem sie sich ein leichtes Sommerkleid übergeworfen hatte, in ihre Lieblingsballerinas und aus der Haustür geschlüpft war, irrte Signe durch die Bars am und um den Larmtorget. Sie begegnete Freunden und Bekannten, Ella traf sie nicht. Und niemand hatte sie gesehen, oder etwas von ihr gehört.

Signe saß mit düsteren Gedanken auf der steinernen Einfassung des Vasa-Brunnens und beobachtete kritisch das fröhliche Treiben um sich herum. »Anscheinend schaffen es ja alle glücklich zu sein – nur ich nicht!«, dachte sie bitter und sah einem Pärchen hinterher, das Händchen haltend an ihr vorbei Richtung Yachthafen spazierte. Sie holte ihr Smartphone aus der Tasche und betrachtete es unschlüssig. Das Displays zeigte 23:15 Uhr. »Aber wenn ich sie jetzt anrufe, denkt sie, ich will sie kontrollieren oder fühle mich einsam!«, irrlichterten Signe Gedanken und sie schob das Smartphone tief in ihre Tasche zurück. Dann kam ihr eine Idee und sie versuchte erfolglos es wieder herauszuholen. Irgendwann stand sie auf, ging ein paar Schritte und es gelang ihr, das Telefon wieder aus der Tasche zu pulen. Sie blieb stehen und wählte kurz entschlossen die Nummer des diensthabenden Kollege. »Hej Gustav«, sagte sie automatisch lauter als nötig, weil jetzt in dem Club vor dem sie stand, die Musik einsetzte. »Signe hier. Kannst du für mich mal ein Smartphone orten ...« In dem Moment spürte Signe eine große Hand auf ihrer halbnackten Schulter, wirbelte in Abwehrstellung herum und starrte erschrocken in das bärtige Gesicht von Viggo Henriksson. Der schüttelte den Kopf. »Lass es besser!«, sagte er leise, nickte zweimal, ließ Signe stehen und bummelte mit seiner Frau Arm in Arm weiter Richtung Dom.

Signe stand wie angewurzelt auf dem Larmtorget und sah zu, wie ihr Kollege und seine Frau irgendwann auf ihrem Weg vom Kino nach Hause von der Menge in der Fußgängerzone verschluckt wurden. Sie seufzte. Und sie ärgerte sich. Nicht über Viggo, sondern über sich selbst. »Blöde Kuh!«, schalt sie sich. Natürlich auch zu laut. Ein junges Mädchen drehte sich um und sah sie erst irritiert, dann böse an. Signe nuschelte eine wirre Erklärung und beeilte sich, wegzukommen.

Als Signe die Haustür aufschloss, brannte im Flur Licht. Ein untrügliches Anzeichen dafür, dass Ella zu Hause war. Da aber nur im Flur Licht brannte, war sie wohl schon zu Bett gegangen. Signes Herz pochte bis zum Hals. Sie beeilte sich, sah den Zettel am Spiegel des Badezimmers, las *Wo warst Du?* und beeilte sich noch mehr. Wenige Minuten später schlüpfte sie ins Bett und kuschelte sich vorsichtig bei Ella an, die daraufhin irgendetwas Unverständliches murmelte und weiterschlief. Signe atmete tief ein und schloss die Augen.

XXVIII

Mit federnden Schritten betrat Signe am nächsten Morgen die Polizeistation. Sie hatte zwar nicht viel geschlafen, Ella aber stundenlang dabei zugesehen und nun paradoxerweise das Gefühl, selbst ausgeruht zu sein. Schmerzlich war ihr bewusst geworden, wie sehr sie Ella zwar liebte aber auch immer wieder zuließ, dass ihre Arbeit ihre eh schon nicht üppig bemessenen gemeinsamen Stunden dominierte. Sie hielt es ja nicht einmal für nötig Bescheid zu sagen, wenn sie dienstbedingt zu einer Verabredung viel zu spät oder gar nicht kam! Ihr verquastes Pflichtbewusstsein hatte ja sogar schon gemeinsame Urlaubstage überschattet! Und dann hatte Signe, sie hätte selbst nicht sagen können zum wievielten Male in diesem Jahr, beschlossen, etwas zu ändern. Was auch immer nun daraus werden würde, immerhin hatte der bloße Beschluss sie schon beflügelt.

Jetzt grüßte Signe alle Kolleginnen und Kollegen, die ihren Weg kreuzten, zapfte sich aus dem Automaten auf dem Flur einen schlechten Kaffee und betrat voller Neugier und Spannung das Geschäftszimmer. Ihr Fach war leer. Die Göteborger hatten sich also noch immer nicht gemeldet. Knurrend machte sich Signe auf den Weg zu ihrem Büro. »Vielleicht hätte ich doch nach Göteborg fahren sollen!«, dachte sie und sah auf ihre Uhr. Kurz nach 9:00 Uhr. »Die wollten doch gestern Abend noch los!«, grummelte sie leise. »Die müssten doch längst irgendwas haben!« Dann prallte sie mit jemandem zusammen.

»God morgon!«, wurde sie von einem sichtbar gutgelaunten Viggo breit angegrinst. Dann machte er sich daran, die auf dem Boden zwischen Kaffeepfützen verstreuten Papiere aufzusammeln. Signe beeilte sich, ihm zur Hand zu gehen. »Äh, danke wegen gestern!«, murmelte sie, den Blick auf den Boden gerichtet. Dann fiel ihr Blick auch auf eines der Papiere.

»Das kommt ja aus Göteborg!«

»Tatsächlich! Dann sind das wohl die Unterlagen, die ich für meine geliebten Chefin schon mal gesichtet habe – und ihr gerade auf den Schreibtisch legen wollte!«

»Das hätte deiner Chefin sicher gefallen!«, lächelte Signe, »Aber ihr das ehrfurchtsvoll vor die Füße zu legen, das findet sie natürlich auch nicht schlecht!«

»Klar, weiß ich doch … so was mögt ihr ja immer!«

»Ihr? Immer? Wieso?« Signe sah ihn neugierig an.

»Weil du ein Mädchen bist, weil du ein Mähähähädchen bist!«

Jetzt sah Signe ihren feixenden und dabei genauso laut wie falsch singenden Stellvertreter erst erschrocken, dann irritiert an. In dem Moment wurde sie von hinten angesprochen.

»Wirst du gerade aufgrund deines Geschlechts diskriminiert oder herabgewürdigt? Oder wirst du von dem Kollegen sexuell belästigt? Hat es mit deiner Herkunft zu tun?«

Signe sah den blutjungen Kollegen, der seit knapp

einer Woche für Belange der Gleichstellung zuständig war, die Komplexität dieser Aufgabe noch nicht in Gänze erfasst hatte und verzweifelt nach Themen Ausschau hielt, verständnislos an.

»Herkunft? Oh, ich wusste nicht, dass es ein Problem sein könnte, aus Kristianstad zu kommen!« Signe sah ihren jungen Kollegen mit großen Augen arglos an. Der wand sich.

»Äh – wieso Kristianstad? Ich dachte …«

»Komm, lass gut sein!«, mischte sich nun, noch immer feixend, Viggo ein und klopfte seinem Kollegen auf die schmale Schulter. »Wenn du dich kümmern willst, dann um den da!« Dabei winkte er Oscar zu, der seiner Kleidung und Tasche nach auch gerade erst den Dienst antrat. Der junge Kollege lief dem zurückwinkenden Oscar erwartungsvoll entgegen.

*

»Fan Också!«, »Zum Teufel nochmal!« Signe blätterte in den Unterlagen, die aus Göteborg übersandt worden waren. »Der hat also vor Kalmar auch schon mal ein Semester in Göteborg studiert … aber wieso hatte er da eine Wohnung? Ordentliche Studenten leben in einem Uniwohnheim!«, echauffierte sich Signe etwas unsachlich. »Und wieso wird er da noch als Mieter geführt, wenn er da doch schon lange nicht mehr wohnt?« Sie las weiter und schüttelte den Kopf. »Ah, er hat die Wohnung an einen Studenten untervermietet!« Dann sah sie Viggo an. »Das ist ja richtig konspirativ! Der lässt sich die amtliche Post vom Untermieter nach Hamburg nachsenden und schickt sie dann zurück nach Göteborg, wo sie umetikettiert und mit hiesigen Briefmarken versehen wird. Und seine Internet-Kommunikation mit öffentlichen Stellen macht er mit einem Internetstick der Telia – von was weiß ich woher!« Viggo nickte. Er kannte den Bericht ja schon, wenn auch ohne Kaffeeflecken. Signe feuerte die Papiere aus Göteborg auf den Tisch. Dann schwang sie ihre Beine von der Lieblingsecke ihres Schreibtisches. »Der ist einfach nicht zu kriegen. Die Hamburger sind hinter ihm her, wir suchen ihn und er ist immer schon weg, wenn irgendjemand auch nur in seine Nähe zu kommen droht …«

»Oder er klaut vor unseren Augen quitschorange Oldtimer und entwischt uns trotz Sofortfahndung!«

»Fan Också!«, wiederholte Signe sich, sprang auf, griff sich erneut den Bericht und ließ ihn mit jeder Silbe durch die Luft sausen, sodass Viggo unwillkürlich jedes Mal zusammenfuhr. »Wieso hat der noch eine Wohnung in Göteborg? Und wo ist diese Agnes Ohlsson?« Ein letztes Mal sauste der Bericht knapp an Viggos Nasenspitze vorbei.

»Wer euch als Kollegen hat, braucht keine Feinde!« Irritiert sahen sowohl Signe als auch Viggo zur Tür. Mit düsterem Gesicht stand Oscar dort und funkelte sie gallig an. »Was sollte das denn eben?«

»Ein Witz?«, kam es zaghaft von Viggo. Oscar sah ihn vernichtend an und schnaubte. Aber auch Signe wurde mit einem bitterbösen Blick bedacht.

»Ich bin den kaum wieder los geworden! Der hat mir

einfach nicht glauben wollen, dass ich keine Probleme habe. Ausgenommen mit euch natürlich. Aber keine Angst, ich habe nichts gesagt!«

»Aber Oscar«, lächelte Signe und sah ihn an, »du weißt doch, wir beide stehen geschlossen hinter dir!«

»Klar, solange die Kugeln von vorne kommen …«, sagte Oscar dumpf, nahm Signe den Bericht aus der Hand und begann darin zu blättern. Signe und Viggo sahen sich schuldbewusst an und zuckten dann ratlos mit den Schultern. Oscar las. »Hier«, sagte er dann »in dem Nebensatz steht, dass für zwei Wochen die Wohnung frei wird, weil der Untermieter mit der Uni auf Exkursion ist. Und dann die Bude über so eine Urlaubsplattform vermieten will. Vielleicht sollte ich mich da einquartieren …« Wieder sahen sich Signe und Viggo an. Diesmal nickten sie sich nachdenklich zu. Dann schüttelte Signe energisch den Kopf.

»Keine gute Idee, nachdem du einen ganzen Sonntag als Rampensau Hausrat versteigert hast und wir davon ausgehen müssen, dass Lars Stein auch dabei war und dich wiedererkennen könnte.«

»Hmm, stimmt … aber gut wäre es schon, da mal jemanden eine Zeit vor Ort zu haben!« Alle nickten.

*

Versonnen hielt Robert Ekkheim auf die kleine Inselgruppe zu. Der breite Schilfgürtel, der sie an der einen Seite umgab ließ ihn hoffen, vielleicht endlich mal wieder einen kapitalen Hecht zu fangen. Extra dafür war er an den Ödevaten gefahren, hatte sich ein Boot gemietet und surrte jetzt mit dem kleinen Elektromotor durch den friedlich daliegenden See. Die noch immer grelle Abendsonne spiegelte sich und zeichnete im Wasser eine lange gleißende Spur. Er genoss das annähernd geräuschlose Dahingleiten und ließ die würzige, nach Wasser und Wald duftende Luft tief in seine Lunge strömen. Er fuhr in einem großen Bogen um die vom Wasser polierten Felsen und stellte den Motor ab. Er montierte seine Angelrute und als er schwungvoll die Schnur mit seinem Lieblingsblinker auswarf, tanzte das kleine Boot wie ein Korken auf dem Wasser und unzählige kräuselige Wellen spielten 1000-fach mit dem Sonnenlicht. Robert begann die Schnur langsam wieder einzuholen, dann vibrierte sein Handy. Er überlegte. »Wenn ich jetzt rangehe, sinkt der Blinker unweigerlich auf den Grund, verhängt sich wahrscheinlich zwischen den Felsen oder irgendwelchen Pflanzen und ist verloren. Andererseits: Wenn das jetzt Markus ist? Oder Renate?« So schnell es ging, holte er die Schnur ein, aber als der Blinker aus dem Wasser zischte, erstarb auch das Vibrieren seines Handys.

Auf dem Display fand er die Nachricht über einen verpassten Anruf. Darunter stand: Renate. Freudig rief er zurück, dümpelte fast eine dreiviertel Stunde auf dem Ödevaten und klönte mit seiner Liebe. Nach Beendigung des Telefonates lächelte er selig – sein Sohn nannte das grenzdebil: Renate hatte ihr Kommen angekündigt. Sie säße fast schon auf gepackten Koffern, hatte sie ihm gesagt. Und sie hatte den Wunsch geäußert, auch ein paar Tage in Göteborg zu verbringen, wo sie vor Jahrzehnten mal mit einer Jugendgruppe ihre Ferien verbracht hatte und lange schon mal wieder hin wollte. Robert war daraufhin sofort das *Way Out West-Festival* in den Sinn gekommen, das von Renate postwendend in die To-Do-Liste aufgenommen worden war.

Zwei Stunden später vertäute Robert das Boot am Steg, wuchtete die Batterie auf die bereitstehende Sackkarre und stellte den Eimer mit seinem Fang darauf: Drei durchaus vorzeigbare Flussbarsche. Der kapitale Hecht war ihm auch diesmal verwehrt geblieben. Dann schulterte er den Elektromotor und sein Angelgeschirr und begab sich, nachdem er die Rückgabe erledigt hatte, zu seinem Wagen und auf die Heimfahrt.

Die Barsche lagen ausgenommen im Kühlschrank und Robert saß nun vor seinem Laptop und suchte in Göteborg für sich und Renate eine adäquate Unterkunft. Zwischendurch ertränkte er seinen Frust immer wieder in einem Schluck Rotwein. »Verdammt«, überlegte er, »wieso ist eigentlich alles ausgebucht, was preislich akzeptabel ist und auch nur halbwegs in der Nähe zum Festivalgelände liegt?« Er schüttelte seinen Kopf, hatte er sich die Antwort doch gerade selbst gegeben. »Klar!«, dachte er höhnisch, »So ab 350,- € aufwärts pro Nacht gibt es sogar fünf Sterne in fußläufiger Entfernung!«

Er wechselte auf eine andere Anbieterseite, auf der es allerdings ähnlich aussah. Immer wieder stieß er auf die feuerroten Sätze *Sie haben es verpasst! Ihre*

Daten sind beliebt – wir haben hier keine Zimmer mehr! Unten gibt es mehr Angebote! Scrollte er dann lustlos die Angebote herunter, sah es nicht anders aus. Wieder wechselte er die Anbieterseite, diesmal allerdings mit etwas schlechtem Gewissen, wurden hier doch nicht nur Privatwohnungen auf Zeit angeboten, sondern auch immer wieder Wohnraum illegal zweckentfremdet. Was gerade in Ballungsgebieten die Mieten noch weiter steigen ließ. Robert beruhigte sein Gewissen damit, dass er beschloss, ganz genau hinzuschauen …

Zufrieden griff Robert nach seinem Glas. Er hatte gebucht: Eine – nach den eingestellten Fotos – nette 2-Zimmer-Altbauwohnung in akzeptabler Entfernung zum Festivalgelände und direkter Nähe zur Innenstadt. Für eine Woche, denn die Miete war so günstig gewesen, dass es sich selbst für nur drei oder vier Tage lohnen würde. Und der junge Mann hatte ihm versichert, dort richtig zu wohnen und jetzt nur zu vermieten, weil er mit der Uni auf Exkursion müsse und er sich so etwas zur Miete dazuverdienen könne. Das fand Robert nachvollziehbar und war jetzt gespannt wie es wohl sein würde, in einer fremden Wohnung eines Unbekannten zu Gast zu sein.

*

Ein heftiger Schlag in der Lenkung schreckte Robert auf. Der Wagen wollte ausbrechen; konzentriert hielt Robert das Lenkrad fest und steuerte gegen, bremste vorsichtig ab und lenkte den Wagen dann sachte an den rechten Straßenrand. Robert schloss die Augen und atmete tief durch. Anschließend stieg er aus und sah sofort den platten Vorderreifen, der seine Füllung schlagartig durch einen drei Zentimeter langen Riss in der Flanke verloren haben musste. »Mist!«, schoss es ihm durch den Kopf, als ihm einfiel, dass er es bis heute nicht geschafft hatte, sich zu dem bordeigenen Reifenpannenset noch einen richtigen Reservereifen anzuschaffen. Da das Pannenset sich zwar für kleine Löchlein in der Reifendecke, keinesfalls jedoch für Risse in der Flanke eignete, war klar: Er brauchte Hilfe. Er sah sich um. Wald. Was auch sonst. Wenn er doch bloß hinter Gislaved nicht die autobahnähnliche Bundesstraße verlassen hätte, um dieses kleine, einsame Landsträßchen zu fahren! Auf dem man, wie er als nächstes genervt feststellte, nicht einmal Handyempfang hatte! »Klar«, dachte er, »von den drei Funklöchern in Schweden erwische ich ausgerechnet jetzt eines!«

Nachdem Robert die Pannenstelle abgesichert hatte, fing es auch noch an zu nieseln. Er setzte sich ins Auto und hoffte, dass schnell jemand vorbeikommen würde, den er um Hilfe bitten könnte. Er sah auf die Uhr. Sein einst üppiger Zeitvorsprung schmolz bedenklich zusammen. Er würde kaum noch rechtzeitig in Göteborg sein, um Renate abholen zu können. Er nahm sein Handy – und ließ es dann resigniert wieder sinken. Natürlich hatte er noch immer kein Netz.

Nach einer gefühlt endlosen Zeit hörte Robert ein entferntes Motorengeräusch, das langsam näher kam. Dann, wieder nach gefühlt endlos langer Zeit, sah er einen alten finnischen *Valmet*-Traktor mit einem großen Holzanhänger die Straße entlangtockern. Er stieg aus und winkte ihm ungeduldig mit beiden Armen entgegen.

Einige Zeit später saß Robert erstaunlich bequem auf dem seitlichen Kotflügelsitz des alten Treckers und sah zu seinem Škoda zurück, der auf drei Rädern und einem großen Holzklotz hinter einem Holzanhänger am Straßenrand stand. Erich, ein betagter hagerer Seemann aus Deutschland, den die Liebe in Schweden hat stranden lassen, hatte sofort seine Hilfe angeboten und war mit Robert und dem defekten Reifen zurück nach Gislaved in eine Werkstatt gedieselt. Da ein neuer Reifen erst am nächsten Vormittag zur Verfügung stehen würde, wollte Robert sich irgendwo ein Zimmer und am nächsten Tag dann ein Taxi nehmen. Erich hatte ihn kopfschüttelnd angesehen und diese Überlegungen sofort mit einer Einladung zu sich nach Hause gekontert. Und als er dann noch einen Elchbraten in Aussicht stellte, mochte sich Robert diesem herzlichen Angebot nicht weiter verschließen. Zumal er inzwischen auch mit Renate gesprochen und mit ihr ausgemacht hatte, dass sie erst morgen in Göteborg zusammentreffen würden.

Die Treckerfahrt gefiel Robert. Es hatte bereits vor einiger Zeit zu regnen aufgehört, zaghaft suchte sich die Sonne den Weg durch den immer löchriger werdenden Wolkenteppich, und Wald und Wiesen wussten sich immer besser mit ihrem feucht-warmen Duft durchzusetzen. Sie hielten noch kurz bei Roberts Škoda, hängten den Anhänger an und Robert holte seine Tasche aus dem Wagen. Wenige Kilometer weiter bog Erich plötzlich in einen schmalen Waldweg. Robert entdeckte zwischen den Bäumen eine große Lichtung mit einem rotweißen Holzhaus. Genau wie der Garten, wies es exakt die richtige Mischung aus Pflege und Morbidität auf, die das ganze Anwesen wild-romantisch aussehen ließ. Als sie näher kamen, sah Robert eine kleine kräftige Frau auf der Veranda stehen, die einige verblühte Knospen aus den üppig rot blühenden Begonien knipste.

Die Begrüßung, die ihm dann widerfuhr, ließ Robert meinen, er sei ein verschollen geglaubter alter Freund, der nach Jahren überraschend wieder aufgetaucht wäre. Das auf den Tisch gebrachte Mahl aus einer leichten Suppe aus eigenem Gartengemüse, einem Elchbraten aus eigener Jagd, selbst eingemachten Lingonbeeren, kleinen mehligen Kartoffeln von der eigenen Scholle und einer Sahnesoße mit Pilzen aus den umliegenden Wäldern, hätte jedenfalls auch diesen Anlass gekrönt. Dem hausgemachten, typisch schwedischen Nachtisch aus roter Grütze mit Sahne, folgte dann noch ein starker Kaffee, ganz old fashioned, in einer Glaskolbenkanne aufgebrüht. Nachdem Robert seinen Kaffee ausgetrunken hatte, bedankte er sich höflich für das Essen: »Tack för maten!«, was Erich verschmitzt lächelnd zum Anlass nahm, aufzustehen und anschließend nickend, mit erhobenen, Achtung gebietenden Zeigefinger, im Keller zu verschwinden. Das wiederum nahm seine Frau zum Anlass, leicht ihren weißes Haupt zu schütteln und mit mehrdeutigen Lächeln und den gemurmelten Worten

»Na dann …« das Kaffeegeschirr auf ein Tablett zu stellen und den Raum zu wechseln.

Wenig später bekam Robert von Erich stolz ein schmuckloses Wasserglas mit einer kristallklaren Flüssigkeit gereicht. Er selbst nahm sein Glas, prostete Robert mit einem »Skål!« zu und kippte das Glas in einem Zug hinunter. Robert tat ihm gleich, woraufhin sein Hals so zu brennen anfing, dass er seines Atems beraubt wurde und ihm die Tränen in die Augen schossen. Als nächstes lief er feuerrot an, schnappte hilflos nach Luft und hustete. Erich strahlte und goss die Gläser nochmals randvoll. »Gut? Habe ich selber gebrannt! Schwarz schmeckt's am besten.« Dabei zwinkerte er Robert zu. Der sah alles durch einen Tränenschleier. Immerhin bekam er wieder Luft. Und schon erklang erneut ein aufforderndes »Skål!«

Diesmal nippte Robert nur. So schmeckte ihm das sogar ganz gut. Er nippte noch einmal und noch einmal, während Erich ihn zufrieden beobachtete. Robert fühlte sich wohl. Sehr wohl. Ihm wurde seltsam leicht zumute. »Wirklich schade, dass Renate nicht hier ist! Aber, man kann nun mal nicht alles haben!«, dachte er und hielt Erich sein Glas entgegen, der freudig nachschenkte. Nachdem Robert das dritte Glas getrunken hatte, sah er erstaunt erst Erich, dann das leere Glas an.

»Duu, sach ma Eee … E'ich, isass eintlich 'n schwedischer Dings … ähh nee … Prauch, dasss middi Gl … Glässs … also das middi Dings anni Wand werfn?«

»Nee, das ist russisch!«

»Lassich gelden!«

Ohne sich umzuschauen schmiss Robert das Glas
hinter sich, das aber nicht die Wand traf, sondern
durch die geöffnete Küchentür direkt in den Korb
mit Feuerholz flog. Dadurch aber wenigstens heil
blieb. Wäre Robert noch in der Lage gewesen, entfernt Gehörtem einen Sinn beizumessen, hätte er aus
der Küche ein resigniertes »Pojkarna …«, »Jungs …«,
vernehmen können. So aber sank er mit glasigem
Blick auf den nächstbesten Stuhl. »… ch glaup, ch
muss ins Bett!«

*

Robert brauchte am nächsten Morgen einen Moment, um sich zu entsinnen, wie er in dieses Bauern-
bett mit der schweren Federdecke und der weißen
Leinenbettwäsche gekommen war. Abgesehen davon,
ging es ihm erstaunlich gut. Er erinnerte sich dann
sogar an die Details des gestrigen Abends – an Erichs
Hilfsbereitschaft, das wunderbare Essen, die ange-
nehme Unterhaltung und an den Schnaps – nur die
Auswirkungen von drei randvollen Wassergläsern
hochprozentigen Alkohols auf Verstand, Koordinati-
ons- und Artikulationsfähigkeit waren dem gnädigen
Vergessen anheimgefallen. Was vielleicht auch besser
war, denn sonst hätte Robert seinen Gastgebern an
dem reich gedeckten Frühstückstisch nicht so unbe-
fangen entgegengetreten können, wie er es nun tat.

Das Frühstück war in der großen Wohnküche an-
gerichtet und Robert staunte nicht schlecht, als er
deren hochmoderne Einrichtung sah. Der Kontrast

zu dem alten emaillierten Ofen und dem Weidenkorb mit Feuerholz hätte kaum größer sein können. Die beiden alten Leute freuten sich über Roberts Staunen und Erich liebkoste mit der einen Hand die Wange seiner Frau, mit der anderen strich er über den blitzblanken Induktionsherd. »Das war ihr großer Traum und da sie mein großer Traum ist«, erklärte Erich und sah seine Frau zärtlich an, »haben wir unsere alte Küche verkauft und diese hier einbauen lassen.«

Erich pulte nun eine Stecknadel aus einem Foto von einer mit Aufnahmen übersäten Pinnwand. »So sah das hier vorher aus«, lachte Erich und zeigte Robert ein Foto, auf dem eine typische Küche aus den 1960er Jahren zu sehen war. Blitzblank aber eben alt. »Habe ich damals mit meinem Schwager selbst gebaut!«, sagte er nicht ohne Stolz. »Wir haben uns gefreut, dass sie in würdige Hände gekommen ist. Die beiden fanden die Küche richtig toll und waren geradeso glücklich, wie wir es damals waren. Und es war übrigens auch ein Deutsch-Schwedisches Paar – genau wie wir!« Er kicherte und zwinkerte seiner Frau zu. »Und jung waren sie, so jung – zusammen waren sie lange nicht so alt wie die Küche!«

XXIX

Ziemlich genau drei Stunden nachdem Robert sich herzlich von ihnen verabschiedet hatte, bestätigte ein verwundert dreinblickendes älteres Ehepaar einer schwarzen Kommissarin der Reichspolizei und ihrem groß gewachsenen rothaarigen Kollegen, dass die ihnen vorgehaltenen Fotos zweifelsfrei die Käufer ihrer alten Küche zeigten.

»Tatsächlich die schon wieder!«, brummelte Viggo, steckte die Fotos von Lars Stein und Agnes Ohlsson wieder ein und ließ sich in Signes Scirocco fallen. »Was machen die bloß mit dem Kram? Sammeln?« Signe zuckte die Schultern.

»Möglich. Verkaufen lohnt sich ja nicht wirklich! Aber es muss ja von Bedeutung für sie sein, immerhin haben sie dafür einen Toten in Kauf genommen. Aber wo sammelt man so viel Zeugs? Und da sind ja auch große Sachen dabei wie Schränke und eben auch ganze Küchen! Die müssen doch längst eine Halle oder Scheune oder was-weiß-ich damit voll kriegen. Vielleicht ist das ja mal ein Ansatz. Da soll sich Oscar drum kümmern. Möglicherweise hat ein Nachbar was gesehen oder mitbekommen, wenn sie Sachen angeliefert haben!«

»Oder abgeholt …«

»Womit wir wieder bei der Frage wären, wofür sie das alles sammeln …«

»Vielleicht basteln die sich ja in dieser verrückten Welt ihre wohlig warmen Kindheitserinnerungen wieder zusammen!«, grinste Viggo. »Und was machen wir jetzt? Auf nach Göteborg?«

»Wie weit ist das?«

»Gute Stunde, vielleicht etwas mehr.«

»Und dann?«

»Na, erst mal eine Fikapaus. Und dann umhören und auf Kommissar Zufall setzen!«

»Also, das mit der Kaffeepause ist gut. Sagt auch mein Magen. Aber eigentlich müssen wir arbeiten …«

»Aber so was von! Wir spazieren ein bisschen durch Keillers Park, genießen den Ausblick vom Ramberget auf die Altstadt und du führst mit mir dabei das zeitlich dringend gebotene Mitarbeitergespräch. Nachdem wir uns gegenseitig gelobhudelt haben, gehen wir dann ins Univiertel und hören uns da in den Kneipen und Bars um. Inoffiziell und zwanglos.«

»Du hast nur keine Lust zu arbeiten!«

»Stimmt! Und du solltest Ella Bescheid sagen, dass es heute spät wird!«

»Stimmt auch!«, sagte Signe und griff entschlossen zu ihrem Smartphone.

*

Schnell gewann der kleine dreisitzige Helikopter an Höhe. So schnell, dass Robert aus Gründen des Wohlgefühls die Augen schloss und tief durchatmete. Noch immer im Steigflug, schob der Pilot den Steuerknüppel nach rechts, die weiße Maschine kippte weg und flog eine große Kurve hinaus aufs Meer. Robert riss ob der plötzlichen Bewegungsänderung erschrocken die Augen auf und sah unter sich das grünblaue Meer mit einer Unzahl größerer und kleinerer Inseln. Er sah Renate an, der dieses unmittelbare Flugerleben so rein gar nichts auszumachen schien. Glücklich sah sie auf den Göteborger Schärengarten hinab. Erst jetzt hörte auch Robert über die Kopfhörer bewusst die Erläuterungen des Piloten.

Als Renate merkte, dass Robert sie ansah, lächelte sie und drückte seine Hand. Als sie vor zwei Tagen alleine in Göteborg angekommen war, war sie gleich nach dem Einchecken in die Ferienwohnung zum Tourismusbüro gefahren. Dort hatte sie sich nicht nur mit diversen Prospekten und Karten eingedeckt sondern hatte, durch eine malerische Luftaufnahme vom Göteburger Schärengarten angeregt, spontan einem Rundflug gebucht. Und da ihr Schwedisch noch im Anfangsstadium und damit etwas besser als Roberts Englisch war, mit einem deutschsprachigen Piloten.

Langsam begann auch Robert Spaß am Rundflug zu empfinden, er konzentrierte sich auf die grandiose Aussicht und die unterhaltsam dargebrachten Informationen. Diese gingen weit über die Aufzählung von Inselnamen hinaus und so erfuhren sie nebenbei, dass die südlichen Schären bis 1997 für alle Ausländer militärisches Sperrgebiet waren und sich der internationale Tourismus jetzt erst langsam entwickeln würde. Dabei flogen sie über große und kleine Inseln, auf denen sich sattes Grün und Felsen mit pittoresken Dörfern oder mondänen Kur- und Ferienanlagen abwechselten. »Dort unten«, sagte der Pilot gerade, »dort, fast am Festland, da wo ihr die Brücke seht, ist die Insel *Trälen*. Die wurde 1948 von Volvo gekauft, um für die Mitarbeiter eine Feriensiedlung mit einundfünfzig Bungalows zu erbauen. Doch als in den 1970er Jahren dann der große Boom der Charterreisen begann, wollte kaum noch jemand seinen Urlaub auf einer kleinen Insel an der Westküste Schwedens verbringen. Damit standen die Ferienhäuser zunehmend leer und warteten voll ausgestattet auf Feriengäste, die nicht mehr kamen. In den 1990er Jahren verkaufte Volvo die Insel schließlich an einen Kapitalanleger. Erst über zwanzig Jahre später begannen dann die Abrissarbeiten und nun entsteht da eine Siedlung mit Luxushäusern. Laut dem Investor und etwas nebulös *eine besondere Siedlung für eine besondere Gesellschaft!* Wir sind alle sehr gespannt …«

Währenddessen flogen sie tief über die kleine Insel hinweg, sahen bunte Holzhäuser und Baustellen, auf denen emsig gearbeitet wurde. Dann zog der kleine Helikopter hoch und drehte zum Abschluss nochmals ab aufs Meer. »Da, elf Uhr!« Der Pilot deutete links vor sie aufs Wasser. Zwischen spiegelnden Wellen ahnten sie mehr, als dass sie sie wirklich sahen, eine Seehundkolonie, die auf einer der vielen flachen Felskuppen die wärmenden Sonnenstrahlen genoss.

*

Das Gedankenkarussell in seinem Kopf ließ ihn nicht zur Ruhe kommen. Er hatte alles Mögliche ausprobiert, hatte versucht sich nur auf einen Gedanken zu konzentrieren – geklappt hatte es nicht. Ganz bewusst hatte er jeden einzelnen Gedanken willkommen geheißen, um ihn dann, wiederum ganz bewusst, zu verabschieden. Auch hier funkten ihm gedankliche Banalitäten dazwischen. Er probierte es mit autogenem Training, aber seine Gedanken schweiften erneut ab in die Niederungen der Nichtigkeiten. Er wälzte sich von einer auf die andere Seite, immer mit der Befürchtung, er könnte Renate stören. Irgendwann, nachdem ihm sein Wecker gerade mal noch vier mögliche Stunden Schlaf anzeigte, gähnte er und sah ein wenig neidisch auf seine Liebe, die ganz tief und fest zu schlafen schien. Vorsichtig schlüpfte Robert aus Bett und Schlafzimmer und ging barfuß auf leise knarzenden Dielen in die Küche.

»Eigenartig«, dachte er, als er sich in der Küche umsah, »wie schnell man sich in einer fremden Wohnung heimisch fühlen kann!« Dann füllte er sich ein Glas Wasser ein und sah aus dem Fenster. Die Straße lag still und verlassen im erstes Tageslicht. »Was habe ich denn um diese Zeit erwartet? Berufsverkehr und herumtollende Kinder?« Robert lächelte, wollte sich gerade abwenden, als er zwei Scheinwerferkegel sah, die sich rasch näherten. Neugierig blieb er stehen und sah einen schwarzen Pick-up direkt vor dem Haus halten. Ein Mann stieg aus, sah die Straße entlang und am Haus empor, was Robert sofort zur Seite treten ließ. Als Robert vorsichtig wieder auf die Straße hinunterschaute, war der Mann natürlich nicht mehr zu sehen. Aber der große schwarze Wagen stand noch immer da.

Leise huschte Robert ins Schlafzimmer, griff sich seine Kleidungsstücke vom Stuhl und zog sich in der Küche an. Dabei hatte er immer wieder ein Auge auf den schwarzen Pick-up vor dem Haus, den er zweifelsfrei als *den* schwarzen Pick-up identifiziert hatte. Und demnach konnte der Mann eigentlich auch nur Lars Stein sein, auch wenn Robert ihn im Zwielicht des Morgens nicht klar erkannt hatte. Aber Größe und Statur stimmten. Schnell schrieb er noch eine kurze Mitteilung an Renate und öffnete dann behutsam die Wohnungstür. Es war still im Treppenhaus, aber Robert wusste ja auch gar nicht, ob Lars Stein hier ins Haus gegangen war oder in das Nachbargebäude. Dann vernahm er plötzlich zwei Stockwerke unter sich, die ins Schloss fallende Haustür.

Robert stürmte die Treppen hinunter, hielt sich mit der einen Hand am Geländer fest und sprang immer drei bis vier Stufen hinunter. Als er unten ankam, sah er den Pick-up gerade losfahren. Schwer atmend wartete Robert einen Moment, dann riss er die Tür auf, guckte vorsichtig um die Ecke und rannte dann zu seinem Wagen. Gerade als der Pick-up um die Ecke bog, startete Robert den Motor.

Die Fahrt quer durch die erwachende Großstadt forderte Roberts ganze Aufmerksamkeit. Der Verkehr begann langsam zuzunehmen, was einerseits zwar die Deckung erleichterte, andererseits aber das im Auge behalten des schwarzen Pick-ups erschwerte. Als Lars Stein in den Tingstadstunnel einfuhr, der schnurgerade, taghell ausgeleuchtet und dreispurig die Göta Älv unterquerte, musste sich Robert aufgrund der sehr übersichtlichen Verkehrslage sehr weit zurückfallen lassen. Beinahe hätte er daraufhin die Abzweigung nach dem Tunnel verpasst, gerade noch rechtzeitig entdeckte er mitten unter den Richtungs- und Spurhinweisen, all den Schilderbrücken, Warnbaken, Sperrschranken, den Über- und Unterführungen den Pick-up. Robert schloss auf und war froh, nicht so ein auffallend grell lackiertes Auto zu fahren, wie Signe es tat. »Silber – oder Ofenrohrfarben, wie sein Sohn spottete – mag zwar langweilig sein, macht aber auch unsichtbar«, dachte er lächelnd.

Der schwarze Pick-up verließ jetzt die Autobahn, fuhr über zwei Kreisel auf eine Landstraße und folgte ihr Richtung Nordwesten. Generös ließ Robert einem noch weit entfernten Lieferwagen die Vorfahrt und war dann durch ihn perfekt abgeschirmt. Sie fuhren durch eine Gegend bei der Robert das Gefühl hatte wenig zu verpassen, wenn er sich nun allein auf die Straße und die Verfolgung des schwarzen Pick-ups konzentrierte. Dies änderte sich auch nicht, als sie Richtung Schären abbogen. Als Robert dann das erste Mal Wasser sah, war die Fahrt für ihn auch schon beendet. Er stand vor einer Brücke mit einer Schranke und einem Schild, das die Weiterfahrt nur den ausführenden Baufirmen gestattete. Robert blickte sich um. Natürlich konnte er nirgends einen schwarzen Pick-up erblicken, »Wie auch«, sagte er sich, »ich habe ihn ja über die Brücke fahren sehen! Aber was macht der da drüben?« Er sah zu der kleinen Insel hinüber, die mit dem Festland nur durch die knapp 100 Meter lange aber gesperrte Brücke verbunden war. Robert startete sein Navigationsgerät und markierte seinen Standort auf der Karte.

Als die Beifahrertür aufgerissen wurde, blieb Robert fast das Herz stehen. Sein Kopf wirbelte herum und er sah, wie ein Mann ohne Hast in seinen Wagen stieg. »Du bist neugierig«, sagte der ruhig zu ihm, »für meine Begriffe viel zu neugierig!« Dass er auf deutsch angesprochen wurde, wunderte Robert nicht. Lars Stein war ja Deutscher. »Aber …«, durchzuckte es ihn dann, »der ist doch ein Mörder …« Er bekam ein beklemmendes Gefühl und fragte sich, was zum Teufel er hier auch in aller Herrgottsfrühe alleine zu suchen hatte. »Wenn er mich jetzt …« Robert traute sich nicht, den Satz zu Ende zu denken. Lars Stein zog jetzt die Tür zu, sah ihn an und bedeutete ihm, die Brücke zu passieren. Robert zögerte. »Bitte!«, sagte Lars Stein dann und steckte eine Hand in die Tasche seiner Jacke. Robert fuhr los, die Schranke öffnete sich vor ihnen. Auf der andern Seite angekommen, hielt er an. Hinter ihnen schloss sich die Schranke. »Weiter!«, kam es knapp vom Beifahrersitz. Robert folgte den knappen Befehlen und dem übersichtlichen Straßenverlauf.

Nirgends war eine Menschenseele zu sehen, die Häuser an denen sie vorbeikamen sahen leer und verwaist aus, überall lag Baumaterial oder standen Maschinen. »Vielleicht hört mich ja doch einer, wenn ich hupe!«, dachte Robert. Aber bevor er diesen Gedanken umsetzen konnte, und als ob Lars Stein in seinen

Gedanken zu lesen vermochte, sagte der: »Keinen unnützen Lärm. Hier ist vor 8:00 Uhr niemand, der dich hören könnte. Du störst nur die Tierwelt!« Dann forderte er Robert auf zu stoppen. Robert hielt direkt vor einem der bunten Holzhäuser. »Dein Handy!« Robert sah zu Lars Stein, sah, dass der noch immer eine Hand in der Jackentasche hatte und reichte ihm widerwillig sein Handy. Er erwartete nun barsch aufgefordert zu werden, auch sein Smartphone oder Tablet auszuhändigen, aber Stein grinste nur kopfschüttelnd und steckte das Uralthandy ein. Dann bedeutete er Robert auszusteigen.

Robert stand in einem Flur. Es roch nach Holz und frischer Farbe. Er sah sich um. An der einen Seite des Flures war die von Lars Stein demonstrativ verschlossene Haustür, auf der anderen Seite sah er durch die offene Tür in die Küche. Robert fand es merkwürdig, dass jemand in ein neues Haus eine Küche einbaut, die in die 1960er Jahre gepasst hätte. Robert sah sich weiter um. Der Flur hatte noch zwei weitere Türen, auf der einen prangte ein Herz aus Messing und ließ so keine Zweifel, was sich hinter ihr verbarg. Wohin die zweite Tür führte, war nicht ersichtlich. »Wahrscheinlich in den Keller«, dachte Robert, »wenn es auf einer Felseninsel so was überhaupt gibt!« Als er sich wieder umsah, stand Lars Stein vor ihm. »Trink das!«, sagte der und hielt ihm ein Glas hin. Seine andere Hand war noch immer in der Jackentasche.

»Was ist das?«

»Eine Art K.-o.-Tropfen. Du wirst gleich ein paar

Stunden tief schlafen! Und wenn du Pech hast, hast du danach Kopfschmerzen. Aber das hast du dir selbst eingebrockt, ich sagte ja bereits, du bist einfach zu neugierig!«

Robert wand sich. Als er die auffordernde Bewegung der Hand in der Jackentasche sah, ergab er sich und kippte das Glas hinunter.

»Gefahr erkannt – trivial gebannt!«, grinste Lars Stein und während Robert schummerig wurde, zog sein Gegenüber die Hand aus der Tasche und massierte seinen Zeigefinger. »Mannomann, fast hätte ich einen Krampf bekommen!« Robert wurde schwindelig; er suchte sich an der Wand festzuhalten und rutschte doch an ihr zu Boden.

*

Robert öffnete blinzelnd die Augen. Es blieb dunkel. Er hob den Kopf, sah sich vergebens um. Dann setzten die Kopfschmerzen ein. Vorsichtig legte er sich wieder hin. Sein Kopf lag angenehm weich. Er tastete umher aber etwas behinderte ihn in seinem Tun. Mit jähen Bewegungen befreite er sich und irgendetwas fiel zu Boden. Dann fühlte er eine harte Kante und dahinter tappte seine Hand ins Leere. »Ein Bett? Ich liege in einem Bett?«, fragte sich Robert und fand das seltsamerweise sehr beruhigend. Dann dämmerte er wieder weg.

XXX

Renate stand in der Küche und hielt ratlos einen Zettel in der Hand. *Geliebte Geliebte,* las sie und fand das arg übertrieben. »Das war schließlich schon gestern!«, sagte sie und las dann weiter: *Ich konnte heute Nacht nicht schlafen und dann habe ich Lars Stein gesehen und bin ihm hinterher. Bringe nachher Brötchen mit und Dir einen Kaffee ans Bett! Gruß und Kuss Robert* – Sie schüttelte verwundert den Kopf. »Wann ist der denn bitte los?«, fragte sie sich und sah auf die Uhr. »Und wer zum Teufel ist Lars Stein?«, sie überlegte. »War das etwa dieser Typ aus Växjö? Der, der auch Signes Wagen geschrottet hat?«

In wenigen Minuten müsste der Wecker läuten, den sie gestern Abend auf 8:00 Uhr gestellt hatten. Heute wollten sie zur Fischmarkthalle fahren, zur Fischkirche, *Feskekörka,* wie sie aufgrund ihrer kirchenähnlichen Architektur in Göteborg genannt wurde. Und dort wollten sie dann auch frühstücken. Und danach in *Haga,* dem ältesten Stadtteil Göteborgs, bummeln gehen. Renate freute sich schon auf all die kleinen Läden, die Boutiquen und Cafés. »Erst einmal duschen!«, dachte sie. »Ich kann ja immer noch ins Bett zurück, wenn Robert mit einem Kaffee kommt …«

Renate hockte am Küchentisch und wählte zum wiederholten Mal Roberts Mobilnummer. Aber auch dieses Mal meldete sich Robert nicht. Es war jetzt schon kurz nach 10:00 Uhr und dabei wollten sie doch längst an der *Feskekörka* gewesen sein! Sie war inzwischen etwas ärgerlich. Sie schnappte sich ihr Lernbuch *Schwedisch sabbeln för Quiddjes*, das ihr Robert mitgebracht hatte und versuchte sich auf ihre Lektion zu konzentrieren. Bereits nach wenigen Minuten schweiften ihre Gedanken ab. Es war eine fatale Mischung aus Sorge und Ärger, die jegliche Chance auf einen Lernerfolg kategorisch unterband. Renate versuchte, nicht immer wieder auf die Uhr zu schauen, konnte aber nach einer gefühlten Ewigkeit doch nicht widerstehen. Es war genau 10:39 Uhr. Sie versuchte erneut und wieder erfolglos Robert zu erreichen. »So, ich warte jetzt noch bis 11:00 Uhr!«, entschied sie, ohne selbst zu wissen, was dann passieren sollte.

Es war dann 11:16 Uhr, als Renate bei der Polizei in Kalmar anrief. Sie fragte auf Englisch nach Signe Berglund und wurde weitergeleitet. Um 12:54 Uhr hob ein blau-weißer Polizeihubschrauber vom Startplatz in Kalmar Richtung Göteborg ab. Während Viggo Henriksson, als Stellvertreter Signes, etwas enttäuscht im Büro geblieben, gerade die Fahndungsdaten von Roberts Auto für den Großbereich Göteborg durchgab, flog diese mit Oscar schon über das große Industriegebiet im Westen Kalmars. »Hoffentlich sind wir diesmal erfolgreicher!«, dachte sie in Erinnerung an ihren Göteborg-Trip mit Viggo, der nur unter streng touristischen Gesichtspunkten als erfolgreich bezeichnet werden konnte.

Die Miniaturwelt unter ihnen stellte sich trotz der Flughöhe von über 500 Metern erstaunlich differenziert dar. Nicht nur einzelne Bäume und Gebäude waren klar auszumachen, sondern sogar einzelne Autos. Und je weiter sie nach Westen flogen, umso mehr Felsen lugten zwischen Bäumen, Feldern und Wiesen aus dem Boden. »Schade, dass Roberts Auto nicht so eine krasse Leuchtfarbe hat wie deiner!«, sagte Oscar unvermittelt, »Dann hätten wir Chancen, zumindest seinen Wagen irgendwo da unten auszumachen!« »Ja, wenn der nicht gerade in einer Scheune steht!«, antwortete Signe als sie über eine riesige alte Scheune mit vielen Dachgauben und einem riesigen Baum an der Giebelseite flogen. Kurz darauf fragte die Pilotin, ob sie Göteborg nicht über den südlichen Schärengarten anfliegen solle. Signe und Oscar sahen sich an und nickten synchron. Der Hubschrauber drehte ab.

Sanft setzte der Hubschrauber nach einer viel zu kurzen Flugschleife über dem Schärengarten auf dem Asphalt der Landebahn auf. Sofort kam ein Polizeiwagen angefahren und chauffierte Signe und Oscar in die nahe gelegene Polizeiflugschule. Und während sie draußen den Helikopter wieder starten hörten, wurden sie in einem hell und freundlich gestalteten Aufenthaltsraum geführt.

»Der Kollege Viggo war so freundlich, uns bereits eingehend zu informieren!«, sagte der ältere der drei sie erwartenden Kollegen und grinste. »Er hat uns auch gebrieft, was wirklich wichtig ist …« Damit drehte er sich zu einem Tischchen und reichte Signe und Oscar je einen Becher frischen Kaffee. Signe lächelte. »Tusen tack!« – »Tausend Dank! Damit hat sich unser Ausflug ja schon gelohnt!« Sie trank und betrachtete dabei die Kollegen. Der ältere, sie nahm an, dass er kurz vor seiner Pensionierung stand, trug zu einer schlohweißen, im Nacken durch ein buntes Gummi gebändigten Haarmähne, zivil. Eher beiläufig hatte er bei der Vorstellung erwähnt, zu den hiesigen Piketen, dem Spezialeinsatzkommando Västra Göta-land/Göteborg zu gehören. Seine jüngeren Kollegen, beide etwa in Oscars Alter, waren ihrer Kleidung nach Piloten und sahen die Neuankömmlinge neugierig an.

Der weißhaarige Kollege fuhr dann fort: »Als ihr noch in der Luft wart, haben wir nicht nur Kaffee gekocht sondern auch ein Bewegungsprofil des Handys von Robert Ekkheim erstellt. Leider nur ungenau, weil GSM-basiert – er scheint ein altes Handy zu nutzen. Jedenfalls war die wesentlich genauere GPS-Ortung nicht möglich«, er zuckte die Schultern »aber für Göteborg-Stadt hat es dann, Dank der vielen Funkzellen, doch gelangt. Demnach war er bis heute morgen gegen 4:30 Uhr in der Fjällgata. Dann ist er ins Auto gestiegen und hat die Stadt zügig in nordwestlicher Richtung verlassen. Bedauerlicherweise sind die Funkzellen an der Küste ziemlich groß und überlagern sich kaum, sodass wir zwar ungefähr wissen wo er zuletzt eingeloggt war …«

»Eingeloggt war?«

»Ja, war, denn ab 5:30 Uhr war das Signal ganz plötzlich verschwunden und ist bis jetzt auch nicht wieder aufgetaucht«, antwortete der Göteborger Kollege auf

Oscars Frage. »Und wie gesagt, die letzte bekannte Funkzelle liegt an der Küste und misst ungefähr 150 Quadratkilometer.«

»Oh! Soviel zur Suche der Nadel im Heuhaufen.«

»Na ja, ein paar mehr Hilfsmittel als unsere empfindlichen Fingerkuppen haben wir schon! Und wir können auf zwei sehr erfahrene und außergewöhnlich versierte Piloten zurückgreifen!« Das Heben einer Augenbraue und das darauf folgende breite Grinsen erfolgte koinzident. Dann hob der eine Pilot seine Hand.

»Varsågod«, »Bitte, können wir das nochmal hören? Den Teil mit den Piloten?«

*

Robert reckte sich. Er fühlte sich ausgesprochen ausgeschlafen. Dann erinnerte er sich und fuhr hoch. Es war stockdunkel. Behutsam und vorsichtig betastete er seinen Kopf, die Arme und Beine. »Okay«, dachte er, »und ich kann mich frei bewegen!«, registrierte er erleichtert. Vorsichtig erhob er sich, rutschte weg und fiel wieder auf sein Nachtlager. Nach einem von Erfolg gekrönten zweiten Versuch tastete Robert sich zaghaft durch die Schwärze, bis er etwas Kühles, Hartes berührte. Eine Wand? Er tastete sich an ihr entlang und fühlte etwas schlauchartiges. Vorsichtig spürte er dem Kabel nach. »Ein Schalter!«, durchzuckte es ihn dann und bevor er richtig überlegte, hatte er ihn schon betätigt. Die jähe Helligkeit blendete ihn, er schloss reflexartig die Augen. Langsam, die Augen zu kleinen Schlitzen verengt, gewöhnte er sich ans Licht. Dann sah er sich um. »Mein Gott!«, entfuhr es ihm. Wohin Robert auch blickte, der Raum war vollgestopft mit Relikten aus seiner Kinder- und Jugendzeit. Als er das Bett sah, in dem er bis eben noch gelegen hatte, musste er unwillkürlich lachen: Vor ihm stand das Schrankbett eines typischen Jugendzimmers aus den 1970er Jahren. Allerdings hatte Robert bisher noch keines gesehen, dessen Frontpartie in so einem flotten Blau gehalten war. Und vor dem Bett lag seine Drillichjacke, deren Blau so gar nicht mit dem des Bettes harmonieren wollte und auf der er eben ausgerutscht war.

Robert hatte sich eingestehen müssen, dass er ohne fremde Hilfe hier nicht herauskommen würde. Der Raum hatte keine Fenster und die Tür bestand nicht nur aus Metall, sondern war natürlich auch abgeschlossen. Zu allem Überfluss hatte jemand auch noch die Klinke abgebaut. Und die Scharniere waren auch auf der anderen Seite. Weil er nun schon davorstand, hatte Robert zuerst mit den Fäusten an die Tür gehämmert und gerufen. Dann ergriff er einen Küchenstuhl mit abwaschbaren Kunststoffpolstern in apartem Schottenkaro-Look und schlug mit seinen verchromten Beinen an die vorbildlich isolierten Heizungsrohre. Im Anschluss malträtierte er die Kellerdecke solange mit den Stuhlbeinen, bis ihm Putz und Farbe entgegenkamen. Zu seinem großen Bedauern musste Robert feststellen, dass dies die einzige Reaktion auf seine Bemühungen blieb.

Jetzt lag er auf dem Jugendbett, dachte nach und

versuchte sich zu erinnern, aber alles was nach dem K.-o.-Trunk passiert war, blieb im Vagen. Und eine zündende Idee, wie er Hilfe holen könnte, blieb auch aus. Er horchte angestrengt nach irgendeinem Geräusch. Nichts. Gar nichts. Ihn beschlich erst ein ungutes Gefühl, das dann ansatzlos in Angst umschlug. »Wie lange kann ein Mensch eigentlich ohne Wasser auskommen?«, fragte er sich. »Waren das nicht drei bis vier Tage? Und dann?« Er lachte freudlos. »Was wohl«, höhnte er, »das war's dann. Aus die Maus!« Er erinnerte sich plötzlich, in diesem Zusammenhang gelesen zu haben, dass die eigentliche Todesursache eine innerer Vergiftung sei. »... was die Angelegenheit auch nicht besser macht!«, dachte er bitter. Er schwankte jetzt zwischen irrationaler Hoffnung und blanker Angst. Als sich dann ein Schlüssel in der Tür drehte, sprang ihn nackte Panik an, er schnappte seine Drillichjacke und suchte Deckung.

»Tss, tss, tss, neugierig bis zur Impertinenz und dann aber Muffensausen haben ...«, hörte er die Stimme von Lars Stein. »Keine Ahnung, ob das nur an den Tropfen lag oder was du sonst nachts so treibst, aber du hattest anscheinend ordentlich Schlaf nachzuholen! Hast fast dreißig Stunden gepennt!« Robert sah unsicher zu seinem Besucher. Der sah nicht unfreundlich aus, wirkte aber entschlossen und selbstsicher. Robert sah zur Tür. Da stand noch jemand. Es war der Typ, der sich neulich beim Beladen des Pick-ups so wenig vorteilhaft in Szene gesetzt hatte. »Aber ob der sich genauso dusselig anstellt, wenn ich an ihm vorbei will?« So, wie der da stand, glaubte Robert die Antwort zu kennen. »Er sollte besser nicht anstreben, sein Geld als CEO zu verdienen aber er kann ordentlich zupacken!«, sagte Lars Stein beiläufig, wieder, als ob er in Roberts Gedanken las. »Und außerdem brauchen wir auch nicht mehr lange und dann kannst du eh wieder gehen! Das lohnt also die blauen Flecken nicht. So, und nun ab durch die Mitte!« Er bedeutete Robert aufzustehen.

Zehn Minuten nachdem Robert aus dem nur aus eineinhalb Räumen bestehenden Keller geführt worden war, umwehte ihn, die Hände mit Kabelbindern gefesselt und eine pechschwarze Schweißerbrille auf der Nase, ein lauwarmer Wind. Er roch Meer und hörte Möwen kreischen. Als er seinen Kopf hob, sah er durch die tiefschwarzen Gläser die Sonne als einen orangegelben Ball hoch am Himmel stehen. Dann wurde er am Arm weggeführt. »Wir nehmen deinen Wagen«, sagte Lars Stein. »Der muss hier sowieso von der Straße verschwinden!« Offensichtlich hatte er sich längst den Schlüssel angeeignet, denn Robert hörte, wie die Türen entriegelt wurden.

Robert versuchte auf der Fahrt irgendwelche Informationen zu erhaschen, aber außer dem Rumpeln, das er der Überfahrt über die hölzerne Brücke zum Festland zuschrieb, tappte er im wahrsten Wortsinn im Dunkeln. Als der Wagen seine Fahrt verlangsamte und schließlich zum Stehen kam, hatte Robert keine Ahnung wo sie waren oder in welche Richtung sie sich bewegt hatten. Dann klang es, als ob ein großes Holztor geöffnet wurde, durch dass sie anschließend in ein Gebäude fuhren. So wie es hallte, musste es etwas Größeres sein.

Robert sah sich um. Lars Stein hatte ihm die Brille abgenommen, aber seine Hände gefesselt gelassen. Sie befanden sich in einer riesigen hölzernen Scheune. Durch zahlreiche Fenster und ebenso viele Dachgauben fiel das Sonnenlicht hinein. »Na los, komm, kannst dir morgen alles in Ruhe angucken!« Lars Stein zerrte ihn mit sich zu einer Tür, die über einen langen Flur in einen anderen Trakt des großen alten Gebäudes führte und in einem kleinen Aufenthaltsraum mündete. Das einzige Fenster war von außen mit einem massiven Eisengitter versehen. Dahinter breitete sich eine endlose grüne aber menschenleere Landschaft aus. Im Raum selbst gab es einen kleinen Stuhl, einen kleinen Tisch, auf dem ein Tablett mit Kaffeekanne, mehreren Wasserflaschen, Äpfeln und Brot stand und ein Bett, in dem, wie Robert vermutete, bereits Generationen von Knechten dem nächsten arbeitsreichen Tag entgegengeschlafen hatten. »Da«, Lars Stein deutete auf die schmale Holztür gegenüber der Eingangstür, »ist ein Klo mit einem Waschbecken.« Er forderte Robert auf, sich auf das Bett zu setzen und nahm selbst auf dem Stuhl Platz.

»Eine Frage habe ich noch an dich: Warum gehst du uns eigentlich so auf die Eier? Hast du keine eigenen Dinge, um die du dich kümmern kannst?« Robert sah ihn irritiert an.

»Wir sind in der Endphase eines einzigartigen Modellprojekts und da können wir Störungen nicht gebrauchen! Wir tun niemandem was, wir …«

»Ach nee, und was ist mit meinem Auto? Und mit Växjö?«, fiel ihm Robert ins Wort. Er musste einfach etwas sagen, nur den Mord in Nybro würde er sich hüten, dem vermeintlichen Mörder gegenüber anzusprechen.

»Växjö? – Ach ja, *Smålands Museum*. Die Glasabteilung! Da haben wir uns Gebrauchsglas geholt. Wir werden ihm wieder Leben einhauchen, es neuerlich seinem ureigenen Zweck zuführen! Danke in diesem Zusammenhang übrigens nochmal für deine Hilfe! Und dein Auto? Das war Notwehr!« Robert schnaubte. Diese selbstsichere Arroganz! Er begann wütend zu werden. Und unüberlegt und unvorsichtig.

»Und was ist mit dem Loppis in Nybro? Da habt ihr jemanden ermordet!«, bellte Robert und erschrak im gleichen Moment. »Nicht das geschickteste Vorgehen in meiner Position!«, dachte er bitter. Aber statt einer aggressiven oder trotzigen Reaktion, sah er Lars Stein zusammensinken.

»Das war keine Absicht …«

»Dann hättet ihr einen Notarzt rufen müssen, von mir aus auch anonym!«, unterbrach Robert.

»Wir haben das ja nicht mal bemerkt …« Lars Stein klang fast kleinlaut. »Es war dunkel, wir waren in Eile und wir sind mit diesem verdammten Bett mehrfach irgendwo gegengehauen, als wir es rausgetragen haben. Ich hatte zum Beispiel alleine so ein Längsteil auf meiner Schulter und habe eine Stehlampe damit umgehauen. Habe ich auch nur am Scheppern gemerkt. Vielleicht war ich es auch, der den Mann ... aber ich weiß es einfach nicht!« Lars Stein hatte das Letzte fast flüsternd gesagt und Robert war fast geneigt, ihm Glauben zu schenken. »Immerhin lag der schwerverletzte Mann auf einem dicken Wollteppich, der seinen Sturz gedämmt hat. Und wenn er durch den Schlag an die Schläfe sofort betäubt wurde ... Es bleiben dann zwar noch die Diebstähle, aber sie wären immerhin keine Mörder!«, überlegte Robert. Er fand das auf seine eigene Situation bezogen ganz beruhigend. Dann kam ihm Signes Ford in den Sinn.

»Und warum habt ihr den Ford verschrottet? Den blauen Granada mit dem schwarzen Vinyldach ...«

»Ich weiß schon, welchen du meinst! Wir brauchen solche alten Wagen für unser Projekt. Dann habe ich aber gesehen, in welchem Zustand der ist. Was sagte eine Freundin? Der wirkt als ob er über Jahre geschunden, gefoltert, malträtiert, vollgequalmt, verlebt, verbraucht und misshandelt wurde – und ich hätte ihn jetzt erlöst« Widerwillig musste Robert grinsen.

»Rauchen tut sie nicht ...« Nun grinste Stein.

»Na, egal, jedenfalls hatten wir irgendwann mal die Idee, diesen typischen 70er Jahre-Mief aus den Autos zu konservieren. Deshalb haben wir den Geruch versucht abzusaugen. Hat noch nicht ganz geklappt. Aber ein paar Ideen haben wir noch!«

»Und das Kunstwerk in Kalmar?« Lars Stein lachte.

»Das ist auf Agnes Mist gewachsen – nach einer Flasche Wein und dem Lesen der Ausschreibung. Den Granada hatten wir ja ordentlich gepresst bei Knut hingestellt, zusammen mit dem Volvo. Er hat also keinen echten Verlust. Der Knut ist nämlich ein Netter!« Lars Stein nickte bekräftigend. »Und der Kindergarten, in dem Agnes neben dem Studium jobbt, hat das Legopferd gebaut. Dafür gab's dann auch die restlichen Legosteine und ein Teil des Ankaufgeldes für eine neue Schaukel!« Zu gerne hätte Robert gewusst, wo sie all die Legosteine hergenommen hatten, besann sich aber. Er wollte jetzt nicht ablenken.

»Und was ist das für ein Projekt, an dem ihr arbeitet und für das ein Mensch hat sterben müssen?« Lars Stein sah Robert auf einmal ernst an.

»Schluss mit der Fragestunde! Pass auf«, er zeigte Robert dessen Handy und startete es. Auf dem kleinen Display erschien in großen Ziffern die Uhrzeit. Lars Stein drückte weiter. »Hier ist eine neue Prepaidkarte drin, deren Rufnummer niemand kennt. Über das Handy bist du also nicht zu orten … Du siehst, hier ist eine SMS unter Entwurf gespeichert. Mit genauen Koordinaten, wo du zu finden bist. Überlege dir selbst, an wen die gehen soll. Morgen um 12:00 Uhr wird die Karte freigeschaltet.«

Damit erhob sich Lars Stein von seinem Stuhl, kam auf Robert zu, zückte plötzlich ein Messer, zerschnitt die Kabelbinder und schubste Robert gleichzeitig nach hinten. Bevor der sich aus dem Bett wieder hochgerappelt hatte, war die Tür hinter Lars Stein längst wieder verriegelt.

XXXI

Als auf dem Whiteboard die letzte Funkzelle erschien, in der Roberts Handy angemeldet gewesen war, ahnte Signe, wie aufwendig die Suche werden würde. »Robert könnte ja überall sein!«, dachte sie entmutigt. »Zumal wir überhaupt keinen Anhaltspunkt haben.« Natürlich konnten sie nach Roberts Wagen Ausschau halten, aber ein silberfarbenes Auto ist zwischen Felsen schwer auszumachen und auf der Straße ist jedes zweite Auto auf irgendeine Art silbern. »Wie tief können wir fliegen?«, fragte sie und sah die beiden Piloten an. »Meinst du die Suchhöhe? Normal sind 500 Fuß, also 150 Meter. Wir können aber auch auf knapp über Wipfelhöhe runter!«, kam die Antwort lapidar und in Signe keimte die Hoffnung, dass vielleicht doch eine Chance bestünde, Roberts Aufenthaltsort ausfindig zu machen. Oscar nickte, wenn auch etwas nachdenklich, als es an der Tür klopfte. Signe ging davon aus, dass es sich nur um Göteborg-Interna handeln könne und drehte sich nicht einmal um. Das tat sie dann um so schneller als sie hörte, wie jemand sich beim Hereinkommen auf englisch vorstellte.

Zwanzig Minuten später startete der erste der beiden Helikopter. Neben dem Piloten saß, ein Headset auf dem Kopf, Signe, während Renate, ebenfalls mit Mikrofon und Kopfhörer ausgestattet, hinter dem Piloten Platz genommen hatte. Binnen wenigen Sekunden erreichte der Helikopter seine Suchhöhe und während sie Richtung Westen abdrehten, flog Oscar den Schären entgegen. Signe sah ihm etwas neidisch hinterher. Dann konzentrierte sie sich wieder auf die Suche nach Robert.

Aufgeregt zeigte Renate auf die schmale Landstraße, die sich unter ihnen durch die Wiesen schlängelte. »Ja, das könnte er wirklich sein!«, dachte Signe, als sie den etwas kantigen silberfarbenen Wagen sah, der mit gerade noch zulässigem Tempo gen Norden unterwegs war. »Sogar die Dachträger stimmen«, stellte Signe fest, zeigte dann auf den Wagen und bedeutete dem Piloten runterzugehen. Als sie sah, wie rasend schnell das Asphaltband unter ihnen näher kam, schloss sie die Augen – dann setzte der Helikopter auch schon gut 150 Meter vor dem heranfahrenden Wagen weich auf.

Das ältere niederländische Ehepaar starrte ungläubig zum Polizeihubschrauber. Dann wendeten sie sich Signe zu, die ihnen ihren Polizeiausweis entgegenstreckte. Sie waren sich keiner Schuld bewusst und fingen nun wie auf Knopfdruck an, aufgeregt durcheinanderzureden. Signe versuchte auf englisch zu beruhigen aber man verstand sich nicht und so wurde das Paar in der Folge noch aufgeregter und noch lauter. Dann schaltete sich Renate ein. Ruhig und in einer wirren Mischung aus Niederländisch und Deutsch erklärte sie dem immer neugieriger zuhörendem Paar, dass sie auf der Suche nach genau so einen Wagen wären, hier aber eine zutiefst bedauerliche Verwechslung vorläge und sie untröstlich seien. Die beiden älteren Leute beruhigten sich, lächelten sogar und boten eilfertig ihre Hilfe an. Signe blickte Antwort suchend zu Renate. Als die übersetzte, schmunzelte Signe und überreichte den beiden ihre Karte. »Falls sie Roberts Wagen tatsächlich sehen sollten!«, sagte sie dazu und grüßte mit einem angedeuteten Salutieren. »Gute Fahrt – und nochmals Entschuldigung!« Renate übersetzte auch dies, verabschiedete sich und folgte Signe in den Helikopter, dessen Rotorleistung sich daraufhin steigerte, bis er sich plötzlich vom Boden löste. Bevor sie abdrehten, sah Signe noch das ältere Ehepaar, das, sich gegen die Luftwirbel aneinander festhaltend, ihnen hinterherwinkte. »Wieso kannst du Holländisch?«, fragte Signe und sah Renate neugierig an. »Können? Na ja … Ich war mal mit einem zusammen – genialer Softwareentwickler und Technik-Freak! Hätte auch mich am liebsten verkabelt und ferngesteuert …«

*

Robert langweilte sich. Erfolglos hatte er am Fenstergitter gerüttelt und sich gegen die Tür geworfen, wie er es aus den Fernsehkrimis kannte. Nur hatte er die Tür nicht aus dem Schloss gesprengt, sondern sich stattdessen heftig die Schulter geprellt. Nun saß er an dem Tischchen, rieb sich die Schulter, haderte mit seinem Schicksal und stierte missmutig in die durch das Fenstergitter gewürfelte Landschaft. »Ich kann hier ja noch nicht mal Männchen schnitzen!«, kam es ihm spontan in den Kopf und er musste lächeln. »Ach ja, das beschauliche Schweden des *Michel aus Lönneberga* – oder *Emil i Lönneberga*, wie er hier hieß – und all den anderen Kinderbüchern von Astrid Lindgren …«, dachte er und entrann seiner Tristesse in eine längst vergangene Kinderwelt.

Der Lärm der Rotorblätter, wenn sie laut knallend die eigenen Luftwirbel durchschlugen, ließ sich beim besten Willen nicht in Roberts heile-Welt-Tagtraum einbauen. Weder in *Bullerbü*, noch bei *Rasmus, Pontus und der Schwertschlucker* oder den Fällen des *Meisterdetektiv Blomquist*, ließ sich halbwegs sinngebend ein Hubschrauber einfügen. Erst recht nicht bei *Michel aus Lönneberga* oder gar *Ronja Räubertochter.* Robert versuchte es gedanklich mit einem Teppichklopfer aber auch der wollte nirgends in so vordergründiger Position hineinpassen. Robert verdrehte erst genervt die Augen, kam dann im Hier und Jetzt an und sprang dann abrupt auf. »Hilfee! Hiilfee!«, brüllte er wider jeder Vernunft gegen den schon wieder abebbenden Rotorenlärm an. Dazu reckte er eine Hand fuchtelnd durch das Gitter, aber sein Winken glich durch die engen Gitterstäbe eher dem distinguierten Gruß des Hochadels. Dann folgte Roberts enttäuschter Blick einem weißen Helikopter, der in Richtung Schären flog.

Sobald der Hubschrauber nicht mehr zu sehen war, begann Robert sein Gefängnis fieberhaft nach etwas abzusuchen, womit er sich trotz des vergitterten Fensters besser bemerkbar machen könnte. »Ein Besenstiel!«, dachte er, fand aber weder einen Besen, noch irgendetwas anderes, das ähnlich lang und dünn war. Dann blieb sein Blick am Stuhl hängen. Unternehmungslustig schob er die Ärmel seines Shirts über die Ellenbogen und ergriff das Sitzmöbel.

Das Zerschlagen des Stuhls war nicht so einfach gewesen, wie er es sich erhofft hatte. »Echte, gute Tischlerarbeit …«, resümierte Robert anerkennend, als er dann erfolglos versuchte, die beiden hinteren Stuhlbeine zusammenzubinden. Zwar waren die Beine, da sie in die Rückenlehne übergingen, schön lang, aber leider waren seine Socken einfach zu kurz. Er sah die alte Decke auf dem Bett und nach einigen Mühen gelang es ihm auch, von ihr ein paar Streifen abzureißen und damit die Stuhlbeine zusammenzuschnüren. Und diese passten dann sogar noch ganz knapp durch die Gitteröffnungen! »Da muss was ran!«, stellte Robert fest, »Irgendetwas Buntes!« Damit schieden die Reste der Decke, deren Farbe zwischen Dunkelgrau und Dunkelbeige changierte, klar aus. Wieder sah sich Robert um. Das Handtuch in der Toilette! Unschlüssig hielt er das fahlgelbe, durch ungezählte Wäschen sehr fadenscheinig gewordene Stück Stoff in seinen Händen. »Besser als nichts!«, entschied er, knotete einen Socken um eine Stuhllehne und wurschtelte das Handtuch darunter. Zufrieden war er nicht. Er schob den heruntergerutschten Ärmel seines Shirts wieder nach oben und lächelte. Schnell zog er sein weinrotes Lieblingsshirt aus und verknotete den einen Ärmel mit dem oberen Stuhlbein. Hoffnungsvoll schob er die Konstruktion durch das Gitter, zog sich dann seine blaue Drillichjacke über und begann auf den Hubschrauber zu warten. Oder auf jemanden, der sich aus welchen Gründen auch immer, in diese Einöde verirrt hätte.

Das Rotorengeräusch kündigte den Hubschrauber schon von Weitem an. Sofort begann Robert seine behelfsmäßige Signalfahne zu schwenken. Das Fenstergitter erwies sich jetzt tatsächlich als hilfreich, konnte er doch seinen improvisierten Signalmast wie in einer Ruderdolle abstützen und mühelos hin und her bewegen. Der Hubschrauber kam näher und sein Rotorengeräusch wuchs sich zu ohrenbetäubenden Lärm aus. Dem Geräusch nach zu urteilen, musste er direkt über dem Haus kreisen. Robert verausgabte sich am Fenster, ruderte wie verrückt mit seiner Signalfahne, brüllte gegen den Lärm an und sah plötzlich, wie das Gras niedergedrückt wurde. Dann kam ein blau-weißer Polizeihubschrauber in Sicht. Robert gab jetzt alles, auch wenn seine geprellte Schulter diese ungewohnten und heftigen Bewegung schmerzhaft missbilligte. Robert sah jetzt zwei Männer aus dem Hubschrauber springen und sofort in Deckung gehen. Gleich darauf schwoll der Lärm nochmals an, offensichtlich landete, außerhalb seines Blickfeldes, noch ein zweiter Helikopter.

Robert konnte beobachten, wie sich zwei Männer vorsichtig dem Haus näherten. Beide hielten eine Pistole in der Hand. »Hierher! Es ist niemand da! Er ist weg! Aber ich bin hier!«, brüllte Robert seine etwas wirre Botschaft durch die Gitterstäbe und schwenkte dazu seine Fahne. Dann sah er, wie der eine Mann dem anderen etwas zurief, was jedoch im Lärm unterging. In einem weiten Bogen und noch immer ihre Pistolen schussbereit in Händen, kamen sie jetzt auf das Haus zu. Dann erkannte Robert Oscar und atmete auf. Sekunden später krachte es und Robert fuhr herum. Dort, wo sich eben noch die verschlossene Tür befunden hatte, standen Signe und ein Mann in einer Pilotenuniform. Auch sie hielten ihre Pistolen in Händen, sicherten kurz in das Zimmer, sprangen zur Toilettentür und rissen sie auf. »Säker!«, rief Signe nach hinten, »Sicher!« und steckte ihre Waffe weg. Signe ging zum Tisch und goss sich mit einem »Das habe ich mir jetzt aber redlich verdient!« einen Becher Kaffee ein. Nun kam auch Oscar mit dem anderen Piloten herein.

»Wo wart ihr denn so lange?« Robert sah erst Signe und dann Oscar vorwurfsvoll an.

»Wir wollten dir etwas Zeit geben, wieder einen zivilisierten Menschen aus dir zu machen!«, antwortete Signe und begutachtete Roberts Aufzug, wie er da so vor ihr stand, barfuß, ohne Shirt und mit seiner blauen Drillichjacke. »Wir sind ja in unserem Job einigen Kummer gewohnt, aber es gibt Menschen, die da sehr viel sensibler reagieren!« Damit drehte sie sich um und rief etwas auf Englisch, was Robert wieder einmal nicht verstand. Dann fielen Renate und er sich in die Arme.

*

»Das müsste uns doch weiterhelfen!«, sagte Signe. »Fast dreißig Stunden soll er geschlafen haben, also von gestern früh 5:30 Uhr, als sich das Handy aus der Funkzelle abgemeldet hat bis heute gegen 11:30 Uhr. Und als Robert dann in den Wagen gestiegen ist, hat er die Sonne hoch über sich gesehen. Es muss also gegen heute Mittag gewesen sein. Passt also ziemlich genau. Dann sind sie irgendwohin gefahren, sie haben am Fundort ziemlich ausführlich miteinander geredet und als Stein Roberts Handy anmachte, zeigte das Display kurz nach 12:30 Uhr. Das geheimnisvolle Projekt von Lars Stein und seiner Gruppe muss also in einem Umkreis von maximal sechzig Autominuten vom Fundort liegen.« Signe sah in die Runde. »Wie weit kommt man von da in einer Autostunde?«

Als auf dem Whiteboard ein virtueller Zirkel auf einer Karte einen Kreis um Roberts letztes Gefängnis zog, nickte Oscar und sah seine Göteborger Kollegen fragend an. »Robert Ekkheim bemerkte zwei interessante Dinge: Möwengeschrei und die Fahrt über eine Holzbrücke. Wie weit ins Landesinnere sind also Möwen unterwegs und wo gibt es innerhalb des Kreises eine Holzbrücke?« Die Kollegen aus Göteborger sahen sich an. »Möwen? Die gibt es hier überall!« Sie betrachteten den Kreis. »Wahrscheinlich auch im Inneren des Kreises! Die Küste ist ja gleich um die Ecke und der Vänern ist ja auch nur knapp achtzig Kilometer entfernt. Kein Ding für Möwen!«

»Und Holzbrücken?«

»Also, ich kenne nur eine«, sagte der eine Pilot und zeigte auf die Karte. »Hier! Die ist schon ziemlich alt, soweit ich weiß aus den frühen 1950er Jahren. Führt direkt vom Festland auf die Insel Trälen. Da entstehen gerade 'ne ganze Menge schicker neue Häuser.«

XXXII

Die gerade elf Hektar große Insel Trälen wurde
von der Polizei handstreichartig besetzt. Zehn Streifenwagen, sechs Zivilstreifen, vier Motorräder, fünf
kleinere Mannschaftsbusse und ein Kommandofahr-
zeug der Spezialeinsatzkräfte überquerten mit hohem
Tempo die Brücke, um sich anschließend gegenseitig
in der Hauptstraße, den Ringstraßen und Sackgassen
zu blockieren. Ein Streifenwagen sicherte die Brücke
und ein Helikopter landete mitten auf der einzigen
Kreuzung neben einer alten orangefarbenen Telefonzelle und verhinderte so, dass sich die Einsatzfahr-
zeuge neu sortieren konnten. Ganz nebenbei leitete
er, wenn auch nur temporär und im Kleinen, eine
mustergültige Verkehrswende ein: Irgendwann ließen
die Einsatzkräfte ihre Fahrzeuge resigniert stehen
und schwärmten zu Fuß aus. Und während Robert
und Renate für ihre Aussagen im Kommandofahr-
zeug der Piketen Platz nahmen, begann auf den Baustellen und der Insel eine großangelegte Razzia.

Eine Überprüfung der angetroffenen Baufachleu-
te der unterschiedlichen Gewerke war negativ. Ein
Lars Stein war vielen zwar namentlich bekannt, angetroffen wurde er aber ebenso wenig, wie Agnes Ohlsson. Der Bauherr und Auftraggeber war bisher nicht
groß in Erscheinung getreten, ließ sich stets durch
seinen Architekten vertreten und so suchte man nach
ihm in den verschiedenen Datenbanken und schickte
dann einen Beamten zu ihm. Auf Trälen selbst wurde
eine ganze Scheune voll Schrankwände, Betten, Sofas

und Sessel gefunden, und was sonst zur Möblierung eines Hauses dienlich war. In einer anderen Scheune stand Roberts Škoda. Direkt vor einem orangenen VW 1600 TL. Dahinter waren noch andere Oldtimer geparkt und die Überprüfung ergab, dass deren Fahrgestellnummern sämtlich zu den gestohlen gemeldeten Fahrzeugen gehörten. Etwas später wurde noch eine zwar improvisierte, aber doch komplett eingerichtete Möbeltischlerei entdeckt. Die vorgefundenen Maschinen und Materialien ließen keinen Zweifel daran, dass hier professionell Möbel restauriert und aufgearbeitet wurden. Einzig einige Dosen mit signalfarbenem Inhalt schienen hier auf den ersten Blick fehl am Platz.

Signe und Oscar befanden sich in einem Haus, das laut einer Bautafel als Musterhaus ausgewiesen war. Und während die Spurensicherung sich zuerst durch den Kellerraum wühlte, hatten sie die oberen Stockwerke des Gebäudes durchkämmt. Gefunden hatten sie nichts. Außer perfekt im Stil der 1960er und 70er Jahre eingerichtete Zimmer, wie zum Beispiel ein Jugendzimmer mit großgemusterten Tapeten, Postern von Musikgruppen, Filmstars oder Motorrädern, sehr farbenfrohen Möbeln, verziert mit Aufklebern, mal mit, mal ohne politischer Botschaft und einem fusselnden weißen Flokatiteppich auf dem Boden.

»Ich fühle mich gleich um Jahrzehnte jünger!« Signe Berglund stand in einem Wohnzimmer vor einem Teakholzsideboard. Sie richtete die darauf liegenden minimal verschobenen Leinenläufer mit den stilisierten Blumenmotiven mittig aus. Dann drehte sie sich zu Oscar um, der sprachlos auf einem runden dunkelbraunen Teppich stand, auf dem mit gelben und orangenen Halbmonden eine große Blüte nachempfunden wurde und schüttelte ihren Kopf. »Einfach unglaublich! Wie früher …«

»Also ich kenne so etwas ja nur aus ganz, ganz alten Filmen!«, bemerkte Oscar und betrachtete stirnrunzelnd ein ihm unbekanntes Gerät. Es erinnerte ihn irgendwie an einen stehenden und etwas merkwürdig geformten Telefonhörer – er konnte aber weder Display noch Tastatur entdecken. »Was ist das?«

»Fragst du das deine ganz, ganz alte Chefin?«, fragte Signe schmunzelnd und mit erhobenen Augenbrauen. »Das ist eine Stil-Ikone; das ist das legendäre *Cobra*-Telefon von Ericsson. Steht sogar im *Museum of Modern Art* in New York!« Interessiert nahm Oscar den Apparat jetzt hoch und entdeckte die unter dem Gerät angebrachte Wählscheibe.

»Krass!«

»Absolut!«, bestätigte und bekräftigte Signe schwedentypisch in nur einem Wort und beugte sich zu einer Durchreiche bei der elegant anmutenden Teakholzsessgruppe. Die mangogrüne Resopalfront der Einbauküche auf der anderen Seite, kam für sie, im Zusammenspiel mit dem orangeroten Emailletopf, den blaugemusterten Abdeckungen der Herdplatten und der sonnengelben Brotschneidemaschine auf der in hellem Eichenholzimitat gehaltenen Arbeitsplatte, einem optischen Overkill gleich.

Beim ersten infernalisch lauten Akkord von AB-BAs *Take A Chance On Me* knallte Signe mit dem Kopf gegen die Durchreiche. Als sie sich umdrehte, sah sie, wie Oscar hektisch an den Reglern und Schaltern des Tandberg-Spulentonbandgerätes hantierte, das er neugierig in Gang gesetzt hatte. Oscar wurde zunehmend nervöser, drückte jetzt wahllos Knöpfe, drehte Regler und zerrte an Schaltern. Leiser wurde es dadurch nicht. Energisch sprang Signe nun dazwischen und drückte auf *Stop*. Die jähe Stille war fast physisch spürbar. »Danke!«, hauchte Oscar und wischte sich über die Stirn. »Immer wieder gern!«

»Alles in Ordnung bei euch?« Die Kolleginnen und Kollegen der Spurensicherung waren ob des Getöses aus dem Keller gestürmt. Signe sah Oscar an und nickte. »Jadå, det är grönt!«, »Jaja, alles im grünen Bereich!«, sagte sie dann. »Aber immer wenn der Kollege dekoffeiniert, kommt es zu Fehlfunktionen …« Oscar wollte aufbegehren, dann begriff er und bemühte sich, betreten zu gucken. Der Chef der Spurensicherung sah erst zu Oscar, dann auf seine Uhr. »Oh, på tiden för fika!«, stellte er dann alarmiert fest, »Oh, höchste Zeit für eine Kaffeepause!« Dann holten alle ihre Thermoskannen hervor. »Was ist mit euch?« Signe und Oscar zuckten die Schultern. »Das kriegen wir schon, guckt doch mal in der Küche, da wird es ja wohl Becher geben!« Kurz darauf kam Oscar mit einem roten und einem blauen Becher zurück, deren psychedelisch-farbige Muster auf der

Netzhaut der Betrachter einen nachhaltigen Eindruck hinterließen.

Während sie Kaffee tranken, betrat der weißhaarige Kollege des Spezialeinsatzkommandos den Raum und schüttelte den Kopf. Wortlos überreichte er Signe ein großformatiges Buch, bevor er sich umsah und die Küche ansteuerte. Signe sah ihm verwundert nach und fing dann an zu blättern. »Das haben die Kollegen zwei Häuser weiter entdeckt«, sagte der Weißhaarige später und hielt seinem Kollegen einen Becher hin, dessen Farbgebung die Augen flimmern ließ. »Da scheint häufiger mal jemand übernachtet zu haben. Und im Keller ist auch der unfreiwillige Aufenthaltsort von dem Deutschen.« Signe nickte nur zerstreut und studierte das Buch. Dann klappte sie es zu und las den Titel laut vor: »*Auswirkung der Digitalisierung auf eine überalternde Gesellschaft unter besonderer Berücksichtigung der soziokulturellen Teilhabe – Masterarbeit Psychologie, eingereicht von Agnes Ohlsson, Universität Östersund.*« Oscar pfiff durch die Zähne und schlug die Hand vor die Stirn. »Jetzt gibt das Sinn! Dieser alte Kram, die analoge Technik – die bauen für ältere Generationen die alte Welt nach. Sogar eine Telefonzelle haben sie aufgestellt!« Alle Köpfe drehten sich zu Oscar. Die älteren sahen sich nickend um. »Ja«, stimmte nun auch Signe zu, »dann würde das alles Sinn machen!« Sie nickte Oscar beifällig zu, während sich der Leiter der Spurensicherung, beeindruckt, wie schnell ein bisschen Koffein aus Fehlfunktionen Geistesblitze werden ließ, schnell Kaffee nachgoss.

Lächelnd, Renate im Arm haltend und seine blaue Drillichjacke lässig über die Schulter geworfen, kam Robert herein. Er hatte auf dem Flur Oscars Ausführungen gehört. Sie erinnerten ihn an irgendetwas, aber er war zu abgelenkt, um sich darauf zu konzentrieren. »Werden wir hier noch gebraucht oder können wir los?«, fragte er deshalb und sah in die Runde. Als Antwort kam allgemeines Kopfschütteln, was Robert auf das *gebraucht werden* bezog. Darauf suchte er in den Taschen seiner Jacke nach dem Autoschlüssel, fühlte zuerst Papier und in dem Moment verknüpften sich Oscars Worte mit dem Erinnern an den Leporello, den er vor Tagen im Einkaufszentrum *Giraffen* bekommen hatte. »Ach«, sagte er, »vielleicht habe ich hier noch etwas …« Er hielt Signe den Leporello hin.

»*Und wie willst DU im Alter leben?*«, las Signe laut aus dem Faltblatt vor. Sie hielt die Bilder hoch und zitierte: »*Leben, wie WIR es kennen – Leben wie WIR es mögen!*« und dann »*Das haben Wir uns verdient – ein Zuhause, in dem WIR den Ton angeben!*« Sie blätterte weiter. »*Nach Hause kommen – in eine vertraute Welt. Wo man sich kennt und versteht. Wo das persönliche Gespräch mehr zählt, als die Menge elektronischer Likes!*« Signe kam nicht umhin, dieser Vorstellung durchaus einiges abgewinnen zu können. Dann ging sie mit dem Leporello auf die Terrasse, verglich die sich vor ihren Augen ausbreitende Schärenlandschaft mit den Fotos und stellte fest: »Das ist tatsächlich hier aufgenommen worden. Jedenfalls die Landschaftsaufnahmen. Die glücklichen Senioren sind dann wohl später rein kopiert worden.«

Renate bremste Roberts Wagen vor dem Helikopter. »Und nun?« Robert, der aufgrund der Aufregung der letzten zwei Tage lieber nicht selber fahren wollte, sah das leere Cockpit und sich um. »Der wird ja wohl gleich kommen!«, hoffte er und blickte dann, von Minute zu Minute ungeduldiger werdend, in immer kürzeren Abständen auf die Uhr. Nach einer halben Stunde machten sie sich auf die Suche nach dem Piloten. Sie fanden ihn schließlich in einem der Schuppen. Er lag bäuchlings auf einer braunen Cordcouch, schlenkerte mit den Beinen in der Luft, las in irgendeinem Heftchen und schien die reale Welt um sich herum vergessen zu haben. Robert räusperte sich und wurde Zeuge, wie sehr das Gefühl des Ertapptwerdens die Psyche eines Menschen durcheinanderwirbeln kann. »Hej!«, sagte Robert nun betont freundlich, »Dein Hubschrauber steht im Weg, wir können leider nicht vorbeikommen!« Der Pilot sah ihn an, stammelte Unverständliches und versuchte hektisch das Heftchen verschwinden zu lassen, wobei es herunterfiel. *Läderlappen*, las Robert und musste grinsen. »Ein altes schwedisches Batman-Heft«, erklärte er. Renate lächelte verständnisvoll. »Okay, da kann man schon mal die schnöde Realität vergessen!«

*

Kurz nachdem Robert und Renate nach Göteborg aufgebrochen waren, klingelte Signes Smartphone. Es war Viggo Henriksson. »Wir haben jetzt den Investor, diesen Mikel Mosen. Wohnt in Kalmar. In einem der schrecklichsten Häuser, die ich bis dato gesehen habe. Ich schicke dir ein Foto, so als abschreckendes Beispiel! Aber zurück zu Mikel Mosen: Der kann recht glaubhaft machen, dass er mit den Aktionen von Stein und Ohlsson nichts zu tun hat. Er ist wohl von Stein auf das Projekt angesprochen worden, weil er schon diverse Seniorenresidenzen der gehobeneren Art gebaut hat – übriges auch in Kalmar. Er sagt, er fand die Idee einfach gut und hat investiert. Die ganze Bauabwicklung macht sein Architekt und die Ausstattung der Häuser hat Lars Stein übernommen, zusammen mit Agnes Ohlsson.«

»Hat er Kontakt zu ihnen? Weiß er, wo sie sind?«

»Er hat nur eine Mobilnummer, aber da läuft stets die Mailbox. Die rufen dann aber immer ganz schnell zurück. Getroffen haben sie sich wohl nur selten. Das letzte Mal übrigens morgens nach dem Verschrotten der Autos!«

»Hm, das würde die Inkaufnahme der langen Fahrzeit für die Aktion erklären. Die haben zwei Fliegen mit einer Klappe geschlagen! Aber richtig weiter kommen wir so trotzdem nicht! Meinst du, dieser Mikel würde mit uns kooperieren?«

»Einen Versuch wäre es wert … Ich habe schon mit Benjamin gesprochen …«

»Melkers neuem IT-Mann?«

»Genau. Wenn Mikel Mosen sich bei Lars Stein meldet und der zurückruft, muss er ihn nur kurz warten lassen, zum Beispiel abnehmen und so tun, als ob er noch ein anderes Gespräch mit zwei, drei Worte zu

Ende bringt. So haben wir Zeit ihn zu orten und endlich zu schnappen.«

»Klar, wenn wir rein zufällig da in der Nähe sind ...«

»Oder wir einen Heli der Piketen in der Luft haben. Die haben besondere Ortungsmöglichkeiten an Bord, die auf einen Meter genau sein sollen – sofern sie nicht Roberts Handy orten sollen!«

Signe nickte zufrieden. »Dann man los!« Und dann fiel ihr ein, dass Viggo ihr ein Foto geschickt hatte. Als sie es ansah, musste sie lachen. Auf dem Foto saßen zwei weiße Kalksandsteinlöwen auf zwei weißen Kalksandsteintorpfeilern und bewachten ein weißes Haus mit einem pompösen säulenbewehrten Eingang. Und im Garten stand eine Ansammlung vermeintlich antiker Statuen. Sie hielt das Foto Oscar hin, dem ein »Ach du Scheiße!« entschlüpfte. »Ja«, sagte Signe, »und gegenüber steht ein Haus zum Verkauf, das wir uns eigentlich näher ansehen wollten. Es hat aber leider Fenster zur Straße.« Oscar nickte verständnisvoll.

*

Das kleine Gepäck, mit dem Signe drei Tage zuvor Kalmar verlassen hatten, erwies sich nun, wo sie doch bis zum erhofften baldigen Abschluss des Falles blieb, als zu klein. Sie stand in ihrem Hotelzimmer und starrte missmutig ihrem Spiegelbild entgegen. Dann ließ sie sich aufs Bett fallen und rief Ella an. »Und ich dachte, dass *ich* dir schrecklich fehle!«, begehrte Ella nach wenigen Sätzen Signes auf.

»Tust du ja auch, aber mein Kleiderschrank fehlt mir

im Moment einfach mehr!«

»Bist du denn nicht in Göteborg? Da wird es doch wohl die eine oder andere Boutique auch für deine gehobeneren Ansprüche geben!«

»Hoffentlich! Ich brauche nämlich auch noch ganz ganz dringend neue Schuhe! Meine Füße tun in diesen dünnsohligen Latschen inzwischen so weh, dass ich sogar schon barfuß gehen wollte!«

»Nur zu! Wer barfuß geht, dem kann man nichts in die Schuhe schieben!«

»Du nimmst mich nicht ernst!«

»Joho gumma!«, »Doch Süße! Und wie ich dich und deinen Kummer ernst nehme! Zieh einfach los und gönne dir was Schönes! Keep your heels, head and standards high!«

So ermutigt, machte Signe sich auf den Weg zu Göteborgs größtem Einkaufszentrum *Nordstan*. Nach zwei Stunden stand sie schwer beladen vor einem Café und suchte nach einem freien Platz. Plötzlich sah sie jemanden winken und sie erkannte in einer Ecke Oscar an einem sonst leeren Tischchen. Er sah in ihre Richtung und hob immer wieder ungeduldig seine Hand. Voll bepackt wie Signe war, winkte sie nicht zurück, sondern quetschte sich mit all ihren Tüten durch die vollbesetzten Tischreihen. Als sie am Tresen vorüberkam orderte sie bei dem Kellner zwei große Tassen Kaffee und zweimal *Göteborgs godaste Kanelbullar.* Um jeglichen Missverständnissen vorzubeugen merkte sie noch an, dass sie jetzt schon mal anfangen würde zu warten. Dann setzte sie sich, eingepfercht von ihren Tüten, neben Oscar an das kleine Tischchen. »Hej Oscar, was machst du hier?«

»Äh ... hej Signe, das ist ja ein Zufall!«

»Wieso Zufall? Du hast mir doch eben gewinkt!«

»Ich? Aber ich wusste doch gar nicht, dass du hier bist! Ich versuche seit geschlagenen zwanzig Minuten den Kellner auf mich aufmerksam zu machen!«, antwortete Oscar und bohrte dem Kellner zum wiederholten Mal erfolglos seine Blicke in den Rücken.

»Der kommt gleich und bringt uns zwei Kaffee und Zimtschnecken!«, versicherte Signe im Brustton der Überzeugung, woraufhin Oscar sie zweifelnd ansah. »Und was machst du hier?«

»Ich habe mir noch zwei T-Shirts, Unterwäsche und Socken gekauft.« Oscar deutet auf das kleine Tütchen neben sich. »Ich habe keine Klamotten mehr und da wir noch ein, zwei Tage bleiben werden ...«

»Kenne ich, ich habe mir auch nur schnell das Nötigste für die nächsten Tage gekauft!«, sagte Signe, und Oscar warf einen verstohlenen Blick auf das seine Chefin umgebende Tütenmeer.

»Ich habe noch was gekauft. Für Katja. Meinst du, es gefällt ihr?« Zögerlich griff Oscar in die Tüte, holte eine kleine Schachtel heraus und gab sie Signe. Neugierig klappte Signe den Deckel auf und pfiff durch die Zähne. Dann kam der Kellner mit einem vollbeladenem Tablett.

XXXIII

Das, was Agnes Ohlsson gerade sah, bescherte ihr noch Wochen danach Alpträume. Als sie den Helikopter hatte immer näherkommen hören, schwante ihr nichts Gutes. Sie drängte Lars Stein zum Auflegen und wollte ihn mit sich ziehen, aber der war so auf das Telefongespräch mit ihrem Investor fixiert, dass er sie unwirsch abschüttelte. Sie fiel hin, sah einen Helikopter im Anflug und rollte sich geistesgegenwärtig unter einen parkenden SUV. »Also sind diese aufgebockten Mistdinger doch zu was gut ...«, dachte sie noch und schon explodierten um sie herum Knall- und Blendgranaten. Die Rotoren des Helikopters verstärkten den infernalischen Lärm noch zusätzlich und wirbelten dabei Unmengen von Staub auf, sodass Agnes Ohlsson das Geschehen wie durch eine Nebelwand wahrnahm. Jetzt sah sie schwarze Stiefel auf den Asphalt springen und im selben Augenblick bremste ein weißer Transporter in der Nähe des Helikopters. »Na, da habt ihr ja ordentlich aufgefahren!«, bekam Lars Stein gerade noch heraus, bevor er von vermummten Polizisten auf den Boden geworfen wurde und schmerzhaft mindestens ein Knie im Rücken spürte.

Agnes Ohlsson musste nun mit ansehen, wie die Hände von Lars Stein etwas grobmotorisch auf den Rücken gedreht und mit Kabelbindern gefesselt wurden. Dann zerrten ihn mehrere Polizisten hoch, ohne sich allerdings wenigstens über die grobe Richtung einig zu sein, sodass Lars Stein strauchelte und ihm einige richtungsweisende Knuffe zugedacht wurden. Anschließend schleiften die Beamten ihn zu dem weißen Lieferwagen; Agnes Ohlsson hörte dann eine Schiebetür ins Schoss fallen und quietschende Reifen. Sekunden später startete auch der Hubschrauber. Die Ruhe danach empfand Agnes Ohlsson schlimmer als alle Knallgranaten.

*

»Habt ihr denn wirklich nichts in einem tolerablen Design?« Signe sah den unscheinbaren jungen Mann in der Autovermietung hoffnungsvoll an. Der verstand nicht. »Das da ist kein Design, das ist ein Desaster! In und mit so etwas möchte ich nicht gesehen werden!« Der junge Mann starrte Signe noch immer verständnislos an. »Okay«, sagte sie nun erklärend, »ich finde auch, dass Inklusion wichtig ist und alle Menschen die gleichen Chancen haben sollen – aber deswegen muss nicht gleich jeder ein Auto gestalten!« Jetzt wurde der junge Mann lebendig. Wenn er nicht in den Semesterferien hier jobbte, studierte er im neunten Semester Burgenlandkroatische Volksliteratur und hoffte inständig, sich später genau so ein Auto leisten zu können, um damit seine Runden zu drehen.

»Aber diese dynamische Linienführung, diese breiten 21-Zoll-Räder mit den mattschwarzen Alufelgen unter den bulligen Kotflügeln! Die energiegeladene und Respekt einflößende Frontpartie mit den schmalen Smartix-Scheinwerfern und dieses sportliche Heck mit den vier markanten Auspufföffnungen und dem integrierten Doppelspoiler – das ist doch der pure

Wahnsinn!« Der junge Mann verdrehte schwärmerisch die Augen.

»Sag ich doch! Und du weißt, dass Spoiler aus dem Englischen kommt? To spoil, verderben, ruinieren? – Also, habt ihr jetzt noch ein normales Auto, mit dem man sich auf der Straße nicht zum Drummel macht?« Der junge Mann sah verständnislos drein, schaute aber kundenorientiert in seinen Computer und schüttelte dann den Kopf.

»Leider nein! Jetzt sind natürlich alle Wagen unterwegs.« Signe schnaubte genervt.

»Dann habt ihr einfach zu wenig normale Autos!«, stellte sie kategorisch fest. Nun meldete sich Oscar das erste Mal zu Wort und sprang dem inzwischen etwas hilflos wirkenden jungen Mann zur Seite.

»Konnte doch keiner ahnen, dass die Bahn ihren Betrieb einstellen muss!«

»Wieso eigentlich? Streik?«, fragte Signe angriffslustig.

»Nee, weil wegen der Hitze und Trockenheit die Gefahr eines Funkenflugs durch die Räder in den engen Kurven zu groß ist und es deswegen ja sogar schon Flächenbrände gegeben hat!«

»Na gut«, sagte Signe resigniert und nun an den jungen Mann gewandt, »dann gib halt her!«

Signe warf einen Blick in den Rückspiegel, was ihr aufgrund der konsequenten Unterordnung der Fenster unter das Designdiktat extrem flach und extrem keilförmig, keine neuen Erkenntnisse bescherte.

Auch ihr Schulterblick fand den Weg aus dem Auto nicht heraus, sondern blieb irgendwo zwischen abfallender Dachlinie und breiten Dachsäulen hängen. Irgendwie schaffte Signe es dann doch, den Wagen unbeschadet aus der stellplatzoptimierten Garage des Hotels zu bugsieren, wo sie noch schnell ihr Gepäck abgeholt hatten. Sie fuhren jetzt die Autobahn 26 Richtung Växjö und hingen jeder für sich dem Fall nach.

»Dass der alles, aber auch wirklich alles eingestanden hat – bis auf eine Tötungsabsicht ...«

»Ein Totschlag ist nach Melker ja auch möglich, die gefundenen Spuren würden auch dazu passen! Als sie einen Dummy mit dem selben Gewicht und identischer Größe haben auf den Teppich fallen lassen, hat man wohl wirklich kaum etwas gehört. Und wenn die da mit mehreren Leuten hantiert haben ... Aber dass Stein die Einbrüche dann als Akt der Notwehr gegen die gesellschaftliche Ausgrenzung der älteren Generation dargestellt hat ...!« Signe schüttelte den Kopf.

»Glaubst du, dass die Digitalisierung wirklich die gesellschaftliche Teilhabe älterer Menschen einschränkt oder gar unterbindet?«

»Bei einigen der heute über Sechzigjährigen kann ich mir das durchaus vorstellen. Wenn die nicht über Job oder Enkelkinder Berührungspunkte mit der neuen Technik haben, die sich ja auch rasend schnell verändert ... Und dann kommt noch die Angst vor Neuem dazu!« Oscar nickte nachdenklich und dachte an seine Eltern, denen er gerade erst letzte Woche das

Einrichten ihrer neuen Park-App hat erklären müssen.

»Abgesehen davon, dass das Projekt natürlich wieder nur für Leute mit Geld ist – irgendwie kann ich mich einer gewissen Sympathie nicht erwehren.«

»Würde mir leichter fallen, wenn sie nicht meinen Granada geklaut und geschrottet hätten!«

»Apropos Granada. Was war das eigentlich für eine Geschichte mit dieser Absaugeinrichtung? Robert hatte ja auch schon so etwas Komisches erzählt …«

»Die hatten die fixe Idee, den typischen Geruch der alten Autos einzufangen und zu extrahieren. Wie in einem Duftwasser; als eine Art Parfum. Ob sie das verkaufen oder als Werbegag nutzen wollten, war noch nicht klar. Und geklappt hat es ja auch nicht.« Signe, die gerade einen Transporter überholt hatte, wollte gewohnheitsmäßig mit einem Schulterblick klären, ob sie wieder zurück auf die rechte Spur wechseln könnte. »Scheißkarre!«, knurrte sie, als sie die Fenster wieder nur erahnen konnte, weil es den Anschein hatte, dort etwas heller zu sein. Dann fuhr sie fort: »Ich glaube, ein Duftwasser wäre ein finanzielles Fiasko geworden. Die meisten Männernasen können eh nur zwei Düfte unterscheiden: Bratwurst und Benzin. Bei einigen wenigen Spezialisten kommt vielleicht noch Bier hinzu …« Oscar hatte keine Lust darauf einzugehen.

»Und der Volvo mit dem toten Reh?«

»Das Vieh ist denen auf dem Weg zum Schrottplatz ins Auto gelaufen. Wenn sie das Polizei und Versicherung gemeldet hätten, wäre das eine Spur zu ihnen gewesen. Also haben sie den Wagen einfach abgeschrieben und verschrottet. Und als Geruchsträger hat er ihnen nicht getaugt, weil sie Sorge hatten, dass der Blutgeruch den 1970er-Jahre-Mief verfälscht hätte.« Sie schwiegen wieder. »Aber du kannst mir auch was verraten, da war ich nämlich nicht da: Hat Stein noch etwas zum ABBA-Museum gesagt?« Als Oscar gerade anheben wollte zu berichten, winkte Signe plötzlich ab. »Ach, egal! Wir haben ihn und der Rest steht im Protokoll. Konzentrieren wir uns besser darauf, auch diese Agnes Ohlsson zu finden!«

*

Signe wollte Ella nach ihrer Rückkehr überraschen und sie vom Büro abholen. Dann könnten sie schnell den Leihwagen abgeben und vielleicht in ihrer Lieblingsbar am Larmtorget etwas essen und trinken. So stand sie jetzt an den Leihwagen gelehnt und lächelte Ella entgegen, die gerade aus dem Bürogebäude trat. Als Ella sie sah, beschleunigte sie, ebenfalls lächelnd, ihre Schritte, dann umarmten und küssten sie sich. Sanft stieß Ella Signe dann beiseite und betrachtete das Auto. »Hatte ich nicht gesagt, du sollst dir etwas Schönes kaufen?«

»Das Schöne ist im Kofferraum. Du darfst mir tragen helfen, wenn wir das da losgeworden sind!«

*

»Was wird jetzt eigentlich aus dem Projekt auf dieser Insel? Ich meine, die Häuser stehen ja alle schon. Und bis auf einen Teil der Ausstattung ist das ja auch alles legal.« Signe zuckte die Schultern.

»Wahrscheinlich ganz normale Ferienhäuser.« Robert nickte nachdenklich.

»Fast ein bisschen schade! War schon eine verrückte Idee, so eine parallele Retro-Welt aufzubauen!«

Signe, Ella, Katja und Oscar saßen mit Renate und Robert auf dessen Terrasse. Robert hatte eingeladen, um gemeinsam den Abschluss dieses merkwürdigen Falles zu feiern, in den er wieder mit hineingestolpert war.

»Was ist eigentlich mit Jonte? Von dem habe ich ewig nichts gehört!« Robert sah Signe an und schüttelte den Kopf.

»Ich auch nicht. Jedenfalls nichts Vernünftiges. Der ist jetzt schon seit Wochen bei Mia in Malmö. Und wenn ich etwas von ihm gehört habe, ging es immer nur um Sicherheit-Apps und Fernsteuermöglichkeiten für sein Haus.«

»Der wäre also kein Aspirant für das Retro-Dorf!« Robert schüttelte lachend den Kopf.

Robert und Renate hatten ordentlich aufgefahren, auf gleich zwei Grills hatten sie verschiedene Fisch-, Fleisch- und Gemüsevariationen gebrutzelt. Jetzt saßen sie alle gesättigt und zufrieden in der Sonne und unterhielten sich. Robert und Renate hatten das Gästezimmer hergerichtet und auch noch zwei Matratzen ins Arbeitszimmer gelegt, sodass für alle genug Platz zum Übernachten war. Und sie hatten für den nächsten Tag ein ordentliches Frühstücksbuffet in Aussicht gestellt. Somit der allernächsten Zukunftssorgen entledigt, nippte man immer wieder am Wein und genoss das unbeschwerte Sein. Ella wandte sich jetzt an Katja. »Signe hatte was von einem Ring erzählt, den du vermisst ...« Katja neigte leicht den Kopf, sah sie an und Ella war sich unsicher, ob die leichte Rottönung ihres Gesichts von der Sonne in ihren Haaren abstrahlte oder einer jäh gesteigerten Durchblutung geschuldet war. Katja spreizte ihre Finger und zeigte Ella einen schmalen, fein ziselierten Goldring, der eigentümlich modern und altmodisch zugleich wirkte. »Ach der, der ist nicht mehr so wichtig«, sagte sie lächelnd. »Ich habe ja nun einen neuen Lieblingsring. Von Oscar!« Dabei drehte sie fast andächtig den Ring an ihrem Finger und sah hinüber zu Oscar. Ella nickte anerkennend und blickte dann schmunzelnd ebenfalls zu Oscar. Der bekam von all dem nichts mit. Er unterhielt sich angeregt auf Englisch mit Renate, die wiederum stolz versuchte, immer wieder ein paar Brocken Schwedisch in das Gespräch einzustreuen.

»Ach, da gibt es noch was«, sagte Signe zu fortgeschrittener Stunde. »Ella und ich wollen ein Sabbatical nehmen. Wir wollen vereisen, sind uns nur noch nicht ganz einig, wohin es gehen soll!« »Stimmt!«, grinste Ella, »Ich würde ja gerne mal einige Monate auf Grönland leben!« Sie sah ihre Liebste herausfordernd an. »Ja, aber ich bin mir noch unsicher ...«, entgegnete Signe. »Ich liebe zwar die Ästhetik der Arktis, aber ich friere nicht gern!«

Mehr von Signe Berglund? Wie es anfing:

Ulf Spiecker

Tanz der Frösche

Signe Berglund beginnt mit Ermittlungen

Roman

368 Seiten
Paperback ISBN: 978-3-7345-5617-3
Hardcover ISBN: 978-3-7345-5618-0
e-Book ISBN: 978-3-7345-5619-7

www.tredition.de/autoren/ulf-spiecker

Als Robert Ekkheim beim Mähen der Wiese seines Ferienhauses in Südschweden einen Koffer findet, entdeckt er darin auch ein Smartphone. Von da an bekommt er Anrufe einer Frau, die ihm vorwirft, sie vor vielen Jahren auf Nimmerwiedersehen verlassen zu haben. Nun wird das eher beschauliche Leben von Robert Ekkheim auf den Kopf gestellt: Unbekannte fotografieren sein Haus, ein uraltes Foto von ihm erscheint in einer überregionalen Tageszeitung und er wird entführt. Als er mit Hilfe eines Freundes und der Kommissarin Signe Berglund versucht die Geschehnisse aufzuklären, stößt er immer wieder auf das Kinderlied *små grodorna*, das Lied der kleinen Frösche, das traditionell zum Midsommarfest gesungen wird.

… Nach einigen Kilometern näherten sie sich einer Ansammlung weniger Häuser. Und tatsächlich, vor einem der Häuser stand ein dunkler Pick-up-Geländewagen. Signe parkte mit Abstand zu Haus und Wagen, griff nach hinten in ihre Handtasche, holte den Dienstausweis hervor, stieg aus und ging Richtung Haus. Robert folgte ihr.

»Was willst du jetzt machen?«

»Ich hoffe, du wirst nicht enttäuscht sein, aber da wir hier in Schweden sind, werde ich nicht sofort die Tür eintreten, sondern erst einmal höflich klingeln. Dann werde ich 'hej' sagen, meinen Dienstausweis vorzeigen und einige Fragen stellen.« …

Und so ging es dann weiter:

Ulf Spiecker

Leichenwechsel
Signe Berglund sucht ein Motiv

Roman
324 Seiten
Paperback ISBN: 978-3-3739-3788-8
Hardcover ISBN: 978-3-3739-3789-5
e-Book ISBN: 978-3-7439-3790-1

www.tredition.de/autoren/ulf-spiecker

Signe Berglund, die erste und einzige schwarze Kommissarin der Reichspolizei in Kalmar, wird zum Fundort einer Leiche gerufen. Ausgerechnet bei Robert Ekkheim, einem Freund aus Deutschland, sitzt eine halb verweste Leiche im Schuppen. Aber das ist erst der Anfang, immer weitere Leichenfunde werden gemeldet. Und alle haben sie was gemeinsam: Alle waren sie vorher schon länger tot, alle tragen ein blaugelbes Stirnband mit den Worten *Was ihr wollt* und immer trifft es Deutsche.

… »Oh, mein Gott!«, dachte Robert Ekkheim als er die Schuppentür aufmachte und das Licht auf den am Boden sitzenden Körper fiel. Reflexartig wollte er zu Hilfe eilen, sah dann in das entstellte Gesicht und konnte sich gerade noch zur Seite drehen, bevor er sich neben die Tür erbrach. »Schade um die Pfingstrose!«, schoss es ihm durch den Kopf. Dann rannte er ins Haus und verständigte die Polizei. Danach rief er seinen Freund Jonte an …

Zwei original schwedische Gaumenfreuden:

Schwedischer Blutpudding – svensk blodpudding

Zutaten:

- 500 ml Schweineblut – beim Schlachter des Vertrauens vorbestellen
- 500 ml alkoholfreies Bier (oder Brühe, wird aber fester!)
- 400 g grobes Roggenmehl (≥ Typ 1150)
- 1 Zwiebel
- 1-2 säuerliche Äpfel (je nach Größe)
- optional 2-3 EL Rosinen
- 300-400g gewürfelten Speck
- 50 g Butter/Margarine
- 2 EL heller Sirup
- Gewürze:
  - ½ TL gemahlene Nelken
  - 1 TL Zimt
  - ½ TL Koriander (gem.)
  - 1 Prise Piment
  - 1 EL Majoran (gerebelt)
  - Salz
  - 1 TL schwarzer Pfeffer (gem.)
- Fett und Mehl für die Form
- Preiselbeermarmelade
- Butter/Margarine zum Braten

Zubereitung:

Ofen auf 180°C (Umluft) bzw. 200°C (Ober-/Unterhitze) vorheizen.

Die Zwiebel schälen und in kleine Würfel schneiden und mit etwas Butter/Margarine glasig dünsten. Den Apfel schälen, entkernen und in kleine Würfel schneiden. Die Speckwürfel anbraten und abtropfen lassen. 50 g Butter/Margarine zerlassen.

Das Blut durch ein feines Sieb seihen und mit dem Bier und dem Roggenmehl vermengen. Dann die Zwiebel-, Apfel- und Speckwürfel, optional die Rosinen, Butter/Margarine, Sirup, Nelken, Piment, Majoran, Salz und Pfeffer dazugeben und gut verrühren. Zum Abschmecken eine kleine Menge anbraten und bei Bedarf entsprechend Gewürze zugeben.

Eine Kastenbrot- oder Gugelhupfform einfetten und mit Mehl bestäuben und die Masse hineingeben. Mit Alufolie locker abdecken (Masse geht durch das Bier etwas auf). Im Ofen mindestens eine Stunde garen (dazu die Form in ein tiefes Blech mit Wasser stellen). Der Blutpudding ist fertig, wenn die Masse beim Einstechen nicht mehr klebt.

Abkühlen lassen und in etwa 1 cm dicke Scheiben schneiden und in einer Pfanne anbraten. Die Scheiben sind fertig, sobald sie annähernd schwarz sind. Mit reichlich Preiselbeermarmelade und etwas Schmand/saurer Sahne auf Knäckebrot oder pur servieren.

Guten Appetit – Smaklig måltid !

Zimtschnecken – Kanelbullar

Zutaten Teig:

- 35 g frische Hefe
- gut 100 g Zucker
- 300 ml Milch
- 1 Ei
- 120 g Butter/Margarine
- 1 TL Salz
- 1 EL Kardamom, gemahlen
- 750 g Weizenmehl (Typ 405 oder 550)

Füllung:

- 100 g weiche Butter/Margarine
- 50 g Zucker
- 2 EL Zimt

Topping:

- 1 Ei
- 2 EL Wasser
- Hagelzucker

Zubereitung:

Ofen auf 200°C (Umluft) bzw. 220°C (Ober-/Unterhitze) vorheizen.

In einer Schüssel die Hefe in etwas Milch auflösen. 125 g Butter zerlassen und zur Milch geben. Die restlichen Zutaten hinzugeben und den Teig gut durchkneten. Den Teig zugedeckt gut 30 Minuten bei Zimmertemperatur gehen lassen. Dann den Teig dünn auf eine Breite von ca. 30 cm ausrollen und mit der weichen Butter bestreichen. Zucker und Zimt mischen und über den Teig streuen. Diesen dann zu einer langen Rolle zusammenrollen und in Scheiben schneiden. Die Scheiben mit der Schnittfläche nach oben in Papierförmchen legen und auf einem Backblech zugedeckt ca. 1 Stunde oder bis zur doppelten Größe gehen lassen.

Ei und Wasser vermischen, die Schnecken damit bepinseln und mit Hagelzucker bestreuen. Ca. 8 – 10 Minuten backen.

Guten Appetit – Smaklig måltid !